«Die gestohlenen Leben»

von

Hiam Mondini

Herstellung und Verlag:
BoD-Books on Demand, Norderstedt
ISBN: 978-3-7412-795-22

Für Mirjam

Intro

Ich kann es nicht fassen! Das so lange ersehnte blaue Kreuz ist auf dem Stäbchen zu sehen! Diesen Glücksmoment konnte ich mir im Leben nie so vorstellen! Ich könnte schreien, weinen, jauchzen und kreischen zugleich! Mein Herz schlägt wie verrückt und es wird mir hundeelend.

Wie soll das gehen? Was muss ich denn jetzt tun? Meinem Mann sagen, aber wie? Ich könnte Babykleider kaufen und ihm schenken. Oder eine Nachricht hinterlassen mit einem Foto vom Test? Was wird mein Arbeitgeber dazu sagen, werde ich meinen Job behalten können? Eine Nanny? Kindertagesstätte... um Himmels willen, fremde Menschen um mein Kind herum? Hoffentlich ist alles in Ordnung mit dem Baby. Ob ich die Folsäure genug früh eingenommen habe? Was, wenn es ein Down Syndrom hat, ob er es dann noch behalten will? Ich kann nicht abtreiben, aber kann ich alleine mit Kind sein? Wir warten doch schon so lange, da darf nichts schiefgehen.

Jemand klopft an die Tür und ruft: „He, noch lange besetzt da drin? Wir müssen auch mal!" Wie schnell man alles vergisst in einem solchen Moment. Ich packe alles zusammen, entschuldige mich bei den wartenden Damen und verlasse das Kaffee in Eile, nur wohin zuerst?

Kapitel 1

Wild um sich schlagende Wellen klatschen ihre Nässe an die Stegpfeiler. Es riecht widerlich nach abgestandenem Sand, toten Fischen und Möwenkot. Das Meer ist unruhig und laut, die Wolken ziehen in Eile am Himmel vorüber und die Strand Jogger haben ihre Kapuzen tief ins Gesicht gezogen, um die Haut vor der eisigen Kälte zu schützen.

Frank ist heute ebenfalls am Strand unterwegs. Schon länger hat er nichts mehr für seine Fitness getan und die Feiertage haben ihre kulinarischen Highlights sichtbar gemacht. Freja, seine belgische Dogge mit dänischem Vornamen, nimmt es ihm schon lange übel, die langen Strandläufe aufs Minimum reduziert zu haben. Heute ist er es ihnen beiden schuldig und geht seine Neujahrsvorsätze ernsthafter an. Dieses Jahr bestimmt. Nachdem er sich über 50 Jahre selbst belogen hat, wird er es schaffen, dieses Jahr bestimmt!

„Freja! Komm her, alte Dame! Wo bist du denn? Freja, keine Spielchen bei diesem Unwetter! Freja!"

Ein Wimmern und Winseln, aufgeregtes Hundegebell und Freja rennt vor Franks Beinen umher, springt ihn an, wirft ihn fast um, zieht wieder ab und ist nirgends mehr zu sehen. „Freja Mensch, was ist denn los! Komm sofort her!"

Frank kann unter dem dunklen Steg kaum was erkennen. Der beissende Gestank steigt ihm in die Nase, er muss sich fast übergeben. Was um alles in der Welt kann das sein? Frejas Nervosität und Aufregung verkünden ihm nichts Gutes, denn auf tote Tiere steht seine Lebensbegleiterin zum Glück nicht... „Sie rufen 911 an. Bitte nennen Sie ihren Notfall!"

Kapitel 2

Das muss Intuition sein. Kaum hatte ich mein Mobile in der Hand um Rob anzurufen, summt es und ich öffne seine Nachricht: „Lass uns um 19 Uhr beim Italiener treffen! Wenn ich mich verspäte, ich hätte gerne die Galzone und wir gönnen uns einen Amarone della Valpolicella 2010 ;-). Love and Miss u!"

Wie nahe wir uns doch sind. Nach 7 Jahren weiss er, wenn wir etwas Spezielles feiern, ohne dass wir miteinander gesprochen haben. Der kleine Italiener war unser erstes Restaurant, welches wir zweifellos jederzeit gerne wieder besucht haben. Unser erstes Date alleine, unser 1. Jahrestag, unser 2. Jahrestag, Robs Beförderung, Vatis Tod, Robs nächste Beförderung und jeden weiteren Jahrestag unserer Beziehung haben wir beim heimeligen Italiener mit seinen kulinarischen Angeboten zelebriert.

Ich nahm mir die restlichen Stunden des Tages frei. Ausser Papierkram und langweiligen Ablagen stand nichts Wichtiges mehr im Terminkalender. Mein nächster Karriereschritt stand nun so oder so in den Sternen. Ob ich dann mit Kind überhaupt noch befördert werde? Oder gehöre ich dann auf die Teilzeit Mama Liste der möglichen Potenziellen zu einem späteren Zeitpunkt? Weiterbildung und Zusatzstudium stelle ich mir gerade sehr schwiwig vor... ich sollte nun Schritt für Schritt nehmen, nicht zu viel überlegen... meine Gedanken setzen sich auf ein wildes Karussell... jetzt ruhig, nach Hause gehen und mich hübsch machen für Rob!

Das kleine Schwarze? Das lange Rote? Oder doch eher konservativ mit Hosen und Bluse? ...Ich entscheide mich für einen sexy Look. Schliesslich wird mein Körper sich in den kommenden Monaten enorm wandeln, aber in die hoch erotische Phase werde ich sicherlich nicht kommen. Also geniesse ich noch etwas das Herausputzen für mich und meinen Mann. Ich quetsche mich in ein Slim-ding. Wie auch immer diese hautengen Unterschläuche heissen, die versuchen, meine Speckröllchen und unförmigen Kurven an den richtigen Orten zu verstecken und mich in einem anliegenden Kleid akzeptabel aussehen zu lassen. Ich gehörte noch nie zu den Frauen, die einen super flachen Bauch, einen tollen Stehbusen und lange schön geformte Beine haben. Ich bin eher der kleine Typ

Frau mit schmalen Fesseln, rundem Hintern, Bauchröllchen und einem Busen, der sich ohne BH zu nahe zum Nabel neigt. Meine arabischen Vorfahren mütterlicherseits verleihen mir immerhin einen etwas exotischen Touch. Grosse dunkel grüne Augen, schwarzes, lockiges, oft zu widerspenstiges Haar, volle Lippen und einen leichten moccafarbenen Hautteint.

Unter der Dusche creme ich mich reichlich ein, ich muss heute langanhaltend gut duften. Ich streiche mir über den Bauch und stelle mir vor, wie ich in wenigen Monaten aussehen werde, wie sich mein Kind entwickelt und welch grossartiger Vater Rob sein wird. Als Italiener hat er sich schon immer eine grosse Familie gewünscht. Roberto Garreffa, ein Römer mit katholischen Familiengrundsätzen und unglaublich leidenschaftlich in allem, was er tut. Wie wird er reagieren, wenn ich es ihm in weniger als einer Stunde mitteile, dass der Familientraum für uns begonnen hat? Ich muss meine Tränen bei dieser Vorstellung unterdrücken, sonst wäre mein ganzes Makeup schon wieder hin... das darf später so sein, jetzt aber los. Schuhe und Mantel anziehen und... das Telefon klingelt... das Telefon klingelt? Wer mag das sein um diese Zeit? Es weiss doch niemand, dass ich zu Hause bin. Das Büro würde mich auf meinem Mobile anrufen. Und weshalb der Festnetzanschluss. Seltsam, ob ich überhaupt abheben soll? Ich lasse den

Anrufbeantworter starten, während ich mir den Mantel zuknöpfe und mir den Schal umbinde. Es ertönt: „Hier bei Steiner und Garreffa. Wir sind im Moment überall, nur nicht zu Hause! Bitte sprechen Sie nach dem Signalton, wir melden uns zurück!" *Piep* „Guten Abend Frau Steiner, hier Dr. Dubois, bitte rufen Sie mich umgehend auf meine Notfallnummer 079 922 25 28 zurück." Aufgelegt. Mein Blut verlässt augenblicklich meinen Kopf, mein Magen wird durch eine spürbare Schnur eingeengt und meine Knie werden weich... Ich lasse meine Tasche fallen und starre den Telefonapparat an, als würde er mich gleich angreifen.

Kapitel 3

    Frank konnte Freja bei seinem Sohn unterbringen, Hunde haben im Krankenhaus keinen Zutritt. Hastig eilt er vom Parkplatz zum Tiefgaragenlift. Warum zum Teufel nennt man es Tiefgarage, wenn es ein Superkomplex neben dem Haupthaus ist? Oder weiss nur Frank nicht, wie man diese riesigen Parkhäuser richtig nennt? Klar, es könnte ja auch nur Parkhaus sein. Aber die Schwester bei der Notaufnahme sagte wortwörtlich: „Bitte parkieren sie in der Tiefgarage und nicht vor unserer Notaufnahme!" Nein, sie hat es ihm nicht gesagt, sie hat es ihm förmlich ins Gesicht geschrien. Sie hatte wohl auch nicht den besten Tag. Nicht vorstellbar, was sich die Mitarbeitenden einer städtischen Notaufnahme den ganzen Tag ansehen müssen. Was Frank heute gesehen hat, reicht ihm für den Rest seines Lebens!

    Er eilt zum Haupteingang und will sich an einer Menschenmenge vorbeidrängen, als er eine Hand auf seiner Schulter spürt, die ihn festentschlossen zurückhält: „Frank? Frank Conley? Bist das wirklich du? Hey Mann, krieg ich ein Selfie mit uns beiden? Ich glaubs nicht! Frank Conley!" Bevor sich Frank richtig aus den Klauen dieses fremden Aufdringlings losreissen kann, steht er schon eingequetscht zwischen zwei nach Alkohol, abgestandenem Tabak und Marihuana riechenden Männern. Sie versuchen mit ihren dicken Fingern und dem Alkohol in ihren pulsierenden Adern die Handys auf Selfie Einstellung schulterhoch zu positionieren! Blitzlichter und Männergejohle, ein "Hey Mann, cool!" Frank kann noch gerade den vielen high fives ausweichen, winkt ab und meint: „Sorry Jungs, muss los, habt Spass!" Er hüpfte im letzten Moment durch die sich langsam wieder schliessende Schiebetür des Coney Island Hospitals in NYC.

    „Guten Abend, ich bin Frank Conley, ich war heute hier wegen einem Notfall, können Sie mir sagen, mit wem ich sprechen kann?" Die Dame hinter dem Tresen schaut Frank erst durch ihre Lesebrille an, während sie gemütlich ihren Kaugummi kaut. Dann nimmt sie die Brille lässig ab, lässt sie an ihrer silbernen Kette baumeln, steht auf und ein breites, fröhliches Grinsen macht sich auf ihrem alten, dennoch sehr jugendhaft verschmitzten Gesicht breit: „Frank Conley, da werfe ich ein Dinosaurierei! Heilige Scheisse... tschuldigung... was für eine Ehre, Sie vor meinem Schreibtisch zu haben, Sir! Himmel Arsch, Sie sehen live ja noch viel besser aus als auf dem Papier oder in der Kiste! Bitte entschuldigen Sie meine Ausdrucksweise, aber Sie bringen mich doch glatt aus dem U-Boot!" Frank schliesst für einen Bruchteil einer Sekunde seine Augen, holt tief Luft und entgegnet ihr mit seiner tiefen Baritonstimme und sehr ruhig: „Freut mich sehr, M'am, wenn ich Ihnen gerade eine Freude machen konnte mit meiner Anwesenheit. Wenn ich nicht unglaublich aufgeregt und nervös wegen eines Notfalls hier wäre, würde ich mich mit Ihnen gerne etwas länger unterhalten. Darf ich Sie deshalb höflichst nochmals darum bitten, mir zu sagen, an wen ich mich wenden kann? Es gab einen Notfall heute Nachmittag am Coney Island Beach." Die Empfangsdame tätschelte Franks aufgestützte Hand auf dem Tresen. Sie legte sich die Brille wieder auf die grosse Nase, zwinkerte ihm zu, während sie sich auf ihren gemütlichen Stuhl setzt und kommentiert kopfschüttelnd, als sie die Hände auf die Tastatur legt: „Nicht nur gutaussehend, sondern ein echter Gentlemen dazu! Lassen wir Susie, das bin übrigens ich", dabei grinst sie breit und zwinkert erneut in Franks Blickrichtung, „nachsehen, wo wir am schnellsten an Infos kommen, die unseren Frank hier etwas besänftigen können. Ah ja, hier ist es: Intensivstation A. Sind sie ein Angehöriger, Frank?" Susie guckt ernst und fragend über ihren Brillenrand hoch. Frank beisst sich auf die Unterlippe und will gerade etwas antworten, da nimmt Susie ein Notizblatt, kritzelt was drauf, legt es auf den Tresen und guckt Frank wieder über die Brillengläser an: „Leslie, die kleine weisshaarige Dürre im blauen Zweiteiler auf der Intensiv schuldet der alten Susie schon lange einen Kaffee. Sie kann ihn gleich runterbringen, wenn sie Ihr Ziel erreicht haben. Dazu nehme ich ein Autogramm von Ihnen!" Frank spürt wieder ein kurzes, sehr sanftes Tätscheln von Susie auf seiner Hand, die den Notizzettel zittrig festhält. Frank haucht ein kaum wahrzunehmendes „DANKE Susie" durch seine Lippen.

Frank hastet zum Aufzug, stellt sich in die leere Kabine, drückt den Knopf zum 4. Stock und schliesst zeitgleich mit der Tür seine Augen und flüstert: „Oh Gott, lass diesen Alptraum enden! Ich will diese Bilder nicht mehr in meinem Kopf sehen! Wer tut sowas? Ich hoffe, es waren Tiere! Nein Bestien!" *Ding* Die Tür öffnet sich und Frank hat das Gefühl auf einem leeren Stockwerk gelandet zu sein. Es kommt jemand, nein, sie schwebt förmlich. Die Krankenschwester scheint Wolkenschuhe zu tragen. Sie schwebt an Frank vorbei, lächelt ihn gutmütig an und macht zwei Sekunden später kehrt auf ihren Wolken, schwebt wieder zu ihm, stellt sich direkt vor ihn, lächelt ihn an und fragt mit sanfter Stimme: „Suchen Sie jemanden Bestimmten Sir?" Frank öffnet seine zitternde Hand direkt vor ihrem Gesicht und lässt Susies Notizzettel in die kleinen, drahtigen Hände der Wolkenschweberin fallen. Sie nimmt das kleine Stück Papier, entfaltet es, als wäre auch das ein Stück Watte und liest Susies Handgekritzel. Langsam drehen sich ihre Wolkenschuhe in Richtung des kalten, sterilen und totenstillen Korridors. Sie stellt sich neben Frank, nimmt sanft, schon fast zärtlich seinen Arm und sagt mit ruhiger Stimme wie zuvor: „Ich begleite Sie, Sir, Leslie ist gleich da vorne bei den Medikamenten." Sie drückt Franks Arm ganz wenig, um ihn in die Richtung der Medikamente zu Leslie zu begleiten. Dorthin, wo er hoffentlich bald alle Antworten auf die unglaubwürdigsten Fragen seines bisherigen Lebens erhalten würde!

„Leslie", hört er von weither die Stimme der Wolkenschweberin, „dieser Gentleman wurde von Susie geschickt." Sie lächelt ihn für ein letztes Mal für diesen Tag zur Verabschiedung an und schwebt gangabwärts zurück. Leslie, die weisshaarige Dürre, nach Susies perfekt zutreffender Beschreibung, sieht Frank fragend und mit gekräuseltem Mund an. „Sir, das ist die Intensivstation. Wen suchen Sie?" Sie schiebt die Aktenschublade, in welche sie eben ein Formular eingeordnet hat, leise zu, hält Susies Notizzettel noch immer in der Hand direkt vor ihn. Frank flüstert hastig und fast ohne Luft: „Es gab heute am Coney Island Beach einen Notfall, den ich meldete. Ich habe den Krankenwagen bis hierher begleitet, musste dann aber zuerst meine Hündin heimbringen. Können Sie mir bitte sagen, ob die Person, die hergebracht wurde okay ist?" Leslie sieht sich um, als würde sie sich versichern, dass niemand ihr sogleich Gesagtes hören würde: „Hören Sie, ich darf keine Auskunft geben, wenn Sie kein Angehöriger sind. Ich sehe, Susie will Ihnen aus irgendeinem Grund einen Gefallen tun und ich schulde diesem Elefantenhirn noch einen Kaffee. Also begleite ich Sie wieder in Richtung Aufzug, der Sie zurück zu Susie bringen wird." Frank lässt seinen Kopf enttäuscht hängen und begleitet diese Geste mit einem tiefen Seufzer. Leslie nimmt ihn, wie zuvor die Wolkenschweberin, ob sie dies in der Ausbildung so lernen, am Arm und geht mit ihm in die entgegengesetzte Richtung des Aufzugs. Etwas verwirrt sieht Frank sie an. „Na, ich bin mir sicher, dass Sie nach all dieser Aufregung jetzt gerne erst mal ein Glas Wasser haben möchten, oder etwa nicht?", stellt sie mit einem anteilnehmenden Gesichtsausdruck fest, während sie am Wasserspender einen Becher mit stillem Wasser auffüllt. Just in diesem Moment öffnet sich eine Tür und ein Arzt, erkennbar an seinem weissen Kittel, tritt durch diese aus dem Zimmer. „Leslie, sind Sie gerade besetzt? Ich benötige hier zwei zusätzliche Hände." Leslie nickt ihm zu und blickt auf die offene Tür und sogleich zum Arzt. „Nein Sir, ganz zu Ihren Diensten", antwortet sie, gibt Frank den gefüllten Wasserbecher und geht zielstrebig zur noch offenen Tür. Der Arzt ist bereits wieder ins Zimmer getreten, als Leslie, gerade noch mit ernstem Blick zu Frank, dem weissen Kittel durch die Tür folgt.

    Frank verstand ihren Blick, trinkt hastig einen, zwei, drei Schlucke aus dem Becher und seine mittlerweile ruhig gewordene Hand beginnt wieder zu zittern. Hinter dieser Tür also! Der Notfall von Coney Island Beach liegt hinter dieser Tür. Noch während seine aufgeregten Gedanken versuchen, eine Lösung zu finden, wie er an weitere Informationen kommt, öffnet sich gerade neben dieser Tür der Vorhang hinter der Glasscheibe. Leslie offenbart den Einblick in das gesamte Krankenzimmer. Eine Hand des weissen Kittels öffnet abermals die Tür und Frank hört seine Anweisungen an Leslie: „Bitte unter genauer Beobachtung halten. Stets Monitor beachten, Werte alle 15 Minuten notieren. Bei jeder kleinsten Veränderung mich umgehend anpiepen." Rasch huscht er den sterilen Gang hinunter und verschwindet hinter einer weiteren Tür. Erst jetzt, als Frank ihm nachsieht, bemerkt er, wie bei einigen Zimmern die Vorhänge geöffnet sind. Wie konnte ihm das zuvor entgehen? Langsam mit hörbaren Schlucken, leert er seinen Becher, lässt ihn in den Eimer neben dem Wasserständer fallen und schwebt nun, wie seine erste Begegnung auf der Intensivstation A langsam zur Scheibenwand des Krankenzimmers INT7. Leslie blickt ihn durch das Glas an, hebt leicht und zweifelnd ihre Schultern, dreht sich langsam vom Bett weg und gewährt ihm freie Sicht auf dasjenige.

Kapitel 4

Vogue, Schweizer Illustrierte, Beobachter und Familie liegen wie die toten Fliegen vor mir auf dem Salontisch im Wartezimmer. Ich schenke mir ein Glas Wasser ein und schaue hinunter auf die belebte Strasse. So viele Menschen jagen ihren Terminen, ihren Einkäufen und ihren öffentlichen Transportmitteln nach. Jeder einzelne von ihnen trägt sein persönliches Schicksal mit sich herum. Ob eines dem meinigen entspricht? Ich kann es mir nicht vorstellen, nein, ich will es mir nicht vorstellen. Ich beobachte eine junge Frau auf der gegenüberliegenden Seite, wie sie sich bewundernd die neue Swarovski Kollektion ansieht. Kann mir niemand weismachen, dass die Probleme hat! Wer interessiert sich schon für Schmuckstücke, wenn sie ernste Probleme hätte? Also, der gehts schon mal gut. Und was ist mit dem Mann im Anzug, der offensichtlich eine Geschäftsakte studiert, während er auf sein Tram wartet. Er scheint sichtlich erregt zu sein, seinem ständigen Kopfschütteln nach zu beurteilen. Also geschäftliche Probleme, der Herr? Sind die wirklich so schlimm, dass sie Ihren Tag versauen können? Was sage ich da, Tag! Ihr Leben? Es ist nur ein Job! Es ist nicht das Leben! Sorgen Sie sich um wichtige Sachen! Ich schäme mich sogleich für meine Wut diesen zwei Personen gegenüber! Was können Sie schon dafür, dass sich mein Leben drastisch geändert hat. Ich trage ein Kind in mir, das erste Lebewesen, welches eine Frucht der Liebe zwischen Rob und mir ist... war? Nein so darf es nicht enden! Ich kann und will es einfach nicht akzeptieren. Warum ich? Warum wir? Warum Rob? Er wäre ein so grossartiger Vater und ich wollte nichts mehr, als die Mutter seiner Kinder sein. Mit ihm zusammen die Höhen und Tiefen einer Familie erleben zu dürfen, sie zu meistern und stärker zu werden. Gemeinsam! Alle drei zusammen, oder vier, fünf, gar sechs. Rob träumte immer von einer grossen Tafel, gefüllt mit seinen Nachkommen! Alle Kinder und Enkelkinder an einem Tisch! Ein Haus voller Leben mit Freuden und Leid. Warum um alles in der Welt ist ihm und uns das nicht vergönnt? Warum kommt das Leid schon jetzt, bevor wir überhaupt angefangen haben? Was haben wir falsch gemacht, dass dieser Kelch nicht an uns vorbeizog. Ausgerechnet an meinem Platz muss er halt machen. Oder trifft es mehr Robs Platz? Ach Himmel wann kommt endlich Dr. Dubois um mich zu holen, ich ertrage diese unbekümmerten Menschen nicht mehr! Unbekümmert oder scheinheilig? Vielleicht spielen sie ja nur, als ob alles in Ordnung wäre. Wie in einem Theaterstück. Tief im Innern traurig und betrübt und äusserlich die perfekte Maske! Ich mochte solche Menschen noch nie. Ein Mensch ist ein Mensch, man darf doch die wahren Gefühle zeigen und auch dazu stehen, wenn einem das Leben einen Streich spielt. Klar, man ist dann wohl weder cool, gelassen oder eben einfach nicht hart im Nehmen. Ist das so wichtig? Ist man denn wirklich ein Softie, wenn man die Gefühle zulässt und sie offen bekennt? Oder macht einem vielleicht sogar gerade dies zu einer stärkeren Persönlichkeit und wenigstens zu einem authentischen Gegenüber! Ich mochte die Philosophie Stunden in meiner Ausbildung nie. Was, wie, aber es könnte auch... klare Fakten, Begebenheiten und klare Möglichkeiten waren schon immer einfacher zu verstehen... bloss auch diese konnten für mich nicht nur ausschlaggebend sein. Ein Mensch ist unglaublich und spannend, aber doch nur dann, wenn er es wagt ein Mensch zu sein. Keine Marionette, kein grauer Fisch im Strom, kein Möchtegern-Sternchen, welches innerlich erloschen ist. Einfach nur ein Mensch. Ist das wirklich nicht einfach?

„Frau Steiner, bitte." Dr. Dubois steht mit ernster Miene beim Eingang des Wartezimmers und zeigt mit seiner Hand in die Richtung, in welche ich ihm wohl folgen soll. Will ich das denn überhaupt? Habe ich wirklich Lust, dort reinzugehen, meine Zukunft oder eben nicht vorstellbare Zukunft zu sehen? Ich überlege mir ernsthaft das Fenster zu öffnen und zu der bewegten Menschenmenge hinunterzuspringen. Ich will das nicht hören, ich will das nicht sehen! Kann ich mich bitte sofort in den Erdboden versinken lassen! Ein Blitzgedanke huscht durch meine verwirrten Hirnzellen: los Jasmin, kneif dich in den Arm, schnell, das ist der übelste Alptraum aller Zeiten! Mach schon! Dann erwachst du, Rob liegt tief atmend im Schlaf neben dir und eure Freude ist wieder da! Wenig Glauben schenkend, nehme ich meine Gedanken dennoch ernst und kneife mich unauffällig mit der hinunter hängenden Hand in meine Hüfte. „Frau Steiner, darf ich Sie bitten mir zu folgen?" Dr. Dubois sieht mich wirklich professionell an. Er weiss genau, dass ich dem Wahnsinn nahe bin! Schon sieben Jahre kennt er uns, begleitet uns intensiv durch den Dschungel der Medizin und die letzten vier Jahre noch intensiver wegen unserem Familienwunsch, der nun endlich wahr werden wollte und von einer zur nächsten Minute einfach zerstört wird.

„Ich kann das nicht, bitte, ich will das nicht sehen. Lassen Sie mich gehen, ich möchte nach Hause!"

Der erfahrene Mediziner, mit weisser Haarpracht, starken, grossen Händen und ruhiger Stimme kommt zu mir, nimmt meine Hand und sieht mich ernst aber mit einem beruhigenden Blick an, der sagt: ‚Da musst du jetzt durch!' „Kommen Sie, ich bin ja da, wir sehen es uns gemeinsam an und besprechen alles weitere zusammen. Sie müssen das nicht alleine durchstehen, ich helfe Ihnen!", beruhigt er mich.

Auch wenn ich seine Worte und Stimme in diesem Moment als wirklich sehr beruhigend wahrnehme, möchte ich ihn am liebsten schlagen! Ich lasse ihn dennoch gewähren und mich von ihm ins nebenan liegende Zimmer führen.

Kapitel 5

„Sir? entschuldigen Sie bitte Sir?", etwas unsanft wird Frank am Ärmel gezupft. Entgeistert blickt er den weissen Kittelträgern an. „Bitte?" „Ich habe Sie gefragt, ob Sie ein Angehöriger des Opfers sind?", fragt der Arzt mit ernster Miene und keine Entschuldigungen duldend.

„Nein, bin ich nicht, ich wollte nur..." Frank kann seinen Satz nicht zu Ende sprechen, schon nimmt ihn der grosse Arzt, zwar noch immer kleiner als der sehr grosse Frank, am Arm und begleitet ihn zielstrebig zum Aufzug. Und schon wieder: warum zum Geier nennt man es Aufzug, wenn Frank gleich damit runterfahren muss? „Sie dürfen sich hier nicht aufhalten, wenn Sie kein Angehöriger sind. Bitte wenden Sie sich an den Empfang. Dort können sie Ihnen bestimmt weiterhelfen, wo Sie Ihren Patienten finden werden." Er hatte bereits den Knopf gedrückt. Noch bevor Frank ihm berichten kann, was er hier will, steht er in derselben leeren Liftkabine wie vor knapp fünf Minuten zuvor. Fünf Minuten, die ihm wie eine Ewigkeit erschienen. Fünf Minuten, die ihm alle Bilder vom Nachmittag wie ein nicht enden wollender Film immer und immer wieder abspielen. Am Empfang wird Ihnen weitergeholfen. Susie! Er muss zu Susie! Sie wird ihm bestimmt weiterhelfen!

Komm schon, komm schon, komm schon! Ding! 2. Stock! Die Tür öffnet sich und ein Paar, sichtlich von Trauer umhüllt, tritt zu Frank in die nun nicht mehr leere Kabine. Die Frau putzt sich die Nase, kann ihr trauriges, stilles Weinen jedoch nicht stoppen. Der Mann hat seinen Arm um sie gelegt und versucht ganz klar, die starke Schulter zu sein. Doch auch er kann seine Trauer nicht verbergen. Ein gegenseitiges Nicken wird als einziger Gruss und seitens Frank als Anteilnahme akzeptiert. Weiter, komm mach schon, denkt sich Frank, obschon die Trauer in der Liftkabine zum Ersticken ist. Wenigstens lebt sein Opfer! Opfer! Ja es lebt! Es! Frank konnte nicht erkennen, ob es ein Mann oder eine Frau war. Aber seine 58-jährigen, mittlerweile kurzsichtigen Augen konnten ihm zumindest diese Bestätigung schenken, dass das Opfer lebt! Der Monitor gleich neben dem Bett zeigte rhythmische Schläge, die er als Laie als Herzschläge wahrnahm. Das stetige Aufleuchten eines Herzens darauf, ebenso. Auch die vielen Schläuche und rein die Tatsachen der Bezeichnung Opfer und das Bett auf der Intensivstation liessen ihn in den letzten Minuten doch schon so viel in Erfahrung bringen: es lebt! Das Opfer, welches seine Freja aufgespürt, von ihm als menschliches Wesen identifiziert wurde, wenn auch mit menschlich unvorstellbarem Anblick! *Ding* Erdgeschoss. Endlich. Geduldig wartet Frank, bis sich das trauernde Paar im Zeitlupentempo aus dem Aufzug begibt. Rasch eilt er an ihnen vorbei, er muss umgehend zu Susie. „Susie? Entschuldigen Sie Sir? Wo ist Susie?" Franks Blut weicht aus seinem Gesicht! Das darf doch nicht wahr sein. Er steht vor dem Empfang, wo doch eben noch die hilfsbereite Susie hinter ihrer Lesebrille mit dem verschmitzten Lächeln sass und nun macht sich ein älterer Herr mit lichtem Haarschopf und viel zu engem Security Anzug hier breit. „Wie meinen Sie bitte?", fragt er offensichtlich aus seinem Solitär Spiel an Susies wertvollem Informations-Computer rausgerissen. „Ich suche Susie, die nette Empfangsdame, die noch eben hier war." Der Mann sieht Frank erstaunt an und antwortet: „Susie war noch eben hier? Ich hab sie vor über einer Stunde abgelöst und sie wollte heute super schnell nach Hause um ihren Jungs irgendwas von einem Actionhelden zu berichten. Keine Ahnung, was die heute geritten hat, so schnell habe ich die Lady echt noch nie abdüsen sehen. Hat sie was vergessen?" Frank fragt sich ernsthaft, wer diese Leute an einen Frontdesk einstellt. Wie laufen diese Vorstellungsgespräche ab? „Guten Tag, Sie bewerben sich also für die offene Vakanz zum Nacht Security. Haben Sie Erfahrung im Plaudern? Sitzen Sie gerne? Spielen Sie gerne Solitär? Erzählen Sie unbekannten Menschen gerne Ihre Erlebnisse und stellen Sie gerne unangebrachte Fragen? Dann sind Sie genau unser Mann der Nacht! Herzliche Gratulation, Sie haben den Job. Leider haben wir Ihre Konfektionsgrösse nicht mehr, aber keine Sorge, in Uniform sieht jeder Mann unwiderstehlich aus!'

Frank schüttelt diese Vorstellung mit einem flüchtigen Kopfschütteln weg und stützt sich auf Susies Tresen, während plötzlich ein Schauer seinen Rücken streift... hat er eine Stunde gesagt? Er hat Susie vor über einer Stunde abgelöst? Frank war über eine Stunde auf der Intensivstation gewesen? Was hat er so lange gemacht? Eine Stunde lang sein Opfer angesehen und dem Herzschlag auf dem Monitor gefolgt?

„Können Sie mir sagen, wann Susie wieder hier ist?" Der Security Mann scheint nicht erfreut zu sein, dass seine momentane Präsenz keine Hilfe zu sein scheint. „Was brauchen Sie denn von ihr? Kann ich Ihnen denn nicht weiterhelfen?", fragt er schon fast beleidigt. Frank versucht, sich möglichst elegant aus dieser unangenehmen Situation zu retten und entgegnet ihm: „Ich bin mir sicher, dass Sie mir alle Auskünfte geben könnten, die das Coney Island Hospital betreffen würden. Nur wissen Sie, Susie wollte etwas von mir, das ich ihr versprochen habe. Nur leider hatte ich es heute schon wieder nicht dabei, ich vergesslicher alter Mann ich, ich würde es ihr gerne morgen bringen und wäre Ihnen deshalb dankbar, wenn Sie mir sagen könnten, wann sie wieder da ist, so kann ich sie gleich zu Arbeitsbeginn damit überraschen!" Solitär Mann zeigt sich menschlich: „Jaja, wem sagen Sie das, das Alter zeigt seine Schattenseiten... ich mache dieses PC Game schon seit Monaten und schaffe es einfach nicht, ins schnellere Level zu gelangen. Lassen Sie mich den Arbeitsplan suchen, dann sag ich Ihnen, ab wann Sie Susie überraschen können! Ist es denn was Schönes?" Neugierig blicken seine kleinen Augen Frank an. Ein in der Vergangenheit und berufsbezogener erlernter künstlicher Hustenanfall rettet ihn aus dieser lächerlichen Szene und Solitär Mann sucht in einer Schublade nach dem Arbeitsplan. Frank denkt sich, dass dieser Mann sich wenigstens Mühe gibt, schämt sich etwas für seine Notlüge und gratuliert dem Security Mann innerlich für sein erfolgreiches Vorstellungsgespräch. „Ah ja, hier ist er, gehts wieder? Alles gut? Möchten Sie ein Glas Wasser?" Ein verneinendes Kopfschütteln von Frank. „Alllssooooo... Susie hat morgen ihren freien Tag, aber übermorgen beginnt ihre Schicht um 9 Uhr.

Sieht ganz so aus, als müsste die Gute noch einen Tag länger auf ihre Überraschung warten. Oder möchten Sie es morgen hier abgeben, ich kann es ihr noch vor meiner Schicht nach Hause bringen! Sie wohnt ja nicht weit weg, die Gute. Spaziert täglich von zu Hause hierher. Das nennt man Fitness, nicht? Obschon, Sie sind ja auch sehr kräftig gebaut, Sir!" Frank lächelt den Jobwinner müde an und reisst sich für ein letztes Mal an diesem Tag zusammen und sagt: „Das ist lieb von Ihnen! Eine sehr gute Idee! Ich könnte es ihr nach Hause bringen! Mensch, die Jungs habe ich ja schon seit Ewigkeiten nicht mehr gesehen! Wie heissen sie schon wieder? ...hach... Mein altes, altes Hirn..." „Sie meinen Fred und John jr.? Ja die beiden sind schon zwei Nummern! Halten die alte Susie auf Trab! Aber sie macht das toll mit ihnen! So ohne Vater plötzlich zwei Teenager gross ziehen und nebenbei diesen knochenharten Job hier bei dieser Bezahlung! Hut ab!" „Genau! Fred und John jr.! Ich sollte sie wirklich zu Hause überraschen, die werden Augen machen, wohnen sie noch immer im selben..." Frank sucht flink nach dem passenden Schlupfloch, als das Telefon neben Susies Helpdesk klingelt. Solitär man hebt seinen Zeigefinger auf Zeichen 'bitte warten' vor Franks Gesicht und hebt den Hörer ab: „Help Desk! ...nein, tut mir leid, Frau Manders ist nicht mehr da. ...Ja...ok...kann ich gerne machen...bye." Er legt den Hörer auf, wendet sich wieder Frank zu, der nicht mehr vor Susies Help Desk steht....

Kapitel 6

Wir werden das schaffen! Mutter und Kind schaffen vieles zusammen, wenn es das Leben so verlangt. Fünf Prozent! Das ist doch immerhin etwas! Fünf prozentige Überlebenschancen hat er gesagt... ich muss dieses Glas halb voll betrachten, nein besser noch: ich reiche den Kelch weiter!

Was sind fünf Prozent, wenn es um Leben und Tod geht? Alles würde ich sagen! Wie kann Dr. Dubois es wagen, so pessimistisch zu sein? Unsere ganze Familie hängt von GENAU DIESEN fünf Prozent jetzt ab! Ich hab ja keine andere Wahl! Ich wusste es doch, Statistiken bringen die Menschheit ins Zweifeln... ach was, wohl eher ins Verzweifeln! Da glauben sie doch tatsächlich an Kurven auf Blättern mehr, als an Menschenwillen, der siegen will und auch kann! Und wir sind Sieger. Wir Steiners sind Sieger! Was würde mein Vater dazu sagen, wenn er noch leben würde: Jaja, diese studierten schlauen Menschen denken, sie können ihr Leben aus Büchern erklären lassen, anstelle sich an die frische Luft zu begeben, die Natur mit all ihren Wundern zu betrachten und den Sinn des Lebens tief einzuatmen! Wie viele Stunden vergeuden sie in ihren Studierstuben und draussen vor der Tür steht die wahre Erkenntnis, so wunderschön wie deine Mutter... ich vermisse meinen Vater. Gerade jetzt in dieser Situation würde er meine Hand nehmen, sie auf meine Brust legen und sagen:

„Jasmin, solange du dieses Schlagen spürst, lebst du! Vergeude nicht Zeit mit Unsinnigem. Lebe!"

Und wie würde Roberto reagieren? Er würde ebenfalls die sonnige Seite, auch wenn sie nur fünf Prozent breit ist, wählen. Er würde mich ermutigen durchzuhalten, für uns drei zu kämpfen und stark zu sein! Roberto, ich mache das für uns! Schlaf gut Habibi, alles wird gut! Ich streiche Roberto zärtlich über die Wangen, sein Kinn und küsse seine Lippen. Er sieht so unglaublich entspannt und sorgenlos aus. Sein helles Gesicht sieht auf dem weissen Kissen wie feines Porzellan aus. Ich habe mich immer gefragt, wie ein Italiener so hell sein kann? Ob diese Familie wirklich so reinrassig ist, wie sie immer stolz verkünden, mag ich bezweifeln. Aber einer Mama Garretta zu widersprechen verheisst keine sonnigen Zeiten. Sie oder ihre Vorfahren zu hinterfragen, bedeutete sicherlich Krieg. Und wer will das schon mit seiner Schwiegermutter... oder eher 'schwierigen Mutter'? Ich bin bald wieder bei dir Habibi... Wir sind es!

Ich verlasse das Zimmer und muss raus, an die frische Luft, zur wahren Erkenntnis, sie aufsuchen, sie betrachten. Die Dunkelheit streichelt mein Gesicht wie eine kühle Meeresbrise... wenn dieser Spuk vorüber ist, sollten wir ans Meer fahren. Wir haben das Meer immer geliebt! Die vielen Gesichter, die es hat, die vielen Duftnoten sowie seine ruhigen und doch so wilden Zeiten. Wir liebten die Oberfläche, wie auch seine Tiefen. Das Meer war in all unseren Ferien ein Begleiter oder zumindest ein Besucher. Waren es keine Badeferien in Sardinien, auf den Malediven oder Mauritius, sondern Städtereisen in New York, Paris oder Barcelona, das Meer musste spätestens auf dem Heimweg besucht werden. Spuk, es ist alles nur ein Spuk, ein verdammter Alptraum!

Ich gehe ein Stück der Strasse entlang, sehe all die Lichter in den Wohnungen, höre die Autobahn von weither rauschen und gehe den kleinen Kiesweg runter zum Bach. Ich höre ihn rauschen und denke an das Lied, welches mein Vater uns jeweils gesungen hat: es klappert die Mühle am rauschenden Bach, klipp klapp... eine Kerze für eine Seele, die gerettet werden soll. Ich nehme drei Schwimmkerzen aus meiner Manteltasche und zünde eine nach der anderen behutsam an, lege sie vorsichtig auf den langsam fliessenden Bach und spreche leise ein Gebet. Ein bittendes Gebet, ein dankendes Gebet und ein hilferufendes Gebet. Eine Kerze für jede Seele, ein Gebet für jedes noch schlagende Herz unserer kleinen, noch nicht vollständigen Familie. Ich sehe den schwimmenden Kerzen nach, während ich meinen Tränen endlich freien Lauf lasse! Ich lasse meine grossen dunklen Augen weinen, lasse meine Lunge schluchzen und wiederholt nach Luft ringen, um neuen Tränen einen begleitenden Klang zu verleihen! Ich würde mir gerne die Seele aus dem Leibe schreien, so sehr hat gerade die Realität mit ihren Horrorvorstellungen mich erreicht und lasse dem Schmerz freien Lauf. Ich will den Tiefpunkt der aufwühlenden Gedanken jetzt und hier erreichen, um viel Kraft zu tanken, um die nahe Zukunft bewältigen zu können. In meiner Ausbildung bin ich so oft an Thesen gelangt, die besagen, erst wenn man den Tiefpunkt erreicht hat, könne es so richtig aufwärts gehen. Heute musste der Tiefpunkt erreicht sein, heute muss ich die Kraft haben aufzutanken, um uns Drei durch diese mögliche Hölle zu bringen. Halt stopp, keine Hölle raufbeschwören, nein, Mutter sagt: „Wir könnten ein Paradies auf Erden haben!" Ich will das Paradies und darin mit Roberto und unseren Kindern leben!

Die Kerzen sehe ich schon lange nicht mehr durch meine verheulten Augen, ich wische die Tränen weg und merke schon, wie geschwollen sich meine Augen anfühlen. Ich sehe die flackernden Flammen winzig klein davon schwimmen, verabschiede mich von dem Tiefpunkt und mache mich auf den Weg zurück zu Roberto, zurück ins Paradies.

Kapitel 7

„Wo steht Ihr Wagen, Sir?" vor Frank stehen drei Männer in Uniform. „Wie bitte?" Frank versteht die Frage des

Uniformierten zwar akustisch, weiss aber nicht, was das soll. „Ihr Wagen, wo haben Sie ihn parkiert, Sir?", wiederholt er die Frage. Wieder starrt ihn Frank ungläubig an. Der Polizeibeamte tritt näher zum erstarrten Frank hin. „Alles in Ordnung, Sir? Wollen wir besser nochmals durch den Eingang gehen und Sie untersuchen lassen? Sie scheinen sehr verwirrt zu sein. Ist Ihnen unwohl? Möchten Sie sich setzen?" Frank nickt bei der Frage nach einer Sitzmöglichkeit und bemerkt sogleich die Sitzbank neben dem Eingang. Er setzt sich hin, stützt sich mit beiden Ellbogen auf seine Oberschenkel und reibt sich die müden, erschöpften Augen, die heute unvorstellbares sehen mussten. Die drei Beamten stehen ruhig in seiner Nähe und schenken ihm geduldig die Minuten zur Besinnung. Irgendwie kommt ihm das Gesicht des Uniformierten bekannt vor, er hat schon mit diesem Mann gesprochen, aber wann? Wo? Und wieso? Eine plötzliche Übelkeit überkommt ihn, er kann sich gerade noch zur Seite beugen und lässt den gesammelten Tagesinhalt seines Magens auf die nassen Bodenplatten platzieren. Es dauert mehrere Würgemomente, bis er dankend das angebotene Taschentuch eines der Beamten nimmt, um seinen Mund sauber zu wischen.

„Bitte entschuldigen Sie, das war alles einfach zu viel heute. Wie war Ihre Frage nochmal? Meinen Sie wirklich mich?"

Einer der Beamten setzt sich neben Frank, legt seine Hand auf dessen Schulter und tätschelt diese freundschaftlich und tröstend. „Mister Conley, es tut mir sehr leid, was Sie heute sehen mussten und ich kann mir sehr gut vorstellen, wie Sie das mitnimmt. Die Realität ist so viel brutaler und schlimmer als in Filmen. Haben Sie Familie zu Hause oder jemanden, zu dem wir Sie bringen können? Sie sollten heute nicht alleine sein. Die Bilder werden Sie noch eine Weile verfolgen." Frank hat das Gefühl, als hätte er seine Benommenheit, seine Trance, seine Stundenlücke mit dem Mageninhalt verloren. Officer Tropman! Eine ganze Stunde lang hat er ihm Fragen gestellt im Wartezimmer der Intensivstation. Wie ein Verdächtiger hat er ihn behandelt und jeden Atemzug hinterfragt. Jede Gestik hat er als Geständnis interpretiert. Eine Stunde, in welcher er immer und immer wieder berichten musste, was er denn wirklich am Strand getrieben habe. Wo der rettende Hund denn plötzlich sei? Was er am Coney Island Beach wollte, wo er doch in den Hamptons wohne? Wie er denn überhaupt zur Intensivstation gekommen sei und so genau wisse, in welchem Zimmer das Opfer liege. Officer Tropman, der Mann der seine heutige Hölle noch heisser gemacht hat und es schon fast geschafft hat, dass Frank sich tatsächlich schuldig fühlte. So ein überheblicher Mistkerl und jetzt tätschelt er ihm auf die Schulter, als wären sie seit Jahren gute Freunde und gibt Lebensweisheiten von sich!

Frank steht auf, stellt sich konzentriert auf beide Beine, wirft das Taschentuch in den Abfalleimer neben der Sitzbank, von welcher sich sein Möchtegernfreund sogleich erhebt. „Meine Herren, ich bedanke mich für Ihr Angebot, aber es geht mir gut. Ich finde mein Auto, meinen Heimweg und mein zu Hause selber. Wie abgemacht, werde ich Sie anrufen, sollte mir noch was in den Sinn kommen oder ich Fragen an Sie habe. Sie melden sich ebenfalls bei mir, sollten Sie weitere Fragen haben und ich darf vorübergehend das Land nicht verlassen oder mich umgehend bei Ihnen melden, sollte es mein Job dennoch verlangen." Er nickt den Beamten verabschiedend zu und geht mit selbstbewussten Schritten Richtung Parkhaus, alias Tiefgarage. Soweit kommts noch, dass ein Polizist seinen Wagen nach Hause fährt, seinen Aston Martin mit Sonderausstattung für ihn persönlich importiert aus Europa. Das hat weder dieser Mistkerl noch der heutige verschissene Tag verdient!

„Mensch, Dad! Was ist los, sag mal, was war das denn heute? Alles ok bei dir? Geht es dir gut?" Die aufgeregten Fragen seines Sohnes erfüllen den ganzen Raum seines Wagens über die Freisprechanlage. Frank fährt aus der Garage Richtung heimwärts und erblickt für heute das letzte Mal das Coney Island Hospital via seinen Rückspiegel. „Ja es geht mir gut, alles ok soweit. Kenneth, bitte entschuldige, ich wollte dich nicht beunruhigen, aber ich musste Freja so schnell wie möglich unterbringen. Wie geht es ihr?" „Sie ist aufgeregt und total aus dem Häuschen. Was war denn los bei euch? Ich konnte sie nicht einmal zum Joggen mit rausnehmen. Wo bist du? Kommst du her?" „Ich hatte einen beschissenen Abend heute, aber so gern ich würde, ich mag nicht schon wieder alles im Detail berichten. Ich hoffe du verstehst, ich versichere dir, es geht mir gut! Es gab einen Vorfall am Strand, Freja hat eine verletzte Person gefunden und ich wollte mich kurz im Spital erkundigen, ob alles ok ist. Dies die abgeschwächte Kurzversion. Kann ich sie bei dir lassen für die Nacht? Ich will einfach nur noch nach Hause, unter die Dusche und ins Bett." „Ja klar. Mach das. Und wenn du was brauchst, rufst du mich an, ok? Sehen wir uns morgen, ja?" „Klar, bis morgen. Danke Junge!"

Ein guter Junge. Frank war wirklich sehr stolz auf ihn. Trotz dem Verlust seiner Mutter durch einen tragischen Unfall in seinen Kinderjahren, hatte er sich prächtig entwickelt. Sein grosser Ehrgeiz und sein starker Wille haben ihm schon einen spannenden Lebenslauf verschafft. Nach erfolgreichem Collegeabschluss hat er an der New York Universität School of Law studiert und bereits seinen Master und den Doktortitel erworben. Dr. Kenneth Conley in Ausbildung zum Professor der Rechtswissenschaften an seiner Heimuniversität. Er liebte diese Universität und war schon immer stolz darauf, an derselben seinen Abschluss gemacht zu haben wie einst John F. Kennedy Jr. „Wer weiss, Dad, vielleicht werde ich ja mal Präsident der Vereinigten Staaten! Alles ist möglich, wenn man es nur will und danach strebt!" Frank musste stets schmunzeln, wenn Ken so laut vor sich hin träumte. Der Barbie-Mann im weissen Haus! Ken hatte optisch wirklich einiges von der legendären Puppe. Er war athletisch gebaut, ohne viel dafür machen zu müssen, 1.91 gross, dunkelbraunes Haar, welches er stets ordentlich und doch jugendlich lässig gestylt trug, die blauen Augen von seiner Mutter und eine tiefe sehr beruhigende Stimme. Frank fragt sich, ob je ein Mensch, Ken, den richtigen Barbie-Mann, sprechen gehört hat, während er die 411 auf seinem Blackberry wählt.

„411, hier spricht Gaby, wie kann ich Ihnen heute weiterhelfen?" „Gaby, ich brauche die Adresse von Susan Manders in Coney Island, bitte." Ein Knattern ertönt in der Leitung, Gabys Atem und schon erklingts im Aston: „Susan Manders, 36 Brighton 10. Terrace. Möchten Sie gerne die Adresse als Nachricht auf Ihrem Mobile?" „Sehr gerne Gaby, vielen Dank!" „Jederzeit Sir. Eine wunderbare Nacht in New York!" Kaum hat Gaby aufgelegt, summt sein Blackberry und Susies Adresse ist zum Greifen nahe.

„Was zum Henker...!", Frank flucht vor sich hin, während er vors Tor zu seiner Auffahrt fährt. Mindestens 10 Paparazzis und Reporter blitzen ihn mit ihren Kameras und brüllen Fragen in ihre Mikros: „Frank Conley, Sie sind in einen brutalen Mord verwickelt? Kennen Sie das Opfer? Haben Sie die Täter gesehen?" Frank drückt auf den Sensorknopf, um das Tor zu öffnen. Sogleich gehen die Scheinwerfer an und irritiert die neugierige Bande, so dass er aufs Gas tritt und seine Rücklichter hinter dem sich bereits wieder schliessenden Tor verschwinden. Wie um alles in der Welt wussten die schon davon? Wer war, wer ist die undichte Stelle? Ausser Nothelfer, Polizisten, und Krankenhausmitarbeiter weiss doch niemand hiervon? Susie? Nein, das kann er sich nicht vorstellen. Nicht Susie, sie schien so hilfsbereit und zuvorkommend, nicht wie jemand, der sich durch Wissen irgendwelche Vorteile oder Aufmerksamkeit verschaffen würde. Er schiebt die ganze Wut und Abneigung dem Mistkerl von Polizeibeamten zu. Officer Tropman. Diesen Namen wird sich Frank gut merken, mit diesem Uniformträger ist er noch nicht fertig.

Auch wenn Frank nicht viel, wenn nicht sogar nichts, auf die aufdringlichen Fragen und stupiden Kombinationen von solchen unprofessionellen Reportern gibt, hat ihn die Wortwahl 'Mord' doch sehr irritiert und nun auch nachdenklich gestimmt. Sollte wirklich Officer Tropman die Plaudertasche sein, wusste dieser bestimmt mehr Hintergründe und Details zum Opfer und den medizinischen Fakten als Frank heute herausgefunden hat. Ist das Opfer inzwischen gestorben? Und waren hier tatsächlich Menschen am Werk? Wenn es Tiere gewesen wären, würde man dann auch von Mord sprechen?

Frank nennt sich selber einen Narren, soviel auf die sicherlich einfach dramatisierte Aussage eines Idioten vor seinem Tor zu geben... und doch kann er nach einer heissen Dusche, einem saftigen Steak und einem gut gefüllten Glas 18 jährigen Highland Park keinen ruhigen Schlaf finden.

Kapitel 8

Knappe 4 Wochen sind nun vergangen, seit ich die Räumlichkeiten von Dr. Dubois mit traurigem Herzen und viel Angst verlassen habe. Wochen der brutalen und nackten Realität, Wochen des Ringens mit mir selber, dem Verstand und der Vernunft, Gefühlsausbrüchen und traurigen Momenten sowie auch Freude, Liebe und Geborgenheit. Sogleich ein weiterer, wichtiger Meilenstein. Die 3 Monatsuntersuchungen der Schwangerschaft. Da ich schon 36 bin, gehöre ich bereits zu den Risikoschwangeren. Wieder diese Statistiken!

Die Mehrheit entscheidet über den gedanklichen Verlauf einer Schwangeren. Und wie viel haben nach ihrem 35. Lebensjahr gesunde Kinder zur Welt gebracht und alles verlief optimal? In meiner Situation scheint diese Statistik die kleine Schwester aller Statistikbrecherinnen zu sein. Mein Alter spielt wohl keine Rolle mehr, wenn man bedenkt, was weisse Kittel im Labor herausgefunden haben. Wie das dort wohl vor sich geht? Hunderte von Blutröhrchen mit Namen oder gar nur Nummern darauf? Hinter jedem ein Mensch mit Herz, Leib und Seele. Untersuchungen in modernsten Maschinen, Eingaben von Werten in ein neues IT System, das von noch so einem schlauen Menschen entwickelt wurde, dann automatische Werteberechnung und Bingo! Ergebnis: zum Tode verurteilt! Neue Etiketten auf die Röhrchen, dieselben auf alle Blätter, die der Drucker rausspuckt, ins Couvert und zurück an den Spezialisten, der die Henkersmahlzeit verabreichen darf. Was tun diese Laborratten danach? In der Kantine Mittagessen und mit anderen austauschen? ‚Wie viele Röhrchen hast du heute verarbeitet? Etwas Interessantes gefunden heute? Bist du zufrieden mit der neuen Software? Druckst du die Berichte farbig oder schwarz/weiss aus? Wir sollten ja sparen, hats geheissen. Mensch dieser neue Latte Macchiato hier ist aber lecker, hast du gesehen, sie stellen sogar Geschmackssirup zur Verfügung!' Welcher Typ Mensch wählt einen solchen Beruf? Ob diese in einem Ausbildungspraktikum auch mal bei einem

Spezialisten dabei sein müssten um zu erfahren, was ihre gedruckten Berichte anrichten?

„Frau Steiner, bitte." Dr. Dubois erscheint wie eh und je in seinem weissen Kittel und weist auf DAS Zimmer, die einstige Schreckenskammer für mich. Aber nicht heute, ich bin mir sicher! Heute wird es eine Freudenkammer sein! Roberto drückt meine Hand freudig und kann Dr. Dubois nicht schnell genug ins Zimmer folgen. „Herr Garretta, freut mich, Sie zu sehen! Wie läuft es in der Klinik?" Dr. Dubois weist Roberto einen der beiden leeren Stühle vor seinem Schreibtisch zu und gibt mir ebenfalls die Hand. Er drückt sie fest und sieht mich mit einem ernsten Nicken an. Sein Blick bestätigt mir, dass er sich an seinen Teil unserer Abmachung hält und ich setze mich auf den zweiten leeren Stuhl. „Ganz gut, ist ein nettes Team und in einer Privatklinik sind es andere Umgangsformen, das merkt man schon. Ich habe Sie schon lange nicht mehr gesehen, operieren sie mehrheitlich woanders?" Dr. Dubois öffnet meine Akte, blättert einige Seiten um und sagt fast beiläufig und in Gedanken: „Ich wechsle die Kliniken ab, je nach Wunsch der Patientinnen und der notwendigen Ausstattung. Aber lassen Sie mich doch wissen, wie es Ihnen geht, Frau Steiner?" Er sieht mich kritisch fragend an und ich versuche, darauf lässig zu antworten: „Es geht mir gut, danke. Es ist mir nicht mehr so übel, wie am Anfang, meine Brüste ziehen etwas und ich bin schnell ausser Atem, beim Treppensteigen oder Sport machen." „Ihre Brüste ziehen? Auf einer Skala von 0 bis 10, wie stark ist das Ziehen?" Er hat es mir doch versprochen, denke ich und sage wiederum lässig: „Nicht der Rede wert eigentlich, es ist nur ab und zu und ganz leicht. Können wir sehen, wie das Baby aussieht und sein Herzschlag hören?", versuche ich das Gespräch voranzutreiben. Dr. Dubois klopft mit seiner Faust leicht auf den Tisch und macht eine nickende Kopfbewegung: „Na dann, rüber aufs Bett mit Ihnen." Im Nebenzimmer hat es den sicherlich für alle Frauen absoluten Lieblingsstuhl mit den netten zwei Eisengehilfinnen als Stütze der Beine und eine Liege auf der Seite. Dazwischen steht der fahrbare Monitor, welchen Dr. Dubois seinen Rolls Royce nennt, weil er ihn noch nicht lange hat und dieser alles Mögliche und wohl leider auch Unmögliche sehen kann bis und mit 3D Funktionen. Ich lege mich auf die Liege und ziehe meine Bluse hoch bis unter den BH. Dr. Dubois verteilt mir eisig kalten Gel auf den Bauch und nimmt das magische Auge des Monitors und lässt es suchend über meinen Bauch kreisen. Und da ist es! Klar und deutlich zu erkennen: unser Baby! Mein Herz springt schneller und ich sehe Roberto strahlend an. Er starrt wie angewurzelt auf den Monitor und Tränen füllen seine Augen. Schnell wischt er sie weg, als wolle er keine Sekunde dieses spannenden Filmes auf dem Monitor verpassen. Dr. Dubois nickt zufrieden und klickt immer wieder verschiedene Winkel auf dem Bildschirm an. Dann dreht er den grossen Knopf der Lautstärke und ein lautes Geräusch eines galoppierenden Pferdes ist zu hören. Er zoomt die Umrisse des Babys näher ran und wir sehen einen wild pulsierenden Rumpf! Das Herz unseres Kindes! Ich kann meine Freudentränen nicht unterdrücken und suche nach Robertos Hand. Sie zittert und ich sehe in seinen Augen, wie sehr er dieses Kind schon jetzt liebt. „Alle Werte sehen gut aus, Kopfumfang, Länge, Nackenfalte auch gut! Ein quirliges Kind haben Sie!" Immer wieder bewegt sich der Kopf und es scheint, als würde unser Kind Purzelbäume schlagen. Es turnt regelrecht und wir müssen lachen! Dr. Dubois macht einige Standaufnahmen und drückt den Druckerknopf, nimmt das magische Auge von meinem Bauch und wischt den Rest des Gels von meiner Haut. Ein kurzer Moment voller Enttäuschung macht sich bei meinem Mann und mir breit, schon fertig, wie schade. Wir hätten wohl stundenlang dem kleinen Turner oder der kleinen Turnerin zuschauen können. Ob man ein solches Gerät auch für zu Hause kaufen kann?

Glücklich und wie auf Wolken schwebend, gehen wir die belebte Strasse Hand in Hand entlang. Keiner dieser Menschen interessieren mich heute, es zählt gerade nur unser Glück. Wie egoistisch man sein kann, plötzlich interessiert es mich nicht mehr, ob jemand ein schlimmeres Schicksal als ich trägt oder sich jemand über unnötige Dinge sorgt. Ich denke nur noch an dieses wunderbare Geschöpf, das in mir heranwächst. Schon 6.5 cm gross, ist das zu fassen? Und einen wunderbaren Herzschlag, dessen Melodie mich den ganzen Tag begleiten wird.

„Kleine, ich muss leider los. Würde lieber noch mit euch beiden hier rumschlendern, aber ich bin noch einer OP zugeteilt." Kleine... so hat Roberto mich schon lange nicht mehr genannt. Es zeigt mir, wie glücklich er ist, wieder inmitten des erfüllten Lebens zu stehen. Ich bete, dass ich ihm diese Glückseligkeit nicht auf dramatische Weise nehmen muss. Schnell wische ich diesen unerwünschten Gedanken wieder weg und schlinge meine Arme um seinen trainierten Körper. Mein Gesicht erreicht gerade mal die Höhe seiner Brust. Er drückt mich fest an sich, küsst mich auf meinen Kopf und löst die Umarmung, um mich zärtlich und liebevoll auf den Mund zu küssen. „Ich liebe euch beide und vermisse euch schon jetzt bis zum Abend. Gib gut acht und lass dich nicht ärgern in der Schule. Ich komme nicht zu spät, spätestens um sieben bin ich daheim, ok?" Ich nicke zufrieden. „Gute OP, und brav sein zu den grossen Weissen!" Ich zwinkere ihm zu und wir trennen uns, um in verschiedene Richtungen zu gehen.

Kapitel 9

Mit offenem Mund, Lockenwickler in den Haaren, in einem creme farbenen Morgenmantel und goldenen Hausschuhen mit Strasssteinchen bestickt, steht Susie in der offenen Tür ihres einfachen Hauses in Coney Island. „Ich glaube, mich laust ein Affe oder ich verliere gleich den Verstand! Was tun Sie denn hier? Heilige Scheisse, wie sehe ich denn aus? Und wie sehen Sie überhaupt aus? Geht es Ihnen nicht gut?" Susies erfrischende Art zaubert Frank ein Lächeln auf sein Gesicht, welches er zwischen einer Baseballmütze und einem Stehkragen zu verstecken versucht. „Sie sehen blendend aus, Susie! Darf ich reinkommen?" Frank sieht in ihren Augen die Unsicherheit. Doch tritt sie einen Schritt ins Innere des Hauses zurück und gewährt ihm Einlass. Schnell wirft sie einen prüfenden Blick auf die Strasse und schliesst die Tür hinter sich.

Frank steht in einem kleinen Wohnzimmer mit gemütlicher Atmosphäre. Er blickt um sich und ist beschämt, wie einfach Menschen leben. Susie scheint seine Gedanken zu lesen und fragt: „Möchten Sie hier einziehen und etwas Realität erleben? Ich wette, Sie kennen solche Häuser nur vom Studio." Sie zieht eine Augenbraue hoch und geht zur offenen Küche hinter einem alten Holztresen mit vielen Fotos in Bilderrahmen. „Sie haben es sehr gemütlich hier, darf ich?" Frank hebt einen Bilderrahmen hoch um das Foto darin zu betrachten.

„Fühlen Sie sich wie zu Hause. Und wenn es richtig gemütlich wird, möchte ich schon gerne wissen, was Sie hier wollen. Ich gehe ja nicht davon aus, dass es Liebe auf den ersten Blick war gestern." Sie nimmt zwei Tassen aus dem Holzschrank und giesst frischen Kaffee hinein. „Zucker, Sweetner, Milch?" „Schwarz gerne." „Das ist wohl Ihr Beauty Geheimnis? Sollte ich auch versuchen, schmeckt aber widerlich!" Susie gibt Frank seine Kaffeetasse und sieht ebenfalls auf das eingerahmte Bild und erklärt: „Da waren wir noch vollständig. Meine Jungs Fred und John jr. und John Sr. Er ist vor drei Monaten gestorben. Lungenkrebs. Hat geraucht, als gäbe es kein Morgen. Der kam dann auch nicht mehr. Dieser Mistkerl. Lässt uns einfach hier in diesem Loch hängen, nur weil er keine Lust mehr dazu hatte. Die Jungs vermissen ihn sehr, diesen Schuft. Aber wem erzähle ich hier etwas über die Wut des Verlustes, Sie haben Ihre Frau ja auch verloren..." Sie nippt an ihrem Kaffee und geht zu einem gemütlichen Sessel, auf welchem hübsch gehäkelte Decken ausgebreitet sind. Sie lässt sich hineinfallen und streicht mit der Hand über die Lehne. „So, sexy, nun aber raus mit dem Zaster, was wollen Sie in meinem Palast?" „Bitte nennen Sie mich Frank." Er setzt sich ihr gegenüber auf das lachsfarbene Sofa, welches sich sehr bequem anfühlt. Er sollte sich auch bequemere Möbel anschaffen, denkt er sich, und schwingt lässig ein Bein übers andere. „Susie, ich wollte mich herzlich bei Ihnen bedanken für Ihre grossartige Hilfe gestern.

Ich hätte es nie zum richtigen Zimmer geschafft, ohne Sie." Susie zeigt endlich ihr verschmitztes Lächeln und erwidert: „Ich dachte wir wären jetzt beim "du" oder müssen wir uns erst küssen? Keks beiseite, Frank, es ist sehr gern geschehen. Es gibt Regeln und Gesetze. Wenn mich mein Mann etwas gelehrt hat, dann, dass man auch gewisse davon brechen soll, wenn es jemandem hilft. Ich konnte deine Verzweiflung richtig spüren gestern und wenn du nicht so verdammt gut ausgesehen hättest..." Susie grinst, zwinkert Frank zu und nimmt einen Schluck Kaffee. „Um ehrlich zu sein, Susie, bin ich noch aus einem anderen Grund hier... ich wollte Sie... dich fragen..." Susie stellt ihre Tasse auf den wackeligen Salontisch und klatscht mit einer Hand aufs Bein. „Frank, das wird doch jetzt nicht so ein kitschiger Heiratsantrag und ich in diesem Outfit und Lockenwickeln auf dem Kopf! Kein Grund mich so entsetzt anzusehen, ich hab schon alle Tassen im Schrank, mein Schrank ist sogar überfüllt damit! Und jetzt Schluss mit diesem 'ach ich bin so ein anständiger Mann!' Raus mit der Spucke, du brauchst mehr Infos stimmts? Die haben dich aus der Intensiv geworfen, weil du kein Angehöriger bist." Frank entspannt sich sichtlich auf Susies Sofa und denkt sich, diese Frau ist einfach klasse. Wie menschlich und natürlich sie nur ist. Mit ihr einen Abend zu verbringen stellt er sich sehr nett und lustig vor. Vielleicht würden sie das ja mal machen, wenn diese Geschichte im Spital vorbei ist. „Du hast den Nagel auf den Kopf getroffen. Du scheinst wirklich grosse Erfahrung damit zu haben oder ich bin leichter zu durchschauen, als ich dachte." Frank leert den Inhalt seiner Tasse. „Guter Kaffee übrigens. Aus Kolumbien?" Kaum hat er es ausgesprochen, beisst er sich auf die Unterlippe und würde am liebsten ins Sofa abtauchen. „Jaja genau, aus Kolumbien, das Land welches sich in Susies Welt W-a-l-l-m-a-r-k-t nennt", sie betont Wallmarkt silbengerecht, als spreche sie mit einem Schwerhörigen. „Ist schon ok Franky, mach dir nichts draus. Ich kann mit sowas umgehen. Wenn ich in ein vergoldetes Klo kacken würde, wäre mir auch lieber, dieser Inhalt wäre exklusiv!" Sie lacht laut auf, erhebt sich um Franks Tasse zu nehmen. „Unentschieden? Noch etwas kolumbianischen Genuss, Zuckerknochen?" Frank nickt dankend und geht ihr hinterher zur Küche. „Was meinst du, kannst du was für mich tun? Ich weiss, es ist viel verlangt und ich will auf keinen Fall, dass dein Job gefährdet ist, aber ich bezahle auch gerne was dafür…" ‚Ach Mist, nicht schon wieder Frank!' Als hätte er es geahnt, geht Frank zwei Schritte zurück um Susies verärgertem Gesicht nicht allzu nahe zu sein. „So jetzt reicht es denn aber wirklich! Sehe ich so aus, als wäre ich käuflich? Als würde ich nichts aus Nächstenliebe machen? Als hätte ich es nötig, dein Geld zu nehmen? Ernsthaft jetzt? Wenn du wirklich was von mir möchtest, dann nutze die Hirnzellen in deinem schönen Kopf und reiss deinen trainierten Arsch auf! So sprichst du nicht mehr mit mir, verstanden?" „Es tut mir

sehr leid, Susie, bitte, ich nehme das zurück, ich wollte nur..."
„Schon gut jetzt, trink deine schwarze Brühe und lass Mama machen!" Sie gibt ihm den gefüllten Becher, mit dem wirklich leckeren Wallmarkt Kaffee und geht zurück ins Wohnzimmer. Sie nimmt das Telefon, setzt sich auf ihren Sessel und wählt eine Nummer. „Hey Leslie, Susie hier... ja genau, mein freier Tag heute, alles ok bei dir? ...Ist nicht möglich? Mit der blonden Schnalle vom 2.? Der hat sie wohl nicht alle, macht vor keiner Halt, was? Sag mal, was war das gestern mit dem Unfall vom Strand? Hats da jemanden übel erwischt? Sie berichten schon in den Medien....aha...hm...ach...um Himmels willen!!!" Susie hält sich ernsthaft schockiert die Hand vor den Mund und Tränen des Entsetzens schiessen ihr in die Augen. „Wer tut sowas? Verdammt Leslie, wie hältst du das nur aus? Und nun? Überlebt sie es?" Frank sitzt pfeilgerade auf dem Sofa, er verkrampft seine Hände ineinander, kann kaum noch ruhig sitzen. Sein Atem wird schneller und flacher, sein Herz schlägt schnell und laut! Sie! Es ist eine Frau. Und was meinte Susie mit den Medien? Haben diese Aasgeier vor seinem Haus schon was zusammengereimt und berichtet? Er würde Tom anrufen müssen. Sein Manager wird ihm die Leviten lesen, wenn er was aus den Medien hört, bevor Frank ihm berichtet hat. Ungeduldig versucht er sich wieder auf Susies Telefongespräch zu konzentrieren. Sie wischt sich die Tränen aus den Augen, doch der Schock malt Bilder darin. „Aber wie... was soll

das heissen keine Angehörigen? Verstehe ich nicht. Die muss doch jemand vermissen! Aha... ja klar... 24 Stunden sagst du... heiliges Kanonenrohr, kannst du dir vorstellen, wie da einer reagieren wird? Ich meine, das Kind muss doch einen Vater haben! Wie? Ok, verstehe, kein Thema Süsse, danke dir! Wir sehen uns morgen, ich bringe Kaffee und Donuts!" Susie legt den Hörer auf die Gabel und Frank staunt, dass solche Telefonapparate überhaupt noch in Gebrauch sind. Was war es denn nun, eine Frau oder ein Kind? Ein Mädchen? Susie sieht Frank kopfschüttelnd an: „Magst du einen Whisky? Ich könnte einen gebrauchen jetzt. Frank Conley, da hast du aber was in unser Spital gebracht...." Und zum ersten Mal sieht Frank in Susies Gesicht nicht nur Bestürztheit, sondern echte Sorge.

Kapitel 10

Jetzt ist die Stunde der Offenbarung gekommen. Ich muss meinem Schuldirektor meine Schwangerschaft mitteilen. Abgesehen von meinen vollen Brüsten und der Akne, die ich seit Beginn der Schwangerschaft habe, bemerkt man noch nicht viel Veränderung. Die lockeren Kleider verbergen die noch kleine Wölbung unter meinem Herzen. Dennoch geht es jetzt schnell vorwärts und schliesslich will ich jetzt auch mit meinen Freuden und mit der ganzen Welt mein Glück teilen!

Ich will Babyeinkäufe machen und Schwangerschafts-Yoga Kurse besuchen. Das alles geht nicht, ohne dass jemand von der Schule Wind davon bekommt. Vor allem nicht Claudia. Die ist zwar mit Abstand die beste Assistentin, aber auch die neugierigste Person in der Schule. Vielleicht gerade deshalb ist sie so gut. Sie weiss alles, kennt jeden und deren Geschichten. Als Leiterin der Abteilung Didaktik und Künste steht mir die Tür zur Position der Schulleitung sehr weit offen. Ob dies eine Teilzeitstelle werden könnte und wie sieht es mit einem Mutterschaftsurlaub dazwischen aus? Der Gedanke, auf immer Abteilungsleiterin zu bleiben wegen der Tatsache Mutter zu werden, verleiht mir Unbehagen. Ob ich unter solchen Umständen den Job ganz schmeissen würde, um Mutter und Hausfrau zu sein? Mit Robertos Salär als Operationsassistent in einer Privatklinik sicherlich machbar, aber würde mich das ausfüllen? Wäre ich glücklich? Hätte ich genügend abwechselnde Herausforderung? Wenn man bedenkt, wie lange viele Frauen studieren und Zusatzausbildungen machen, um dann ihre Qualifikationen und fachlichen Stärken an den Nagel zu hängen um Mama zu sein... All diese Studiengelder sind doch rausgeworfenes Geld... Wer kann mir sagen, ob diese Frauen dann wirklich glücklicher oder gerade so glücklich sind? Ich bin mir sicher, dass es auch hierzu genügend Statistiken und Fachberichte, vor allem in Frauenmagazinen gibt. Wer weiss, vielleicht besorge ich mir heute sogar ein solches.

„Jasmin, ich hoffe es ist alles in Ordnung und Sie haben sich nicht mit einem, der anderen Abteilungsleiter angelegt. Sie wissen, Ihr Ruf macht VOR Ihrem Fachwissen Karriere!", der Direktor unserer Fachhochschule, Prof. Dr. Martin Kunz, ist eigentlich ein ganz guter Chef. Sehr menschlich, auf dem Boden der Realität geblieben, trotz seiner hervorragenden Auszeichnungen und Kompetenzen. Er ist ein viel gefragter Mann, gibt selber noch Vorlesungen in den letzten Semestern und wird immer wieder nach seiner Meinung in den Medien gefragt. Ein erstaunlicher Werdegang für seine gerade mal 50 Jahre! Er hat zwei Kinder und seine Frau blieb nach der Geburt der ersten Tochter zu 100 Prozent zu Hause. Auch sie war Dozentin an dieser Hochschule. Ob ihre aufgegebene Karriere seine doppelt so schnell vorangetrieben hat?

„Ja alles bestens", antworte ich und setze mich auf einen Sessel in seinem Büro. Er setzt sich ebenfalls, schlägt die Beine übereinander und sieht mich erwartungsvoll an. „Ich wollte mich detaillierter nach dem Schulleiterposten erkundigen. Wäre dieser auch als eine Teilzeitstelle vorstellbar?" Jasmin, Jasmin, Jasmin, immer um den heissen Brei reden... „Ich verstehe nicht ganz, haben Sie vor zu reduzieren?" Kunz sieht mich erstaunt an. „Hm, ja eventuell", stottere ich. Wo bleibt bloss deine Coolness Jasmin! Reiss dich zusammen! Es ist alles, was du immer wolltest! Das hier ist NUR ein Job! „Um es auf den Punkt zu bringen, ich bin schwanger. Im vierten Monat." Ich getraue mich kaum, ihm in die Augen zu sehen und bin ganz überrascht, als er sogleich aufspringt und zu mir kommt. „Das sind ja grossartige Neuigkeiten! Herzliche Gratulation!", er umarmt mich und ich bin wie versteinert! Professor Kunz umarmt mich! „Ich freue mich ja so für Sie und Roberto! 4. Monat sagen Sie? Also, lassen Sie mich rechnen, Juli/August Entbindungstermin?" So kann nur ein Vater reden, denke ich mir und bin entspannter und beruhigt. Der Stein ist gefallen und scheint sogar ins Rollen zu kommen.

Vollbepackt mit Einkäufen, hetze ich durch die Quartierstrasse zu unserer Dachwohnung. Es ist eine grosszügige und in sich selber schon sehr harmonische Wohnung. Verteilt auf zwei Stockwerke, mit viel Holz und offener Gallerie. Eine niedliche kleine, aber feine Küche, deren Fensterfront einen atemberaubenden Blick auf die ganze Stadt gewährt. Die dazugehörende Dachterrasse rundet den gesamten Blick im Sommer vollständig ab, dort oben sieht man noch den grössten Teil des Sees dazu. Wir hatten grosses Glück, dieses Schnäppchen von Wohnung zu bekommen, denn solche tollen Objekte findet man kaum im Internet. Das geht stets unter der Hand weg. Robertos Vorgänger im alten Operations-Team wohnte hier mit seiner Partnerin.

Leider ging die Beziehung nach zehn Jahren in die Brüche. Wirklich schade, die beiden schienen so gut zueinander zu passen und waren so nette Leute. Er nahm nach der Trennung einen Auslandseinsatz in einem renommierten Hospital in New York an und blieb nach diesem Jahr gleich in Übersee. Wir wollten Simon schon lange mal besuchen, schliesslich sind schon mehr als zwei Jahre vergangen. Roberto und er telefonieren oft und Simon war zwischenzeitlich schon einige Male wieder hier um Papierkram zu erledigen. Es sei ganz anders zu arbeiten dort drüben. Das Leben und die Erzählungen vom amerikanischen Krankenhaus schienen Roberto stets zu faszinieren. Mal sehen, eventuell liegt ja eine Reise noch drin vor dem siebten Monat, danach lassen sie einen ja nicht mehr fliegen, habe ich gelesen. Ich werde gleich heute Roberto fragen, ich finde, das wäre eine grossartige letzte Reise für uns als Paar. Danach werden unsere Ferien bestimmt für längere Zeit nicht mehr in Grossstädten stattfinden.

Ich schleppe die Taschen langsam, Schritt für Schritt die knarrenden Holzstufen in den 4. Stock empor. Der Nachteil dieser alten schönen Stadthäuser, kein Lift. Ich höre die wunderbaren Klänge unseres Klaviers schon im Treppenhaus. Robertos Finger gleiten geschickt über die Tastatur. „Für Elise" ...Unser Lied. So simpel und doch so wirkungsvoll. Es war mein Maturalied im Fach Musik und wie sich herausstellte, Robertos erstes Lied, welches er ganz erlernte ab Noten zu lesen. Gegenseitig spielen wir es uns vor, als müssten wir es immer und immer wieder üben. Die Fingerfertigkeit in diesem Stück ist einfach, macht aber unglaublichen Spass und man kann die Dramaturgie darin je nach Tageslaune variieren.

Roberto nimmt die Hände von der Tastatur, als er die Türklinke hört. „Nein, spiel weiter!", rufe ich in das Wohnzimmer und ziehe meinen Mantel und die Schuhe aus, laufe mit den Taschen in die Küche und hinüber zu Roberto ans Klavier. Ich streiche ihm durchs volle Haar und lege meine Arme um seine Schultern. Ich bewege mich mit ihm den Tasten entlang und sauge seinen Duft, seine Wärme und seine Ruhe tief in mich ein. Was für ein geborgenes und herrliches Gefühl. Solche Momente könnten für immer dauern. Wer noch nie geliebt hat, verpasst wirklich was im Leben. Schade eigentlich, dass es nicht für alle Menschen das passende Puzzleteil gibt. Oder gibt es das für sie und sie finden sich aus unerklärlichen Gründen nicht? Ich bin nur dankbar für mein perfektes Puzzleteil! „Wir sollten Simon besuchen", flüstere ich ihm ins Ohr. Roberto endet das Stück und hält mit dem Fuss die Pedale gedrückt, um die letzten Klänge nachhaltend in unserer Wohnung zu verteilen. „Lustig, dass du das jetzt sagst. Ich habe heute oft an ihn gedacht und denselben Gedanken gehabt!

Wie lange darfst du noch fliegen? Brauchst du hierfür ein Arztzeugnis?" Ich löse mich von seinem warmen Körper und gehe Richtung Küche, um die Taschen zu leeren. „Ich werde gleich morgen Dr. Dubois anrufen um alles zu klären." Ich nehme einen Apfel und werfe ihn heiter Roberto zu: „Auf zum Big Apple!"

Kapitel 11

„Hey Tom, ja, alles gut bei mir. Was berichten die Medien denn? ...Nein, nix Mord... verdammte Aasgeier... nichts dergleichen, wie immer so einiges an den Haaren herbeigezogen. Ich war am Coney Island Beach mit Freja... warum nicht? Ich wollte bei Ken vorbei und mal etwas Tapetenwechsel. Auf Coney Island war ich schon lange nicht mehr und es ist nicht so weit weg von ihm... egal, ich kann ja eigentlich joggen, wo ich will, es hat schon gereicht, dass dieser Polizeityp mich deswegen schräg angemacht hat... ja die Polizei hat mich verhört... aber hör doch jetzt einfach zu, ok?" Frank sitzt auf der Rückbank seines Mercedes Maybach und berichtet Tom, seinem treuen Freund und Manager, die Begebenheiten der letzten 24 Stunden. „Und weisst du was? Ich will einen Telefonapparat. So einen richtigen mit einem Hörer und einer Gabel. ...egal ob zum Drehen oder Drücken... ja im Schlafzimmer, neben dem Bett... ja und? Dann werden eben neue Buchsen gemacht... und wie heisst sie, die Innendekorateurin? ...Ah ja Silvia, sag ihr, ich möchte ein bequemes Sofa... nein, das ist kein Sofa, das ist irgendeine Lederbank, die nicht einmal bequem ist. Ich will ein Sofa, das so richtig gemütlich ist... ok? ...ich weiss auch nicht, aber ich glaube, ich muss mich wieder etwas menschlich fühlen... das Ganze hier setzt mir echt zu. Ich sehe dauernd das Bild vor meinen Augen, wie sie da lag und wimmerte... wie viele Tote gab es in meinen Filmen? Wie viele habe ich selber getötet? ...und nun habe ich eine beinahe Tote gesehen und kriege es nicht mehr aus dem Kopf... verdammt nochmal Tom, ich glaube, es ist an der Zeit, andere Dinge zu machen... andere Filme... ich muss was Gutes tun..." Frank legt den Blackberry zur Seite und sieht gedankenversunken aus dem Fenster. Sein Fahrer lenkt den Wagen geschickt durch die belebten Strassen Richtung Brooklyn.

Freja springt Frank an, kaum hat Ken die Tür geöffnet. „Ja, meine Gute... alles gut, lass mich rein..." Frank muss sie durch die Tür schieben, damit auch er in Kens Wohnung kommt. Eine Vater-und-Sohn-Umarmung ohne viele Worte, ein Rücken Tätscheln und Freja um die beiden rumwedelnd. „Alles ok bei dir, Dad?" Ken sieht Frank mit seinen strahlend blauen Augen besorgt an. „Magst du was trinken?", er geht zur offenen Küche seines zweistöckigen Appartements und nimmt eine Seven Up Dose aus dem Kühlschrank. Er öffnet die Dose auf dem Weg zu Frank, der sich in einen Ohrensessel im Karo Look setzt. „Danke mein Junge, ja es geht mir schon besser. Ich konnte die Geschichte schon etwas verdauen. Um mich geht es ja eigentlich gar nicht...", und er berichtet zum zweiten Mal an diesem Tag die genauen Vorkommnisse am Strand und im Krankenhaus. Was er in beiden Versionen verschweigt, ist sein Besuch bei Susie. Er kann es sich nicht erklären weshalb, irgendwie hat er das Gefühl, das für sich behalten zu müssen.

„Was machst du denn jetzt? Wie geht es weiter? Kann ich was für dich tun? Stell dir vor, was mit dem Kerl oder den Kerlen passiert, die das Massaker angerichtet haben. Solche Straftäter haben in unserer Justiz keinen würdigen Abgang... wenn man sie denn überhaupt erwischt. Solche Mistkerle verstehen sich leider zu gut in ihren kriminellen Machenschaften und sind oft sehr schlau. Das war kein Zufall, sowas musste genau geplant werden. Die Arme! Durch welche Hölle musste sie nur gehen und das Schlimmste kommt erst noch! Ob sie es überhaupt überlebt? Sag mal, wie bist du denn an die Informationen zu ihrem Zustand gekommen?"

Hier war der kleine feine Unterschied zwischen seinem Manager und seinem Juristensohn, der stets hinterfragende Anwalt, der schlaue Fuchs. Wie stolz er doch auf ihn war! „Spielt im Moment keine Rolle, sagen wir mal, Daddy hat seine Quellen.", er zwinkert Ken zu, krault Freja hinter dem Ohr und trinkt einen grossen Schluck aus der Dose. „Ich bringe mich jetzt mal auf andere Gedanken und werde mich auf dem Tennisplatz fix und fertig machen lassen. Für heute bekomme ich eh keine weiteren Informationen. Eventuell schaue ich morgen mal im Krankenhaus vorbei. Was machst du? Lust auf ein Spiel gegen deinen alten Vater?" Ken sieht durch das Fenster auf die Strassen, kräuselt seine Lippen, wie es schon seine Mutter immer in Gedanken versunken gemacht hat und gibt einen nachdenklichen Laut von sich. „Lust hätte ich ja schon... und Zeit eigentlich auch... aber da wäre noch etwas anderes Dad, das ich gerne mit Dir machen würde... irgendwie scheint mir gerade heute, der richtige Zeitpunkt dafür zu sein..."

Kapitel 12

„Haben Sie mit Roberto gesprochen? Ich finde, es wäre wirklich wichtig, wenn er alle Fakten kennt. Wenn es hart auf hart kommt, muss er wissen, wie er entscheiden soll." Dr. Dubois sieht mich kritisch und besorgt an. „Nein, ich habe den passenden Moment noch nicht erwischt. Aber ich weiss, er hätte genauso entschieden. Abgesehen davon ist es mein

Körper. Und unser Kind. Also, stets zugunsten vom Gemeinsamen, nicht? Und ich halte mich an unsere Zusatztermine und komme regelmässig zur Untersuchung wie auch zu jeglichen Zusatzproben, die Ihre Laborratten von mir brauchen." Er sieht mich fragend an und natürlich versteht er nicht, welch vernichtende Gedanken ich gehegt habe. „Nun eine andere Frage: bis zu welcher Woche darf ich noch einen Langstreckenflug mitmachen?"

Dr. Dubois fällt der Stift aus der Hand und seinem besorgten Gesichtsausdruck wird nun noch deutliche Empörung hinzu gemischt. „Sie wollen doch nicht allen Ernstes ins Ausland fliegen? In Ihrem Zustand? Wie stellen Sie sich das vor, wenn etwas passiert? Wohin wollen Sie denn in Gottes Namen?"

Ich habe mir noch nie überlegt, dass Mediziner an Gott glauben könnten. Sprengt das nicht eine dicke Grenze zwischen medizinischen Fakten und biblischen Wundern? Eine interessante These eigentlich, ich sollte in unserer Bibliothek mal nachsehen, ob es hierzu schon gute Bücher gibt. Ich bin mir fast sicher, dass ein Theologe, der sich einst für die Medizin entschieden und dann doch die Glaubensrichtung gewählt hat, sich diesem Thema einschlägig gewidmet hat. „Frau Steiner, wohin wollen Sie?", mein Lieblings Gynäkologe hat es wirklich nicht einfach mit mir. Ob ich die einzige Patientin bin, die er zurzeit für absolut unzurechnungsfähig hält? „Entschuldigen Sie, nach New York. Und ich bin mir ganz sicher, wenn etwas passieren sollte, dass ich auch dort in sehr guten Händen bin. Um es genauer zu erläutern, wir besuchen einen Freund, der in einem Krankenhaus ebenfalls Operationsassistent ist. Also, wir hätten sozusagen den direkten Zugang zur Quelle. Wie ist es denn nun? Wie lange lassen die Airlines mich noch mitfliegen?" Unzufrieden mit meiner Antwort blättert er in seinem Kalender. „Sie sind jetzt in der 15. Woche. Die meisten Airlines lassen Sie bis zur 32. Woche mitfliegen, mit ärztlichem Attest, welches ich Ihnen leider nicht ausstellen kann. Dies würde voraussetzen, dass Ihre Schwangerschaft gut und risikofrei verläuft." Sein Blick trifft mich mitten ins Schwarze und verwundbare, offensichtliche Loch! „Ich verstehe, aber bis zur 25. Woche sicherlich ohne ärztliches Attest?", erwidere ich ihm fragend und doch selbstredend, dass ich mich von ihm nicht umstimmen lasse. „Hören Sie, Jasmin, ich will Ihnen nicht zu nahe treten, aber wir sind hier nicht auf einem Bazar und feilschen um Ihr oder das Leben Ihres Kindes. Ich kann es weder gut heissen, dass Sie Ihrem Mann, dem Vater Ihres Kindes nicht erzählen, wie es um Sie beide wirklich steht, noch, dass Sie alle drei in Lebensgefahr oder Roberto in ein Fiasko bringen. Wie einfach stellen Sie sich das eigentlich vor? Sie sind doch eine studierte Frau von Welt?" Jetzt ist Dr. Dubois wirklich wütend und es tut mir unendlich leid, diesen überqualifizierten und unglaublich liebenswürdigen und mitfühlenden Arzt derart enttäuscht zu haben. Ich schäme mich jedoch nicht im Geringsten für mein Verhalten und versuche mich dennoch in einem verständnisvollen Ton zu erklären: „Dr. Dubois, seit Jahren bin ich Ihre Patientin und vertraue Ihnen voll und ganz. Seit über vier Jahren versuchen wir ein Kind zu bekommen und alles schien in Ordnung zu sein und dennoch hat es nie geklappt. Wie durch ein Wunder bin ich plötzlich schwanger geworden und unsere, vor allem aber Robertos, Wünsche sind endlich zum Greifen nahe. Dann zeitgleich Ihre lebensvernichtende Enthüllungen von Ergebnissen, welche in diesem Zusammenhang doch überhaupt gar keine Rolle spielen dürften! Aber doch, ich hätte sogleich entscheiden sollen: ich oder unser so lange ersehntes Kind. Dass nach meinem Entscheid gegen das unschuldige Geschöpf, mir niemand, aber wirklich niemand hätte versichern können, dass es überhaupt noch möglich wäre, ein Kind auszutragen. Wissen Sie, was ich zu diesem Entscheid vom ersten Moment an gedacht habe? Scheiss drauf! Jawohl! Tut mir leid, es mit diesen vulgären Worten ausdrücken zu müssen, aber ich war und bin noch immer zu hundert Prozent davon überzeugt, richtig entschieden zu haben. Nämlich für die doch auch wahrscheinliche Begebenheit uns beide am Leben zu halten! Uns beide für Roberto und unsere Familie!" Dieser kurze, für mich dennoch impulsive

Ausbruch hat mich ins Schnaufen gebracht und ich lehne mich kurzatmend in die Stuhllehne zurück. Sichtlich überrumpelt und auch etwas überrascht sieht mich Dr. Dubois hinter seinen Brillengläsern traurig an und erwidert fachlich und doch mit Herz: „Versuchen Sie die Reise vor vollendeter 25. Schwangerschaftswoche anzutreten. Ich möchte Sie vor Reiseantritt jedoch noch sehen, dies meine letzte Bitte an Sie." Ich nicke ihm verständnisvoll zu und denke mir, ich habe einfach den allerbesten Gynäkologen der Welt.

Ich ziehe meinen Mantel an, nachdem ich den nächsten Termin in vier Wochen mit Rob fürs "Babywatching" abgemacht habe, als Dr. Dubois seinen Kopf durch die offene Tür streckt und fragt: „Frau Steiner, damit ich mich schlau machen kann, in welchem Spital arbeitet Ihr Freund?"

„Coney Island Hospital New York", gebe ich ihm zur Antwort und sende ein dankendes Lächeln hinterher.

Kapitel 12

Es war ein gelungener Ausflug und Kenneth hatte recht, es war irgendwie der passende Moment dazu. Für einen Anwalt ist er einfach zu sensibel, denkt sich Frank, und ist einmal mehr stolz auf diesen Prachtsjungen. Aus welchem Grund auch immer er noch keine ernsthafte, sprich längere Beziehung eingegangen ist, erscheint ihm erneut schleierhaft. Natürlich, sein Beruf ist ihm sehr wichtig, aber ein Karrieretyp, dem zwischenmenschliche Beziehungen nicht wichtig sind, ist sein Sohn überhaupt nicht. Im Gegenteil, schon während dem Studium war es ihm immer wichtig seinen Vater, seine Grosseltern und auch seine Collegefreunde zu sehen und gemeinsam Dinge zu unternehmen. Er war auch stets der Typ Mensch, der mit dem Hotdog Verkäufer etwas auszutauschen hatte oder sich für das Buch seines Mitfahrers in der Subway interessierte. Menschen interessierten Ken seit er klein war. Menschen, ihr Wesen, ihre Denkart und natürlich die Gerechtigkeit. Er hat es immer sehr gut gemeistert, wenn sein Vater im Rampenlicht stand und oft in der Öffentlichkeit zu sehen war. Ebenso hegte er auch einen gewissen Stolz auf ihn, wenn die Jungs im College begeistert über Franks Filme sprachen. Und dennoch verstand er es, dies als Job seines Vaters zu betrachten und nicht als Vorteil zu nutzen. Oft behielt er die Identität seines berühmten Vaters auch geheim, um nicht als dessen Sohn, sondern als eigene Persönlichkeit betrachtet und kennengelernt zu werden. Sie hatten auch viele Auseinandersetzungen, was seine Rollen betrafen. Frank, der Actionheld, der in seinen Filmen auch tötete und alles Verbotene machte, dies widersprach jeglichem Gerechtigkeitssinn und Logik seines Sohnes. Meistens kamen sie dann zur Einigung, dass den künstlerischen Freiheiten und den Fantasien, mögen sie noch so grausam und unverständlich, vielleicht sogar unlogisch sein, kaum Grenzen gesetzt waren. Somit war die Jobbezeichnung für Kenneths Vater in seinen Aussagen selten Schauspieler, nein, er nannte seinen Vater ganz einfach einen Künstler.

Die goldigen Seiten dieses Künstlers verschafften ihnen viele wunderbare Luxusmomente, wie auch heute Nachmittag, einfach der Gegenwart entfliehen zu können. Sie flogen mit einem kleinen Privatjet zum Landhaus, welches sie leider viel zu wenig nutzten, um das nahe gelegene Grab von Kens Mutter, Franks Frau, zu besuchen. Es war immer mit wunderbaren Jahreszeitengestecken geschmückt und der weisse Marmorstein mit einer Taube darauf, verlieh ihm besondere Würde. „Liebst du sie noch immer, Dad?", Kens tränengefüllte Augen sahen auf die Taube. Frank trat näher an ihn heran und legte seinen Arm um ihn: „Ich werde sie immer lieben und in meinem Herzen tragen. Sie war die Liebe meines Lebens, das geht über den Tod hinaus. Was ist mit dir?" Ken wischt sich mit der Hand die Tränen weg und erwidert: „Ich denke sehr oft an sie, auch wenn meine Erinnerungen nicht so viele Jahre abdecken. Und manchmal habe ich das Gefühl, als wäre sie bei mir, klingt seltsam nicht? Dann darf ich mich nicht all zu fest an diesen Gedanken klammern, weil es dann plötzlich schmerzt und ich nicht weiss, wie ich damit umgehen soll. Kennst du dieses Gefühl?" „Ja das kenne ich nur zu gut. Es tut sehr weh, wenn man jemanden ganz fest vermisst und dieser Person noch so vieles sagen, sie im Arm halten oder Dinge unternehmen möchte. Das ist auch ok, diese Momente gehören im Leben dazu. Ein genaues Rezept habe ich leider nicht, wie du diesen Schmerz schneller wieder wegbringst. Ich habe gemerkt, wie gut es mir in solchen Momenten tut, darüber zu sprechen und sie zu teilen. Und du weisst, ich bin jederzeit für dich da! Vielleicht wäre aber auch eine Partnerin für dich da ganz hilfreich." Frank stupst ihn von der Seite leicht an und bemerkt, wie Ken seine Bemerkung sehr wohl registriert, sie aber bewusst ignoriert.

Sie essen im kleinen Diner des Zentrums noch etwas, zur Freude der Eigentümer, die sie schon lange nicht mehr gesehen haben. Im Haus sehen sie sich gemeinsam Fotoalben aus früheren Zeiten an, lachen und versinken immer wieder in Gedanken. Sie teilen ihren Schmerz stumm.

Auf dem Rückflug summt Franks Handy vermehrt in seiner Westentasche, doch er will die gemeinsame Zeit mit seinem Sohn durch niemanden stören lassen. Wer es auch sein mag, wenn es wichtig ist, rufen sie wieder an. Es ist schon spät, als Frank endlich zu Hause in den Hamptons ankommt. Wenigstens keine Aasgeier mehr vor der Tür. Ob sie noch mehr Futter bekommen haben als er? Freja stürzt sich auf ihren Fressnapf, knackt ein paar Kekse und nimmt mehrere Schlucke Wasser, bevor sie sich erschöpft in ihren Korb kuschelt. Müde zieht auch Frank seine Kleider aus, legt sich ein Badetuch um die Hüften und stellt die Dampfsauna ein. Er geht in die Küche, um sich eine Flasche Wasser mit Zitrone zu holen. Wieder summt sein Handy, eine ihm unbekannte Nummer. Er überprüft die Nummern vom Nachmittag und sieht, dass es stets dieselbe Nummer ist. 10 mal! Wer das wohl sein könnte? Frank prüft die Nummern auf der Visitenkarte des Polizeibeamten. Als er den Namen Daniel Tropman sieht, zieht er eine Augenbraue hoch. Stimmt, mit diesem Herrn hätte er auch noch ein Hühnchen zu rupfen. Die Nummern stimmten nicht überein. Alle anderen Nummern, die er wissen muss, hatte er immer sogleich gespeichert. Merken konnte er sich Zahlen im Gegensatz zu Texten, noch nie. „411, Gaby, wie kann ich Ihnen heute helfen?" Schon wieder eine Gaby bei der Auskunftsstelle. Ob sie sich alle gleich nennen, einfachheitshalber? „Frank hier, können Sie mir bitte den Namen zur folgenden Nummer nennen?" Er liest ihr die Ziffern langsam und deutlich vor und hört Gaby eintippen. „Möchten Sie Name und Adresse auf Ihrem Mobile als Nachricht, Sir?" „Sehr gerne Gaby und einen schönen Abend in New York!" Bevor Gaby dies sicherlich erwidern will und kann, legt er auf und wartet auf die Nachricht in seinem Blackberry. Ob Gaby eingeschnappt ist, weil er einfach auflegte? Die Nachricht kam nicht. „Das darf doch nicht wahr sein! Spinnt die?" Frank wirft verärgert das Telefon auf die Kücheninsel, nimmt die Flasche Zitronenwasser und geht kopfschüttelnd die Marmortreppe hinunter. Als er auf der letzten Stufe seinen Fuss absetzt, hört er den Blackberry über die Kochinsel surren. „Jetzt kannst du mich mal, Gaby!", flucht er vor sich hin. Doch die Neugier siegt und er geht die Treppe wieder hinauf. Er nimmt sein Mobile, öffnet die Nachricht und zieht fragend beide Augenbrauen zusammen. Als er wieder im unteren Stockwerk vor der Dampfsauna steht, lässt er das Handtuch fallen um in den herrlich duftenden und heissen Dampf zu treten, während er versucht alle Hirnzellen zu durchsuchen, ob ihm der Name Simon Zimmermann doch etwas sagt...

Kapitel 13

Ruckartig springe ich aus dem Bett hinüber ins Bad und übergebe den gesamten Inhalt meines Magens der Keramikschüssel an der Wand! Die Würgereflexe wollen nicht aufhören, auch wenn schon lange nichts mehr kommt. Nach guten fünf Minuten, die mir wie eine Ewigkeit vorkommen, stehe ich vom Erbrechen erschöpft auf, wasche mir das Gesicht mit kaltem Wasser ab und betrachte mein blasses Spiegelbild. Ich sehe nicht gut aus, gar nicht gut. Meine Augen scheinen zur Flucht angetreten zu sein und haben sich seltsam in meinen

Kopf zurückgezogen, die schwarzen Schatten unter ihnen kommen so noch deutlicher zum Vorschein und meine Haut scheint die orientalische Oberfläche verloren zu haben. Was war das eben? Die drei ersten Monate der möglichen Morgenübelkeit sind schon lange Geschichte. Was habe ich gestern gegessen? Schnell gehe ich gedanklich alle Malzeiten des Tages durch und stelle mit Entsetzen fest, wie appetitlos ich geworden bin und die meisten Mahlzeiten mit Besorgungen und anderem ignoriere, sogar vergesse. Ausser Abendessen mit Roberto, was war das denn schon wieder? Während ich überlege, stelle ich mich auf die Waage und schmunzle freudig, weil mir da eine süsse kleine Kugel im Weg ist, um die Zahl zwischen meinen Füssen zu erkennen. Ich beuge mich etwas vor, weniger als 61 Kilos! Das kann nicht sein und ich stelle mich erneut darauf, dieselben Ziffern. Ich hab nie unter 63 Kilos gewogen vor meiner Schwangerschaft. Für meine 1.63 genau richtig, nicht gertenschlank, aber noch immer im BMI. Wie konnte das passieren und was hatten wir denn nun gestern zum Abendessen?

„Dr. Dubois ist in einer OP und scheint nicht so schnell wieder zurück zu sein. Möchten Sie es gerne später versuchen oder kann ich ihm etwas ausrichten?" Ich bitte um Rückruf meines Arztes und lege den Hörer auf die Gabel. Mist, Mist und nochmals Mist! Das darf doch jetzt nicht wahr sein!

Ausgerechnet jetzt, wo wir die Reise gebucht haben, Roberto und Simon alle möglichen und unmöglichen Pläne schmieden, muss sich mein Zustand derart verschlechtern. Und die Tatsache, dass ich meinen Mann noch immer nicht über alles aufgeklärt habe, macht mein Unbehagen nicht viel besser. Ich gehe in meinem Büro auf und ab, als mein Telefon klingelt.

„Steiner?", hebe ich hörbar erregt ab. „Hey, was ist denn hier los?", höre ich Robertos wohltuende Stimme fragen, „alles ok bei Dir? Störe ich gerade?" Ich setze mich auf den Stuhl hinter mir und drücke den Hörer fest an meine Wange... 'Du störst nie...', denke ich und höre es mich gleichzeitig leise sagen. „Jasmin, was ist los, mit dir stimmt doch was nicht! Ist heute Vormittag etwas passiert? Tut mir leid, dass ich so früh weg war, hast du dein Frühstück gesehen und meine Nachricht?" ‚Ja', denke ich, ‚gut bist du so früh gegangen und ja, auch das liebevoll zubereitete Frühstück habe ich gesehen, konnte aber keinen Bissen davon runterbringen nach dieser Brechattacke.' Schnell versuche ich etwas zu sagen, bevor diese Pause noch mehr Fragen aufwirft und erwidere: „Alles gut, stecke nur gerade gedanklich in einer Zwickmühle, die ich zu lösen versuche." „Lass mich helfen! Ihr studierten Leute habt immer so spezielle Fragen. Das ist amüsant für mich, wie bei Philippe Maloney. Also her damit, teste deinen OP Guru!" Ich seufze tief und kann mir ein Lächeln nicht unterdrücken, auch wenn mir gerade dieses Gefühl mein Tränenwasser steigen lässt. „Na schön. Stell dir vor, zwei Studenten lernen gemeinsam für eine sehr schwierige Prüfung. Sie lernen zwar zusammen, jedoch jeder auf seine Art und Weise. Die Prüfung wird sehr herausfordernd und sie müssen versuchen, soviel wie möglich von der Theorie zu erlernen. Nun hatte der eine Student zuvor eine Begegnung mit einem Professor, der ihm mögliche Zusatzinformationen verschaffte, welche der besagte Student jedoch als weder zum Thema passend, noch für diese Prüfung als relevant einstufte. Er weiss nun nicht, wie er vorgehen soll. Soll er seinem Mitschüler von diesen Informationen berichten, ihn allenfalls ebenfalls irreführen und von den wesentlichen Fakten aus den Büchern irritieren lassen. Oder soll er die Begegnung für sich behalten und weiter mit seinem Kollegen auf die Prüfung aus den vor ihnen liegenden Büchern lernen?" Ich beisse mir auf die Unterlippe, fahre mit der freien Hand durch mein wildes Haar und kralle mich darin fest. Die Luft in der Telefonleitung ist zum Schneiden dick und ich höre Robertos Atem am anderen Ende. „Hm... die Enttäuschung des Kollegen könnte natürlich sehr gross sein, wenn es sich dann zeigt, dass die Infos hilfreich gewesen wären. Andererseits was ich nicht weiss, macht mich nicht heiss. Also Studi A könnte es so oder so für sich behalten und doppelt siegen. Eine gelungene Prüfung UND noch einen Studienfreund! Ganz dumm wäre es natürlich dann, wenn der Professor sich mal zu dem

Gespräch äussert in der Gegenwart beider Studenten. Dann wäre wohl aus der Freudenschmaus... na wie hört sich meine Lösung an?", freudig erwartet Roberto meine mündliche Benotung... und in meinem Kopf schwirrt nur noch sein Satzende ‚aus der Freudenschmaus' herum.

„Sowas, du bist ja ein Musterschüler! Mal sehen, was die Studenten meinen. Aber ich sehe, die Aufgabe kann gut verstanden werden, danke Dir, du hast mir sehr geholfen! Wie läuft es bei dir? Alle überlebt?" „Jein, einer hängt ganz elend am seidenen Faden, seine arme Frau. Sie sind nicht viel älter als wir. In diesem Zusammenhang, Jasmin, wir müssen uns unbedingt mal unterhalten, wie ich oder du entscheiden sollen, wenn einer von uns an der Maschine hängt. Und auch sonstige medizinische Entscheide müssen wir regeln, bevor unser Kind da ist, ok? Machen wir das gleich heute Abend? Ist mir sehr wichtig, nach solchen OPs, da studierts schon heftig mit. So und jetzt muss ich wieder und du irritier nicht alle Studenten mit deinen Aufgaben!" „Ok, können wir gerne machen! Ich liebe dich! Bis später dann!"

Dr. Dubois will mich wie erwartet noch heute sehen. Wir vereinbaren um 18 Uhr einen Termin. Bis dahin bleibt mir noch Zeit, alles Administrative aufzuarbeiten und zu erledigen. Immer wieder schweifen meine Gedanken ab und Robertos gewünschtes Gespräch von heute Abend lässt unangenehme

Gefühle in mir emporsteigen. Irgendwie schmerzt mein Bauch und ein ruckartiges Stechen zwingt mich zum sofortigen Aufstehen. ‚Was ist denn jetzt schon wieder? Bitte, bitte nicht jetzt.....OHHHH doch jetzt!! Bitte, bitte mehr!!' Ich merke mit peinlicher Berührtheit, dass ich zum ersten Mal von meinem Kind getreten wurde! Jetzt kann ich die Freudentränen nicht zurückhalten und reisse die Tür auf, welche mich von Claudia trennt: „Claudia, mein Kind bewegt sich! Ich habe es ganz deutlich gespürt, komm her!" Kaum ausgesprochen, liegen zwei langfingrige Hände auf meinem Bauch. „Hallo kleine Maus! Bist du fies zu Mami? Ich bin Claudia und freue mich auf dich!" Sie streicht sanft über meine kleine Kugel und strahlt mich an. „Ein wunderbares Gefühl nicht? Oh, oh, hier ist was! Uh hier schon wieder! Ei, das ist aber eine Wilde! Das muss doch ein Mädchen sein, ganz bestimmt, ich habe schon Wetten am Laufen." Ich kann es noch nicht fassen, so fühlt es sich also an. Ich habe mich immer gefragt, wie ich das merke und ob es ein schönes oder schmerzendes Gefühl sein wird. Ich kann es kaum erwarten, bis Roberto das fühlt! Sein erster Kontakt zu seinem Kind. Ich überlege mir, ob ich den Termin mit Dr. Dubois sausen lassen soll. Ich will mir diesen Höhenflug heute nicht nehmen lassen und überlege mir, welchen Vorwand ich bringen könnte. Morgen ist auch noch ein Tag...

Kapitel 14

„Simon Zimmermann? Hier Frank Conley, Sie haben mich gestern versucht zu erreichen?" Frank sitzt bei seinem Morgenespresso nebst frisch gepresstem Fruchtshake zu seinen Scrambled Eggs mit Schinken und Tomaten. Er legte schon immer viel Wert auf eine gesunde und ausgewogene Ernährung, begleitet von Sport und Dampfsauna. Am liebsten macht er gleich am Morgen früh einen ausdauernden Lauf mit Freja, danach aufs Frühstück stürzen und mit klarem Kopf und voller Tatendrang an die Arbeit. Früher machte er das jeden Tag, wenn er früh auf dem Set sein musste, legte er sich sehr früh zu Bett, damit er noch vor dem Morgengrauen laufen konnte. Heute sieht es etwas anders aus. Er dreht nicht mehr so viele Filme und geniesst es mittlerweile auch, die Zeitung schon mal im Bett zu lesen und den Tag gemütlich zu starten. Aber so richtig in die Gänge kommt er dann selten und wenn er am Nachmittag Sport macht, fällt es ihm schon schwerer. Vielleicht würde er wieder damit diszplinierter anfangen. Spätestens wenn feststeht, welchen Film er als nächstes drehen wird und wie fit er für diese Rolle sein muss.

„Mister Conley, vielen Dank, dass Sie zurückrufen. Es ist mir eine grosse Ehre Sir!" ‚Das darf doch nicht wahr sein', denkt sich Frank! ‚Doch nicht ein Stalker oder sonst ein Freak!

Er spricht einen seltsamen Dialekt. Schon wieder Mobile Nummer wechseln! Welcher verdammte Idiot gibt die denn raus?' „Woher haben Sie diese Nummer?", fragt Frank in einem nicht sehr höflichen Ton. „Vom Coney Island Hospital, Sir." Frank erstarrt kurz und wird nun aufmerksam. „Legen Sie los, Simon", erwidert Frank sehr gespannt.

„Ich arbeite als Operationsassistent im Coney Island Hospital seit ca. 2 Jahren und bin mitten in einer Weiterbildung. Für meine Abschlussarbeit suche ich noch ein spannendes Thema und habe vom gestrigen Vorfall gehört. Wer schon nicht!" Frank denkt sich, dass er noch immer keine News gesehen oder gelesen hat und alle sprechen davon. „Und weiter?", verhört er seinen Gesprächspartner, „da ich in einer anderen Abteilung arbeite, darf ich nicht auf die Intensivstation, also nicht zu den Patienten. Wir haben keine Erlaubnis, mit den Patienten zu sprechen. Ich kann die Akten einsehen, mit Bewilligung natürlich, aber die Patienten sind tabu." Frank kann sich noch immer keinen Zusammenhang reimen, schon gar keinen, der ihn betreffen würde und spricht dies auch sogleich aus: „Und was habe ich mit Ihren internen Regelungen zu tun?" „Ich habe gelesen, dass Sie das Opfer gefunden und auch im Krankenhaus aufgesucht haben", sowas steht in den Akten eines Patienten? Frank ist etwas überrascht. „Und Ihr Name wie Ihre Telefonnummer sind darin hinterlegt, sollten sich keine Angehörigen melden." Jetzt ist Frank wirklich verblüfft. Kontaktperson, wenn sich keine Angehörigen melden? Weshalb das denn? Was hatte er mit dem Opfer zu tun, nur weil er es gefunden hat? Dieser Gedanke bringt Unbehagen in ihm vor, obschon er es zugeben muss, dass ihm das Opfer keineswegs egal ist. Nicht nachdem, was Susie ihm berichtet hat. „Ok, und was genau möchten Sie von mir, Simon? Sie rufen mich offensichtlich privat an." „Ja genau, eben, ich darf keinen persönlichen Kontakt zum Opfer aufnehmen und Sie werden ihn haben. Da ich Patienteninformationen für meine Abschlussarbeit benötige, wollte ich Sie fragen, ob Sie eine Art Informationsquelle für mich sein könnten, was die Patientin berichtet. Es geht hier wirklich um eine seriöse, medizinische Fachabschlussarbeit, für welche jedoch nicht nur die medizinischen Fakten zählen. Ich werde Ihnen selbstverständlich alles Material zur Verfügung stellen, bevor es in Druck gehen würde und keine Namen werden je erwähnt, alles anonym." „Weshalb sollte ich mit der Patientin sprechen sollen?" Frank wird aus diesem Gespräch einfach nicht ganz schlau. „Ihre Angehörigen werden mit ihr sprechen. Weshalb fragen Sie nicht die?" Frank nimmt den letzten Schluck seines Fruchtshakes, während er Simons Räuspern hört und das Gefühl hat, als würde dieser vermehrt leer und schwer schlucken. Er scheint nervös zu sein. Wegen ihm? „Es gibt aber keine Angehörigen, Mister Conley, also bis jetzt nicht." Jetzt schluckt Frank ins

Leere. „Es hat sich noch niemand gemeldet? Sie wurde noch nicht als vermisst gemeldet? Die 24 Stunden wären ja seit gestern Abend vorbei." „Ja ich weiss, deshalb habe ich Sie kontaktiert", sagt Simon nochmals erklärend.

Frank legt seine Stirn in seine freie Hand und sieht hinaus in den Garten und zum Ozean. Was um alles in der Welt geht hier vor? Seine Gedanken schlagen wie die Wellen vor seinen Augen wild umher und wollen nicht klar ersichtlich werden. „Sind Sie noch da?", Simons lustiger Akzent dringt in seine Ohrmuschel. „Ja ich bin noch da. Das kommt mir irgendwie seltsam vor, ich kann Ihnen leider im Moment nicht weiterhelfen Simon, tut mir leid. Ich muss mir da zuerst selber Klarheit verschaffen und mich mit der Polizei in Verbindung setzen." „Ok, ja klar, verstehe ich", erwidert Simon hörbar enttäuscht. „Aber bitte Sir, darf ich um Ihre Diskretion bitten? Es darf natürlich niemand von meiner Anfrage an Sie erfahren, sonst bin ich meinen Job hier los." Frank hebt seine Augenbraue und gibt zur Antwort: „Das gilt auch für Sie, junger Mann. Löschen sie meine Nummer! Sollte ich Ihnen weiterhelfen können und das dann auch wollen, würde ich mich bei Ihnen melden, klar?" Irgendwie hörte sich das gerade wie aus einem seiner Filme an, denkt Frank und ist zufrieden damit.

„Und noch etwas, woher kommen Sie? Sie haben eine englische Aussprache, die ich nicht zuordnen kann." „Verstehe Sir, kein Problem, versprochen. Ich komme aus der Schweiz."

Frank konnte Officer Tropman nicht erreichen und versuchte es bei Susie. Anrufbeantworter. Sie muss schon im Krankenhaus sein, somit wählt er die Hauptnummer vom Coney Island Hospital, die er dann sogleich auf seinem Blackberry speichert. „Coney Island Hospital, Sie sprechen mit Susan. Wie darf ich Ihnen weiterhelfen?" Susies Stimme klingt so professionell und hilfsbereit. Frank freut sich innerlich schon auf ihre Reaktion, wenn er sich zu erkennen gibt und verstellt seine Stimme: „Susan, heute ist Ihr Glückstag! Sie haben einen Rundflug über New York gewonnen!" Er hört Susie kichern und sich dann aber wieder ernsthaft melden: „Was Sie nicht sagen! Wann gehts denn los, Sie Superheld?", wobei sie die letzte Bezeichnung, die offensichtlich dem erkannten Frank galt, sehr leise in den Hörer sprach. „Wann immer du Zeit für mich findest! Wie geht es dir heute Susie? Schon richtig gefrühstückt?" Frank nippt an seinem dritten Espresso an diesem Morgen und nimmt die Tasse mit in sein Schlafzimmer. „Wenn Mister Perfect zwei Donuts und einen halben Liter Wallmarktkaffee als Frühstück bezeichnet, aber ja doch! Wie sieht es bei Dir aus? Schon alle Beautytorturen hinter Dir? Da würde ich gerne mal Mäuschen spielen, wenn ein Filmstar seinen berühmten Hintern aus dem Bett schwingt. Moment, ich muss an die andere Leitung." Frank hört ein Knacken und klassische Musik erklingt. Ob es einen grossen Unterschied gibt zu ihren beiden Morgenritualen? Wie sie sich das wohl vorstellen mag? Nach seinem Besuch bei ihr zu Hause ist er sich sicher, dass sie von seinem Haus, wohl eher Anwesen, sehr überwältigt wäre. Das sind die meisten, die es zum ersten Mal sehen und jedes Mal denkt sich Frank, es ist viel zu gross für ihn alleine. Hier sollte eine Familie wohnen, Kinder, welche die vielen Räume mit Lachen und Musik füllen. Eltern, die gerne Besuch haben und eines Tages ihre vielen Enkel einladen könnten, die im Pool toben, den Tennisplatz nutzen und aus jedem Zimmer den atemberaubenden Blick geniessen würden. So sahen ihre Vorstellungen aus, als Ken noch klein war. Dann der Unfall und weder Frau noch weitere Kinder folgten seinen Träumen mehr. „Traumflieger noch da?" Susie unterbricht Franks Gedankenreise und die begleitende Musik. „Was heisst hier Traumflieger? Wann hast du Zeit?" Susie verstummt für wenige Sekunden, bevor sie im Flüsterton in die Muschel spricht: „Wozu soll ich Zeit haben?" „Na, für den Rundflug über New York? Das war kein Scherz, ich möchte dir das sehr gerne zeigen, wenn du überhaupt Lust dazu hast?" Frank nennt sich erneut einen Narren, so selbstverständlich davon ausgegangen zu sein, dass die lustige und nette Susie mit ihm einen solchen Flug machen möchte. Er hofft insgeheim, sie mit dieser Einladung nicht schon wieder beleidigt zu haben. „Heilige Scheisse Franky, was wird das denn nun? Ich bin Pretty Woman, nur nicht so jung und pretty und du Richard Gere nur noch besser? Oder hattest du gestern einfach Mitleid und willst der normalen Frau von Welt die tollen Sachen zeigen, die es gäbe, wenn man reich ist?" Er hat sie doch beleidigt, das tat ihm unendlich leid und er hat es einmal mehr vermasselt. „Nein, Susie überhaupt nichts dergleichen. Ich scheine einfach nicht richtig an dich heranzukommen. Ich mag dich wirklich! Nichts mehr aber auch nichts weniger. Ich fliege unglaublich gerne und dachte mir, deine Begleitung bei einem City Rundflug wäre sicherlich nett und lustig. Weil du es bist! Ja ich finde, du bist eine echte Erfrischung! Aber wir können meine Frage auch wieder vergessen, ich will dir zuletzt Unbehagen bereiten will und kann ein Nein akzeptieren." Susie lacht laut auf und als wolle sie es der gesamten Eingangshalle sagen, zitiert sie ihn: „Er kann ein Nein akzeptieren! Frank, du bist ein echter Schlawiner und zum Fressen, wenn du ernst wirst! Dann fliege ich doch glatt mit dem Märchenprinzen über unsere Stadt! Hey, aber keine Heulereien, wenn ich dir das ganze Ding vollkotze. Mama hats nicht so mit dem Fliegen, weisst du! Aber wenns denn klappt, können wir ja gleich für eine Woche an die Südsee fliegen und Cocktails bei Sonnenuntergang schlürfen!" Susie lacht heiter auf und Frank denkt sich, dass er es besser für sich behält, die Südsee in der Tat anfliegen zu können und dass es dort unglaubliche Sonnenuntergänge gibt.

Kapitel 15

Als ich mit grossen Freudensprüngen die vier Stockwerke zu unserer Wohnung hinauf hüpfe und es kaum erwarten kann mit Roberto unser Kind zu fühlen, höre ich laute Musik und Gepolter bei uns. Nanu, was macht er denn so laut? Ich öffne die Wohnungstür und die laut dröhnende Musik prallt mir ins Gesicht. Ich höre, wie Roberto in seinem Fitnessraum trainiert, die Hantelbank betätigt. Was ist denn mit meinem Mann los, denke ich, als ich Schuhe und Mantel ausziehe und dem energischen Krach entgegentrete. Je näher ich dem Zimmer komme, umso lauter und beängstigend wird die Situation und mir wird ganz seltsam in der Magengegend. Ich sehe Roberto nass, vom Schweiss gebadet auf der Hantelbank liegen und wie wild die mindestens 100 Kilo auf- und abheben. Irgendetwas muss heute passiert sein, ich kenne ihn so nicht. Ich will rüber zum Musikturm, um die ohrenbetäubende Musik leiser zu drehen, als Roberto mir zuschreit: „Wag es ja nicht! Ich bin hier noch nicht fertig!" Wie bitte? Hat er mich gerade angeschrien? Entsetzt und geschockt gehe ich mit schnellen Schritten aus dem Zimmer und hinüber in die Küche. Was war das denn eben? So habe ich meinen Mann weder je gesehen noch gehört. Noch nie in all diesen sieben Jahren hat er mir gegenüber die Stimme erhoben oder mich in irgendeiner Weise derart respektlos behandelt. Ich nehme mir ein Glas Wasser und trinke es in langsamen Schlucken aus, während ich versuche, diese laute Musik und seinen Krach zu ignorieren. Als ich das Glas in die Spüle stelle und aus der Küche gehen will, sehe ich den geöffneten Umschlag auf dem Tresen liegen. Ein entfaltetes Papier mit Stabilo markierten Stellen. Ich lege meine Stirn in Falten und gehe langsam auf das Papier zu. Als ich aus der Nähe den Briefumschlag lesen kann, entweicht mir alles Blut aus dem Kopf, meine Beine werden weich und ich höre trotz lauter Musik mein Herz schneller schlagen. Ich nehme mit zittrigen Händen das entfaltete Papier und versuche meine tränengefüllten Augen zum Fokussieren zu zwingen. Die Testergebnisse der Laborratten. Und Roberto hat es gelesen. Mir wird schwarz vor Augen und ich kann mich gerade noch festhalten, als auch abrupt die Musik verstummt. Roberto steht klatschnass vor mir, wischt sich mit einem Handtuch das Gesicht und die Haare kurz ab und seine grossen blauen Augen stechen mir schmerzend ins laut pulsierende Herz: „Wann, Jasmin, wann? Wann hättest du es mir gesagt?" Seine sonst so liebenswürdige, tiefe und beruhigende Stimme klingt nun sehr stechend, schrill und bedrohend. „Ich, ich...", meine Stimme will versagen, doch ich muss sie zwingen, noch etwas durchzuhalten, „ich konnte es einfach nicht, Roberto. Als ich davon erfuhr, war ich bereits schwanger und ich wollte und will es noch immer nicht wahrhaben. Es gibt...." Roberto schmeisst wütend das Handtuch zu Boden und herrscht mich an: „Nicht wahrhaben? Du weisst es schon seit mehr als vier Monaten? Sag mal, spinnst du denn? Wir hätten gute Chancen gehabt und du willst es einfach nicht wahrhaben? Ich glaube, ich spinne!" Er fasst sich in die nassen Haare und Tränen füllen seine, noch voller Zorn dreinblickenden Augen. „Weisst du eigentlich, was du uns, nein MIR damit antust? Ich bin OP Assistent, ich verstehe diese Begriffe!" Er nimmt das Papier und wirft es mir vor die Füsse! „Sag mal, für wen hältst du dich eigentlich, hier Gott spielen zu können? Ich dachte immer, ich hätte eine schlaue Frau geheiratet und war immer stolz darauf. Aber das! Jasmin, ich kann dich kaum mehr ansehen!" Ruckartig dreht er sich um und verschwindet im Badezimmer, woraus ich drei Sekunden später die Dusche rauschen höre.

Noch immer wie angewurzelt stehe ich in der Küche, als Roberto abgetrocknet und in T-Shirt und Jeans vor mir steht. Er geht an mir vorbei, nimmt sich mein Glas und füllt es mit Wasser. Das Glas ist im Nu leer. Dann tritt er wieder aus der Küche, bleibt für einen kurzen Moment mit dem Rücken zu mir stehen und meint, wieder mit etwas ruhigerer Stimme: „Also, wenn du so gar nichts mehr zu sagen hast, dann gehe ich mal. Erwarte mich nicht zurück heute, ich werde mir die Nacht um die Ohren hauen, ich ertrage diese verlogene und betrogene Atmosphäre in dieser Wohnung gerade nicht!" „Roberto, bitte! Natürlich habe ich was zu sagen, ich habe sogar sehr vieles zu sagen! Weisst du noch die Aufgabe mit den beiden Studenten, die für eine Prüfung lernen?" Robertos Augenbrauen ziehen sich kurz zusammen, bis es ihm offenbar wieder in den Sinn kommt und sieht mich mit schockierten Augen an: „Du hast uns damit gemeint? Verdammt, Jasmin, wie hinterhältig bist du eigentlich? Ich kenne dich nicht mehr! Du lockst auf eine so primitive Art und Weise ein ‚ok' für deine Lügen und Geheimnisse aus mir heraus? Und dann wagst du es, unser Kind mit einer billigen Schulprüfung zu vergleichen? Ich bin definitiv im falschen Film...." „Nein, hör mir doch zu! Ich war von Anfang an und bin noch immer fest davon überzeugt, dass alles gut geht! Ich bin bereits Mitte 5. Monat und alles verläuft super! Du bist selber bei den Untersuchungen dabei gewesen, unserem Kind geht es prächtig! Mir geht es prächtig! Und hey, ich habe es heute zum ersten Mal treten gespürt und konnte es kaum erwarten, bis du es heute Abend selber fühlen kannst! Uns geht es gut! Wirklich!" Erschreckt beobachte ich, wie Roberto seine Faust ballt, nachdem es ausgesehen hat, als wollte er die Hand heben. „Du bist so naiv, so unglaublich naiv und brutal! Was muss Dr. Dubois von mir denken, einen solchen Schwachsinn zu unterstützen!" „Er weiss, dass du es nicht, noch nicht, weisst und ist überhaupt nicht einverstanden mit mir. Also nicht nur du siehst mich hier als komplette Närrin, sollte dich das etwas beruhigen!" „Beruhigen? Verdammt Jasmin!" Robertos Halsschlagader steht bedrohlich hervor und er neigt seinen Kopf in meine Richtung, beugt sich auf meine Gesichtshöhe um sicher zu gehen, dass ich sein sogleich folgendes Gebrüll wirklich verstehe und ernst nehme: „Du hast Brustkrebs! Und dieser Dreckskerl wächst mit jedem Tag deiner Schwangerschaft! Das überlebt ihr beide ohne Eingriff nicht, wenn das überhaupt noch möglich ist! Brustkrebs! Verstehst du? Und wenn da noch Metastasen sind, dann ist er schon irgendwo verteilt! Was dachtest du dir dabei?" „Es gibt fünf Prozent, die gut gehen! Ich bin eine von diesen fünf Prozent! Das habe ich mir dabei gedacht..." Während ich es ausspreche, überrollt mich der Schmerz der Erkenntnis wieder! Der Schmerz über das Leid, welches mein Körper Robertos Gegenwart und Zukunft gebracht hat. Der verlorene Glaube, an welchem ich mich so krampfhaft festgehalten habe und die positive Kraft, die mich in den letzten Monaten begleitet hat. Das alles scheint wie ein Kartenhaus zusammenzufallen und mit dem Bach hinter unserem Haus wegzuschwimmen.

Ich schluchze meinen Schmerz hinaus, weine und wünsche mir nichts sehnlicher, als mich von Robertos Armen trösten zu lassen. Diese starken Arme, die jetzt so nahe sind und doch so fern scheinen. Roberto geht ins Bad und spritzt sich kaltes Wasser ins Gesicht. Auch er hat geweint und schluckt alle weiteren Tränen hinunter. Er geht ins Schlafzimmer und kommt mit angezogenem Pullover wieder ins Wohnzimmer. „Ich muss das erst verdauen, iss was und leg dich früh schlafen! Versuche alle Kraft zu behalten, solange du kannst. Ich bin dann mal weg." Er sieht mich traurig an und sein Blick reisst mir fast das Herz entzwei. „Roberto bitte, bleib bei uns. Lass uns darüber sprechen, bitte lass mich erklären, lass uns nicht einfach allein." Er zieht sich Schuhe und Mantel an. „Roberto, bitte, sag was! Wir könnten weitere Pläne für New York schmieden, lass uns doch bitte nicht nur schwarz malen jetzt!" Er wirft mir einen letzten Blick für diesen Abend zu und erwidert, leise und doch bestimmt: „Für dich gibt es kein New York. Du bleibst hier in der Nähe von Dr. Dubois! Gib mir die Zeit zu verdauen, du hast vier Monate Vorsprung!"

Kapitel 16

„Das war mit Abstand die schönste Mittagspause, die ich je in meinem Leben erleben durfte! Zuckerknochen, du bist ein Schatz, ich könnte dich glatt umarmen und zerquetschen!"

Susies Strahlen, als sie vom Helikopterlandeplatz zum Maybach zurücklaufen, breitet sich über ihr ganzes Gesicht aus! Sie hält ihre grosse Handtasche so elegant wie möglich und versucht einen guten Eindruck auf dem Platz zu machen. Frank hat sich schon oft gefragt, was Frauen in ihren grossen Handtaschen alles mitschleppen? Sie sehen stets gefüllt aus und er konnte sich nicht vorstellen, was man neben Mobile, Geld und einem Ausweis bei sich haben muss. Etwas Schminke, Lippenstift und dann? Susie könnte er diese Frage sicherlich stellen, sie wäre bestimmt ehrlich. „Es hat dir gefallen? Schön! Sieht die Stadt nicht einfach herrlich aus von oben?" „Boah, Schmalzlocke, wem sagst du das? Nicht nur die Stadt! Hast du die Häuser ausserhalb gesehen? Die haben zum Teil einen eigenen Golfplatz oder Tennisplatz!" Frank beisst sich auf die Unterlippe und denkt sich einmal mehr, wie erfrischend realitätsnah und einfach sie ist! Der Fahrer hält Susie die Tür zur Rückbank des Wagens auf und sie kann es natürlich nicht lassen zu sagen: „Hey, Anzugträger, wenn ich wieder auf die Rückbank muss, will ich mit dem Chef aber nicht gestört werden, klar?" Lou zwinkert ihr zu und gibt ein "verstanden M'am" von sich.

Auf dem Weg ins Krankenhaus plappert Susie aufgeregt alles Mögliche vor sich hin. Nach einer Verschnaufpause sieht sie Frank ernst an und fragt: „Hast du die Sauerei vom

Krankenhaus gehört? Da hat sich noch kein Schwein gemeldet wegen deinem Opfer. Die liegt da auf der Intensiv und niemand vermisst sie! Sag mal, was ist denn das für eine Familie? Also wenn meine Jungs mich mal so dahinsiechen lassen unter lauter fremden Menschen, dann Gnade ihnen Gott!" Frank versucht sich überrascht zu zeigen, um Simons Anruf nicht zu offenbaren. „Was denkst du, soll ich es nochmals versuchen auf der Intensiv? Meinst du, unter diesen Umständen würden sie mich zu ihr lassen?" Frank sieht seine Mitfahrerin fragend an und überlegt sich gleichzeitig, ob er das überhaupt möchte. „Ja mach das! Ist doch ein armes Kind, da oben so alleine! He, und du bist immerhin der Mann, der ihr Leben gerettet hat und sie zuletzt lebend gesehen hat! Also lebend, zumindest noch ansprechbar...oder so ähnlich. Hach, was weiss ich, ich darf mir das Bild nicht vorstellen, Franky, welches du sehen musstest! Wenn ich es tue, wird mir übel und ich mache deinen Klassewagen hier schmutzig...aber ehrlich, ich weiss, du hast auch keine Antwort auf diese verschissene Frage, aber welch ein krankes Stück, du weisst schon was, tut sowas?" Susies Erregung und Sorge bereiten Frank ebenfalls Kopfzerbrechen. Er nimmt ihre Hand und drückt sie beruhigend. „Ich weiss es auch nicht, Susie, aber du hast recht, ich sollte versuchen zu ihr zu gehen. Und wer weiss, vielleicht kommt ja doch noch jemand und ist bei ihr, wenn sie aufwacht. Eventuell sind sie verreist, sonst unabkömmlich oder sie haben sich verstritten und gerade keinen Kontakt...." Während er versucht alles aufzuzählen, was Susie beruhigen könnte, überlegt er sich, wie lange der längste Unterbruch war, in dem er nichts von Ken gehört hatte.

„Lou, ich gehe mit rein. Wenn ich in 15 Minuten nicht wieder da bin, kann es etwas länger dauern. Dann melde ich mich." Der Fahrer nickt Frank zu und öffnet Susie die Tür vor dem Eingang zum Coney Island Hospital und ruft: „Tschüssi Lou, war nett! Cool bleiben, die Strassen von New York sind gefährlich! Ich möchte ungern Ihren Namen in unserer Patientenkartei sehen!" Lou nickt lächelnd und schliesst die Tür elegant wieder zu. Bevor er auf die andere Seite gehen kann, ist Frank schon ausgestiegen und schliesst die Tür, um mit Susie Schritt zu halten. Sie gehen gemeinsam durch den Haupteingang, den er noch nie bei Tageslicht gesehen hat. Auch Susies Desk sieht freundlich und einladend aus. Ihre Mittagsablösung steht sogleich auf, als sie Susie erblickt, als wäre sie verbotenerweise auf ihrem Stuhl gesessen. Susie richtet sich wieder an ihrem Platz ein, strahlt Frank hinter ihren Brillengläsern an uns sagt: „Ich erzähle niemandem etwas von unserer heissen Romanze und was auf dem Rücksitz alles passiert ist, versprochen! Soll ich Leslie anrufen?" Bevor Frank sich für ihre wirklich nette Begleitung und den wörtlich zu nehmenden Ausflug bedanken konnte, nimmt sie den Hörer in die Hand und drückt eine interne Kurzwahl. Sie macht das mit einer natürlichen routinierten Handbewegung, dass Frank sich fragt, ob auch er eine jobbedingte routinierte Handbewegung hat?

„Süsse, was läuft? Ja, ich war weg in meiner Lunchpause." Susie zwinkert verschmitzt zu Frank hinauf, „erzähl ich dir ein anderes Mal. Jede Frau sollte ihre Geheimnisse haben, du übrigens auch! Ausser gerade jetzt, sag mir, was läuft mit der Unbekannten? Hat sich jemand gemeldet? Ist sie wach? ... aha.... heiliges Kanonenrohr....so schlimm?... für wie lange denn? ... hm.... hör mal, denkst du, unter diesen Umständen könnte sich doch der Mann, der sie gefunden hat, ein bisschen neben sie setzen. Ich meine, das arme Kind, so ganz alleine...und die hören einem doch oder?.... Ja, verstehe ich.... ja, ist er...ich weiss, aber du kennst mich! Leslie, wenn das einer meiner Jungs wäre, ich möchte nicht nur Blaukittel um ihn haben, ihr seid doch beruflich in diesem Horrorloch! Da muss doch jemand Menschliches neben sie.... ja, ich weiss, dass du das bist, aber versteh doch....ok, das wollte ich hören! Meine Leslie! Bis gleich!" Sie legt den Hörer auf, blinzelt auf ihren Bildschirm und tippt was in die Tastatur ein und berichtet: „Sie spricht mit dem zuständigen Stationsarzt. Und ich sehe gerade, das ist Dr. Shilling heute. Perfekt, der süsse Ire wird dich schon zu ihr lassen, der hat das Herz auf dem richtigen Fleck. Und ich glaube, Leslie erinnert ihn an seine Mama, die in Irland ist. Er scheint ihr nie was abzuschlagen.... vielleicht macht die Dürre ihm auch einfach nur Angst!" Susie hebt ihre Schultern und kichert kurz. Sie scheint glücklich zu sein. Der Ausflug hat ihr wirklich gefallen. Frank freut sich sehr, dass eine für ihn so einfache Geste jemanden so froh machen kann. Er hebt seinen Daumen und sieht auf seinen blinkenden Blackberry. Nachrichten von Tom, neue Skripte zum Lesen, Terminvorschläge, verpasster Anruf von Ken, der ihm auf die Combox spricht und nach seinem Wohlbefinden fragt und einen verpassten Anruf von Officer Tropman. „Susie, stell dir vor...", das Telefon hinter dem Tresen klingelt und Susie nimmt den internen Anruf entgegen, hört kurz zu und legt wieder auf. Sie steht auf, lässt ihre Brille an der Kette runterfallen, legt ihre Hand auf Franks: „Nimm besser einen grossen Kaffeebecher aus der Cafeteria mit, Superheld! Du darfst jetzt offiziell in die INT7! Das wird ein langer Nachmittag, ich hoffe, du bist ein guter Geschichtenerzähler!" Sie tätschelt seine Hand und wirft ihm einen Handkuss zu: „Hasta la Vista, Baby! Ich weiss, nicht aus einem deiner Filme, aber irgendwie gerade jetzt passend!"

Kapitel 17

Unruhig, traurig und elend fühlend, gehe ich in der ganzen Wohnung umher. Das konnte er nicht ernst meinen!

Ich und hier bleiben, während er und Simon New York in vollen Zügen geniessen, ohne mich? Das kann er nicht machen! Das war...IST unsere Reise! Unsere wohl letzte Reise als Paar und ohne Kind. Und wie wagt er es, an ihren Kräften zu zweifeln? Alles nur schwarz zu sehen und der positiven Einstellung so gar keine Chance zu geben. Die Traurigkeit hat sich ruckartig in Wut verwandelt und ich gehe entschlossen in mein Arbeitszimmer und setze mich an den Laptop. Direktflüge nach New York erscheinen auf dem Bildschirm und ich scrolle alle Optionen durch. „Na schön, wenn ich schon alleine reise, dann lasse ich es mir erst recht gut gehen. Für etwas arbeite ich schliesslich." Ich gebe Flugmöglichkeiten und Daten ein, wähle Business Class aus und führe die Buchung weiter bis zur Frage nach einem Hotel. Auch hier klicke ich mich durch diverse Vorschläge und entscheide mich für das Marriott am Times Square. „So, noch ein Musical? The Phantom of the Opera muss wunderschön sein und ich bestelle gleich ein Ticket dazu. Oh was ist das? Helikopterrundflug über New York? Nur 100 Dollar? Na es werden wohl nur 10 Minuten sein, aber egal, das buche ich ebenfalls gleich dazu. Die gesamte Buchung abschliessen und mit Kreditkarte bezahlen. So geht das! Ich lasse mich doch nicht einfach ausschliessen!"

Diese Buchung hat zwar gut getan, fürs Erste, doch schon wenige Minuten später überkommen mich Schuldgefühle und ich ärgere mich über mein kindliches Verhalten. Roberto hatte allen guten Grund so auszurasten. Wie hätte sie reagiert, wenn er ein solches Geheimnis vor ihr bewahrt hätte? War, bin ich denn wirklich so naiv? Habe ich mir das so falsch ausgemalt und vorgestellt? Ich war doch nie leichtsinnig! Wie konnte ich denn bei dieser Sache ein so gutes Gefühl haben und offensichtlich sehen es alle anderen komplett konträr. Ich muss mit jemandem sprechen, jemandem, dem ich vertrauen kann, nicht medizinisch ausgebildet oder in dieser Richtung berufstätig....eine Mutter, eine Frau, die versteht, worum es hier wirklich geht....gerade im richtigen Moment werde ich von innen getreten. Ein leichtes Treten auf der Seite, dann eine sanfte Bewegung auf der anderen. Wie schön es sich anfühlt. „Hallo, wer ist denn da? Hier ist deine Mama. Was ist das denn? Dein Kopf oder dein Bein? Was denkst du, wen soll ich anrufen?" Zärtlich und liebevoll streiche ich mit beiden Händen über meinen Bauch und nehme an den sich bewegenden Stellen Kontakt mit meinem Kind auf. Schade, dass Roberto dies nicht miterleben kann, er wäre zutiefst gerührt. Stattdessen kippt er irgendwo in der Stadt zwei oder mehr Biere hinunter und fragt sich wohl, was er nur falsch gemacht hat, so bestraft zu werden......mit mir! Wieder ein Kicken, stärker als zuvor und ich sehe Claudia vor meinen Augen aufblitzen. Klar,

Claudia, sie würde mich verstehen! Eine Mutter von vier Kindern, berufstätig und sehr mitfühlend. Ein Blick auf meine kleine Armbanduhr sagt mir, dass es noch nicht zu spät ist, sie anzurufen.

„Van Thiel?", Claudias Sohn, welcher von den dreien auch immer, hebt den Hörer ab. „Jasmin hier, wer von den Jungs spricht denn da?" „Marc, hallo Jasmin. Alles gut?" „Ja, danke! Was macht die Schule? Bald Matura, nehme ich an?" „Nein, das ist Fin, ich bin in der Ausbildung zum Chemielaboranten. Suchen Sie meine Mutter? Sie ist nicht da. Entweder Yoga, Zumba oder im Buchclub. Soll ich nachsehen, wo sie ist?" „Ja, sehr gerne, danke Marc." Ich höre Marcs Schritte und Blättern, wohl in einem Familienkalender. Eine beindruckende Frau! Wie sie das nur schafft? Vier wohlgeratene Kinder, arbeiten und dennoch Zeit für sich und ihre Hobbys. Ich habe noch kein Kind und schaffe es kaum, mich meinen Hobbys zu widmen. Ob ausgehen und gemütlich essen auch zu einem Hobby zählen? Wenn nicht, sieht es wirklich schlecht um mich aus. Klavierspielen gilt nicht mehr, weil die täglichen Übungsstunden fehlen, es wird nur noch gespielt, was ich schon kann….früher habe ich es geliebt, alte Sachen zu renovieren. Das sollte ich mal wieder versuchen. Ein altes Stück aus dem Brockenhaus holen und es passend zu unserer Wohnung umgestalten. Ich könnte das Kinderzimmer so herrichten. Eine

Welle von Vorfreude schwappt über mich, als ich Marcs Stimme wieder höre: „Also, definitiv Yoga heute. Sie wird um 21.15 Uhr fertig sein, beim Fitnesscenter hier bei uns in der Nähe. Somit ist sie sicher um 21.30 Uhr hier. Sie duscht zu Hause. Soll sie Sie zurückrufen, wenn sie da ist?" Ich überlege kurz und verneine. Wir sprechen uns gegenseitig gute Nachtwünsche aus und legen auf.

Die Zeit ist genau passend für einen Abendspaziergang, den Kopf zu lüften und Claudia aufzulauern. Eine beste Freundin hatte ich noch nie, geht mir durch den Kopf, als ich Mantel und Schuhe anziehe. Und dieser Mantel passt mir auch nicht mehr lange. Ich würge die Knöpfe über dem Bauch zu und binde ein grosses Halstuch um, welches über die zu sprengen drohenden Knöpfe fällt und das nicht besonders elegante Bild kaschiert. Diverse Schulwechsel, Austauschaufenthalt im Ausland, dann Studium und Wohnortswechsel haben wohl alles eine Rolle gespielt. Ich hatte zwar stets viele Kollegen und Freunde um mich, aber nie eine beste Freundin, die mich von Kindheit oder Jugendalter an bis heute begleitet. Ich war auch nie in einer Frauenclique oder hatte Frauenabende. Ich mochte es immer, wenn die Runde bunt gemischt war und es so keine klischeehaften, einseitigen Gespräche gab. Ich atme die frische Luft tief in meine Lungen ein und bemerke, dass ich schon wieder vergessen habe, etwas zu essen. Ich nehme das Tram und gehe noch ein Stück, bis ich das Fitnessstudio erblicke. Gleich beim Eingang hat es eine kleine Sitzecke und eine Bar. Ich bestelle mir einen Fruchtshake und ein Birchermüesli. Viel mehr gibt es hier natürlich nicht zu essen. Was und wo Roberto heute Abend gegessen hat? Dieser Gedanke schmerzt mir sehr und ich hoffe, mich bald mit ihm versöhnen zu können. Ich setze mich auf einen Stuhl, von welchem ich gute Sicht auf die Tür habe, durch welche Claudia bald kommen würde.

Kapitel 18

Susies Rat folgend, sucht Frank den Weg durch das Krankenhauslabyrinth zur Cafeteria. Als er endlich die Glastür sieht, hinter welcher, der Bekleidung nach zu urteilen, viele Angestellte ihren Mittagskaffee trinken, zögert er hineinzugehen. Soll er denn wirklich auf die Intensivstation gehen und sich zum Opfer setzen? Was soll er ihr denn erzählen? Von seinem Haus, von Freja, die sie gefunden hat? Sollte er ein Buch vorlesen oder einfach schweigen? Was wäre mit Körperkontakt? Einer total Fremden die Hand halten? Er war nicht bereit zu so was Persönlichem. Er dreht sich auf dem Absatz um und ruft Lou an, während er auf den Knopf am Fahrstuhl drückt.

„Mister Conley, stehen geblieben!" Er wollte nicht an Susies Desk vorbeischleichen, aber es kam ihm nicht ungelegen, dass sie gerade am Telefon besetzt war. „Was wird das?" Susie sieht ihn streng durch ihre Brillengläser an. Frank geht langsam zu ihr hinüber und stützt sich auf den Tresen. „Was wird was?", schmunzelt er sie an, „bin ich unter Beobachtung?" Sie lässt die Brille fallen und sieht zum Haupteingang und zurück zu Frank. „Du wolltest dich doch gerade rausschleichen? Einfach so. Du warst nicht auf der Intensiv, Leslie hätte mich angerufen, abgesehen davon, bist du erst gerade hoch, das wäre ein kurzer Blick durchs Fenster gewesen. Also, Superheld, ich höre?" „Nun ja, das wollte ich zuerst in der Tat, aber auf dem Weg hier her hatte ich sehr grosse Angst, dem Hausdetektiven Manders unter die Augen zu treten und siehe da, beinahe hätte sie mich erwischt und bestimmt in 1000 Stücke zerfetzt!" Franks Antwort scheint sie noch nicht zufrieden zu stellen und sie schaut ihn mit hochgezogener Augenbraue seitlich an. „Ganz ruhig Susie, Lou wird jeden Moment vorfahren. Aber nicht um mich abzuholen. Ich hab ihn gebeten, schöne Blumen und einen grossen Teddybären zu besorgen. Ich kann da doch nicht mit leeren Händen raufgehen und einen so wichtigen Besuch machen! Und bei einer Frau ohne Blumen ans

Krankenbett zu treten, wage ich in meinem Alter nicht mehr, das kann keine Freundschaft werden. Test bestanden?" Frank hat einen Sekundenbruchteil das Gefühl, Tränenwasser in Susies Augen glitzern zu sehen. Sie tätschelt ihm vertraut die Hand, setzt sich auf ihren Stuhl, legt sich die Brille auf die Nase und murmelt: „Ein Gentleman zum Fressen! Los, Abmarsch, aus den Augen! Bevor ich heulen muss!"

Mit einem grossen Strauss bunter Blumen und einem Teddybären mit Aufschrift 'Ted' im Arm steht Frank im Aufzug in den vierten Stock. Ein leichtes Kribbeln durchzieht seinen Körper, er ist aufgeregt. Nur weshalb? Einer Begegnung, bei welcher er nicht weiss, wie er reagieren würde. Ob sie wach ist? Ob sich ihr Zustand verbessert oder gar verschlechtert hat? 'ding' die Schiebetür zur sterilen, totenstillen Station öffnet sich. Die Bewegungen der Angestellten hier scheinen noch immer auf Wolken zu basieren, alles läuft unglaublich ruhig und gemächlich ab. Frank geht langsam den Gang hinab Richtung INT7, wie er es in Erinnerung hat. Leslie kommt ihm entgegen und strahlt ihn an: „Mister Conley, schön Sie wieder zu sehen. Es freut mich sehr, dass es geklappt hat und Sie der armen Frau etwas Gesellschaft leisten. Es ist so traurig, dass sich noch niemand gemeldet hat. Nun sind es schon zwei Tage. Ich werde Dr. Shilling Bescheid sagen, dass Sie hier sind, er wird dann zu Ihnen kommen. Aber gehen Sie nur schon mal rein. Die Blumen nehme ich und stelle sie gleich ein. Tut mir leid, aber die dürfen nicht ins Zimmer auf der Intensivstation. Ich werde sie hierhin auf den Tresen stellen, dann sieht man sie aus dem Zimmer auch, ok?" Frank nickt, gibt ihr die Blumen und geht mit langsamen Schritten auf das Zimmer des unbekannten Opfers zu.

Frank setzt Ted auf das kleine Tischchen in der Ecke und nimmt den Stuhl daneben zur Hand und stellt ihn neben das Bett, wo ein Menschenkörper fast regungslos liegt. Er ist fest in Wärmedecken eingepackt bis zu den Schultern, dann ist etwas Nachthemd zu sehen und ein zierlicher Hals, der mit blauen Flecken bedeckt ist. Ein Gesicht ist nicht wirklich zu erkennen. Über den gesamten Kopf ist noch immer eine Bandage gelegt und aus der eingebundenen Nase führen Schläuche, wie auch aus dem leicht geöffneten Mund. Aus der Nähe betrachtet verwundert es Frank nicht, dass er aus der Ferne nicht erkennen konnte, ob es sich um eine Frau oder einen Mann handelt. Auf dem Monitor neben dem Bett blinkt stets ein Herz rhythmisch auf und hinter dem Bett steht eine Art Blasebalg, der sich auf und ab bewegt. Noch ein weiteres Gerät mit Monitor, welches Frank noch nie gesehen hat, steht ebenfalls daneben und scheint wellenartige Frequenzen aufzuzeichnen. Das ruhige Pumpen des Balges in Begleitung des piependen Tones des Monitors verleihen dem Zimmer eine bedrohliche Stimmung. Frank schüttelt langsam den Kopf, während er die Frau von Kopf bis Fuss mustert. „Was zur Hölle musstest du mitmachen? Wer hat dir das angetan und warum? Es tut mir so leid, unendlich leid! Und wenn ich was für dich tun kann, werde ich das gerne machen. Sowas hat kein menschliches Lebewesen verdient! Was sage ich, nicht einmal ein Tier würde man so liegen lassen. Es tut mir so leid!" Frank muss die Tränen unterdrücken. Jetzt, so vor ihr sitzen, kommen ihm die Worte von Susie in ihrem gemütlichen Wohnzimmer wie ein ganz schlechter Film vor. Ein Film, in welchem er niemals eine Rolle spielen würde, spätestens jetzt nicht mehr, wo er vor einem real betroffenen Menschen, einer Frau, die dem Tode so nahe ist, sitzt und ihren Brustkorb auf- und ab bewegen sieht.

Lange betrachtet Frank den atmenden Körper und versucht sich ein Bild der Frau zu machen, wie sie aussehen könnte. Er kann an ihren Händen erkennen, dass sie eine zierliche Person sein muss, das zeigt auch, wie wenig sie das Bett ausfüllt. Sie ist nicht sehr gross und ihre Haut scheint etwas dunkler zu sein. Keine Afro-Amerikanerin, auch keine Latina, aber bestimmt ein Gemisch. Ihre Nägel sehen sehr gepflegt aus, regelmässig manikürt und von keiner Handwerksarbeit verunstaltet. Viel mehr kann er von diesem Bett nicht ablesen und ist über sich selber erstaunt, mit wieviel Interesse er sie betrachtet. Er versucht sich an ihr Wimmern oder Hecheln am Strand zu erinnern, legt seine Hand auf ihren mit Schläuchen und Sensoren bedeckten Körper und schüttelt erneut traurig seinen Kopf. Die Tür zum Zimmer öffnet sich leise und ein grosser Mann, ca. 50 Jahre alt im weissen Kittel tritt ins Zimmer. Er stellt sich ans Bettende und streckt seine Hand Frank entgegen. „Bleiben Sie ruhig sitzen Sir, Dr. Shilling ist mein Name, ich bin der leitende Oberarzt. Schön dass Sie es sich einrichten konnten herzukommen. Wie ich erfahren habe, haben Sie sie am Strand gefunden und zu uns bringen lassen?" Frank setzt sich zurück auf den Stuhl und nickt, während er sie ansieht. „Ich darf Ihnen leider noch nicht alle Einzelheiten kundtun, weil wir noch auf sich meldende Angehörige hoffen. Aber soviel; sie hat sehr viel Blut verloren und unglaubliche Schmerzen durchleiden müssen. Diese mittelalterliche Schlacht, die Sie vorgefunden haben, hat grosse Herausforderungen von unseren Fachkräften gefordert und es ist noch nicht zu Ende. Sie wird noch vermehrt operiert werden müssen und wir hoffen, dass sie solange stabil bleibt. Vorerst mussten wir sie in ein künstliches Koma versetzen, um sie am Leben zu erhalten. Aus eigener Kraft wäre dies in ihrem Zustand nicht mehr möglich gewesen. Ich bin mir sicher, dass sie alles hören kann, auch wenn sie vielleicht später nichts mehr Genaues weiss. Aber bitte, erzählen Sie ihr mehr über ihren Retter oder lesen Sie ihr schöne Geschichten vor. Singen Sie ein Lied, wenn Ihnen das zusagt und halten Sie ihre Hand. Zwischenmenschlicher Kontakt ist für eine Genesung so unglaublich wichtig. Wenn Sie was brauchen oder noch Fragen haben, klingeln Sie hier." Er zeigt auf den roten Knopf, der über dem Bett hängt. Frank erhebt sich geschlagen vom Stuhl, sieht sich in dem trostlosen Zimmer um und fragt: „Wie lange wird sie im künstlichen Koma sein?"

Kapitel 19

Die Stimmung zwischen Roberto und mir ist angespannt und für unsere Beziehung sehr aussergewöhnlich. Unsere momentane Situation ist auch aussergewöhnlich, dennoch bin ich froh, dass, wenn auch aufs Minimum reduziert, er wieder mit mir spricht und das in einem ganz anständigen Ton. Er zeigt nach wie vor grosses Interesse an meinem Wohlbefinden, freut sich täglich über die stärker werdenden Bewegungen unseres Kindes und ist immer sehr aufgeregt, wenn wir zum 'Babywatching' zu Dr. Dubois gehen. Natürlich weiss ich, dass sein ganzes Interesse vollumfänglich unserem noch ungeborenen Kind gilt. Dennoch freue ich mich darüber, weil ich unumstritten ein wesentlicher Teil davon bin und er dies auch weiterhin so akzeptiert. Die Zeit heilt alle Wunden, seine, unsere, wie auch meine. Und wer kann einem schon abschliessend sagen, wie die Zukunft aussehen wird? Die Gespräche mit Claudia haben mich auch etwas beruhigt und in meinem Handeln bestätigt, aber auch zur Vernunft gebracht, was die Sorgfaltspflicht meiner Familie gegenüber betrifft. Roberto und ich haben mehrmals über das weitere Vorgehen und alle Untersuche gesprochen. Auch die Reise nach New York war immer wieder ein Thema, von dem Entscheid er sich jedoch nicht abbringen lässt und meine Buchung mit der abgeschlossenen Reiseversicherung storniert hat.

Professor Dr. Martin Kunz hat mich für heute Nachmittag zu einem Gespräch in sein Büro gebeten. „Jetzt geht es wohl um die Wurst!", hat Claudia belustigend gesagt und mich von der Seite her fragend angesehen, als könne sie meine Zweifel auf der Stirn lesen. „Du wirst dir doch nicht ernsthaft Gedanken darüber machen, ob du den Job kriegst oder nicht? Weisst du, ich will dir ja nicht zu nahe treten und dich beleidigen, aber das ist eine einfache Wahrscheinlichkeitsrechnung! Die kriegt sogar meine Jüngste Alette hin, obschon die das noch gar nicht in der Schule haben! Es gibt einen Job und eine geeignete Kandidatin dazu. Wie gross ist die Wahrscheinlichkeit, dass diese Kandidatin den besagten Job kriegt? Was studierst du denn überhaupt noch rum? Das ist noch reine Formsache, von wegen wichtiger Politik und so, damit die grossen

Tiere im VR auch was zu sagen haben. Du kennst das ja! Wozu würden die sonst so dicke bezahlt werden?" Sie schüttelt den Kopf, als wolle sie Laub von den Haaren kriegen, verdreht die Augen und widmet sich wieder ihrem PC zu. Sie hatte ja recht, viele Mitstreiter für diesen Posten hatte ich wirklich nicht. Ich bin nicht nur die Dienstälteste, sondern auch die erfahrenste Führungskraft in dieser Reihe. Wieder einmal durch Claudia beruhigt, gehe ich zurück in mein Büro, wo mich das klingelnde Telefon erwartet.

„Steiner?" „Guten Tag Frau Steiner, de Almeida, Ihr Online Reiseberater Team. Ich bin mir nicht sicher, ob hier ein Missverständnis vorliegt, aber wir haben auf Ihren Namen zwei Buchungen an zwei verschiedenen Daten nach New York und zurück. Die eine wurde storniert und die später datierte, besteht noch und wurde mit Kreditkarte bereits bezahlt. Ist Ihnen hier ein Fehler unterlaufen?" Um Himmels Willen, die sehen das ja genau an! Zum Glück habe ich diese Nummer als Kontakt angegeben, ich dürfte mich bei einer weiteren Geheimnisentlarvung definitiv nicht mehr zu Hause blicken lassen. „Alles ok so, bestens! Ich habe nur das Reisedatum verschieben müssen, aber herzlichen Dank, dass Sie dies so genau überprüfen." „Aber Ihr Reisepartner, Herr Garretta, bleibt bei der ursprünglichen Buchung, ja?" „Genau, er fliegt schon mal vor", erwidere ich mit einem schlechten Gewissen und warte auf eine Verabschiedung, doch Sherlock Holmes der Swiss Airlines hat noch mehr herausgefunden und will natürlich auch das richtigstellen: „Sie haben zusätzlich ein Zimmer für die gesamte Reise im Marriott Hotel gebucht, Herr Garretta hat jedoch die Zwei Tage zuvor keines. Ist das so ok, oder möchten Sie, dass ich Ihr Zimmer bereits zwei Tage früher reserviere auf seinen Namen?" Es ist ja hervorragend, wenn alle Angestellten so detailliert arbeiten würden, egal bei welcher Firma. Aber insgeheim stelle ich mir eine Praktikantin vor, die aus lauter Übereifer, unbedingt bei einer Online Reisegesellschaft arbeiten zu können, das Unmögliche möglich macht! „Ja, das ist ok so, er wird diese Tage bei einem Freund übernachten. Wie überaus aufmerksam von Ihnen Frau Meida!" „de Almeida", ertönt es am anderen Ende und ich sehe ihr hervorragendes Praktikumszeugnis vor mir.

Mit einer Flasche Rimus und leckeren Canapes steige ich mittlerweile nicht mehr ganz so schnell die vielen Stufen zu unserer Dachwohnung hinauf. Schon wieder bin ich nach Roberto zu Hause und stelle mir vor, wie schön es sein wird, wenn wir zu zweit den Papa abends erwarten. Ich öffne die Tür und höre Roberto sprechen. Ich kann nicht verstehen, was er sagt oder mit wem er spricht, aber seine Tonlage hört sich sachlich an. Es dauert immer länger, bis ich Jacke und Schuhe ausgezogen und diese vor allem anständig ins Gestell gebracht habe. Als ich näherkomme, verabschiedet er sich von der Gesprächspartnerin mit den Worten: „Besten Dank und auf Wiederhören Frau, tut mir leid, Ihren Namen konnte ich mir nicht merken, ah ja genau, Entschuldigung, auf Wiederhören.", und er legt den Hörer auf die Station. „Hallo, wer war das?" frage ich, während ich ihm einen Kuss geben will, dem er jedoch geschickt ausweicht. „Hallo, ich bin etwas erkältet, du solltest mir nicht zu nahe kommen." Er streicht mir zärtlich über den Bauch und sagt: „Die Online Reiseberatung. Aufgrund meiner vielen Meilen, bieten sie mir ein kostenloses Upgrade in die Business Class an." Er sieht mich mit seinen grossen blauen Augen an, als warte er auf eine Reaktion, die ich ihm natürlich sogleich schenke: „Das ist ja grossartig! Wow, da kannst du liegen beim Schlafen, kriegst bestimmt leckeres Essen und bist dann so richtig erholt, wenn du bei Simon eintriffst! Freut mich für dich!" Um meine leicht übertriebene Euphorie nicht verdächtig wirken zu lassen, hebe ich den Rimus in die Höhe und sage triumphierend: „Und es gibt noch was zu feiern, heute! Alea iacta est! Was soviel heisst wie: Die Würfel sind gefallen! Unser Vorstand hat sich für die neue Schulleiterin entschieden!" Mit erwartungsvollem Blick sehe ich meinen Mann seitlich an, welcher keine Miene verzieht, sondern lediglich trocken erwidert: „Freut mich für dich! Und stell dir vor, ich hatte auch Latein in meiner Ausbildung! Mich kann man nicht immer für unwissend verkaufen." Er nimmt mir die Flasche aus der Hand, geht in die Küche und nimmt zwei Sektgläser aus dem Schrank.

Kapitel 20

„Ein Match mit deinem alten Herrn?" Frank freut sich stets, die Stimme seines Sohnes zu hören und würde sich noch viel mehr über ein Wiedersehen freuen. Sie haben sich nun schon eine Woche lang nicht gesehen. Natürlich verging kein Tag, an welchem sie sich nicht gehört oder geschrieben haben. Aber die Besuche im Krankenhaus, zwei Interviews in zwei verschiedenen Richtungen des Landes, sowie ein von der Polizei erlaubter Kurzaufenthalt in Kanada, ebenfalls für eine Talkshow, haben diese Woche wie im Schnellflug vorbeiziehen lassen. „Aber sehr gerne, wenn er denn mal Zeit für mich hat?" Eine Bemerkung, die Frank schon mehrmals über sich ergehen lassen musste, auch wenn er sie ungern hört. Denn unumstritten lagen die Gründe für längere Pausen zwischen ihren persönlichen Begegnungen meistens an ihm. Sie vereinbaren ein Heimkommen von Ken und Treffen auf dem hauseigenen Tennisplatz und Frank lässt ihn von Lou abholen. Ken sträubt sich normalerweise immer, wenn Frank diese luxuriöse väterliche Fürsorge an den Tag legt, doch heute nimmt er erstaunlicherweise ohne Gegenwehr an. „Ich habe soviel Arbeit am Hals zur Zeit, ich bin froh, wenn ich die zwei Stunden Fahrt gut nutzen kann. Danke Dad. Ich freue mich sehr, dich über den Platz zu hetzen und deine Pumpe mal wieder richtig anzukurbeln." Sein schelmenhaftes Grinsen lässt Franks Vorfreude noch grösser werden! Wer keine Kinder hat, verpasst Unglaubliches im Leben, denkt er sich und sogleich entweicht ein tiefes Seufzen seiner Lunge. Er muss an Linda denken. Linda, deren Leben noch immer am seidenen Faden hängt und er nichts weiter tun kann, als für sie da zu sein, wann immer es ihm möglich ist. Er weiss, dass Kens viele Arbeit auch mit ihr zu tun hat. Sein Sohn hat jedes Detail aus Franks Erzählungen aufmerksam aufgenommen, so viel Interesse gezeigt, und auch kritische Fragen gestellt, dass sein Vater erkannte, wie er dies als seinen persönlichen Fall betrachtete. Es haben sich noch immer keine Angehörigen gemeldet, was Kenneth bestimmt keine Ruhe lässt.

Frank würde am frühen Abend mit Ken in die Stadt fahren, um Linda zu besuchen. Er hofft, Dr. Shilling sprechen zu können, um mehr Informationen über die nächsten Schritte zu erhalten. Er konnte es bis anhin gut für sich behalten, dass er durch Susie viel mehr Details weiss, als ihm der professionelle Arzt sagen durfte. Und er hatte sich auch genau erkundigt, was es mit dem künstlichen Koma auf sich hat. „Meist wird die Langzeitnarkose über einige Tage aufrechterhalten. Nach einer schweren Hirnverletzung kann sie aber auch länger nötig sein. In der Regel hat sich jedoch spätestens nach mehreren Wochen der Hirndruck reduziert", erklärte ihm Shilling. „Dann kann man auch die neurologischen Schäden abschätzen, welche die Patientin möglicherweise erlitten hat." Die meisten Organe würden während der Langzeitnarkose selbstständig weiterarbeiten. Das Herz schlägt, die Leber und die Niere funktionieren. Linda würde jedoch über eine Magensonde ernährt und beatmet werden. Mit der Dauer steige die Gefahr von Komplikationen. Als Folge der Beatmung könnte eine Lungenentzündung auftrete und durch das lange Liegen ein Thrombose-Risiko. Grundsätzlich werde die Narkose so kurz wie möglich und so lange wie nötig aufrechterhalten.

Dr. Shilling hat sich jeweils soviel Zeit für alle Fragen von Frank genommen, dass dieser das Gefühl bekam, ihm etwas zu schulden. Susie hat ihm das dann kurzerhand aus dem Kopf geschlagen mit ihrer ernüchternden Aufklärung: „Weisst du Schätzchen, nicht alle verdienen so verdammt viel Geld wie du für einige Szenen, aber genau DAS sind die Szenen von Dr. Irish Coffee! Der wird gut bezahlt für die superguten Übersetzungen des medizinischen Kauderwelschs für Normalsterbliche, zu denen du in diesem Laden auch gehörst! Also ja nichts schenken, sonst gewöhnt er sich noch dran und ist dann nicht mehr einfach so ein lieber Doktor!" Er hatte verstanden und Dr. Shilling weiterhin Löcher in den Bauch gefragt.

Seine Pumpe, wie Ken sein Herz nennt, kommt in der Tat auf Hochtouren und er muss um Gnade des jungen trainierten Anwaltes flehen. Verschwitzt und auf wackeligen Knien geht er die wenigen Schritte zur Sitzbank, welche gleich neben seinem Tennisplatz steht, lässt sich darauf fallen und greift nach einer Wasserflasche unter ihm. „Mensch Junge, das nenne ich Blamage. Das kann ich so nicht stehen lassen. Es wird Revanche geben, sobald ich etwas trainierter bin!" Ken wischt sich das Gesicht und die nassen Haare mit dem Handtuch etwas ab und lacht: „Du warst nicht schlecht, Dad. Ich musste also wirklich Gas geben, ganz so einfach hast du es mir nicht gemacht! Ich werde dankbar sein, wenn ich in deinem Alter noch so fit bin." Seiner heiklen Aussage durchaus bewusst, schützt er sein Gesicht vor dem klatschnassen Handtuch mit seinem Arm. „Du wirst leiden für diesen Satz, das schwöre ich dir!" Sie geniessen schweigend ihre pulsierenden Herzen, das Adrenalin im Blut und die frische Atlantikluft. „Kommst du heute mal mit zu Linda?" Frank blinzelt in Kens Richtung. „So nennst du sie? Ein schöner Name, Dad, gefällt mir sehr gut! Wie kommst du auf ihn?" „Wenn du mich begleitest, erzähle ich dir, weshalb ich sie Linda nenne. Es würde mir wirklich sehr viel bedeuten, wenn du mich heute zu ihr begleiten würdest. Es sind nie schöne Besuche, ich möchte sie jedoch nicht missen. Wenn du dabei bist, hätte es was Angenehmes an sich. Verstehst du, was dir dein alter Herr versucht zu erklären?" „Keine weiteren Aussagen notwendig, ich begleite dich sehr gerne. Jetzt habe ich schon so einiges über Linda gehört, da möchte ich sie sehr gerne kennenlernen." Freudig klopft Frank seinem tollen Jungen auf die Schulter: „Jetzt habe ich Lust auf ein leckeres After Sport Essen! Wie hören sich Sparerips, Bratkartoffeln mit Sour Cream und zwei kühle Budweiser an?"

Das Essen hat den beiden Conleys wieder neue Kräfte verschafft und sie sitzen entspannt auf dem Rücksitz des Maybachs Richtung Coney Island. „So Dad, jetzt bist du an der Reihe, weshalb nennst du das unbekannte Opfer Linda? Hast du was herausgefunden? Hat Susie etwas in Erfahrung gebracht oder hast du endlich Officer Tropman zurückgerufen?", erwartungsvoll nimmt Ken seinen Vater ins Verhör!

Kapitel 21

„Hey Jasmin, schön dich zu hören! Vorbereitet und startklar?" Simons Stimme klingt freudig und motiviert. Lediglich seine Fragen irritieren mich. „Hallo Simon, auch schön deine Stimme zu hören. Wozu soll ich startklar sein? Die Geburt ist erst in zwei Monaten geplant." Ich lache etwas künstlich, weil dieses Gespräch mir unangenehm ist. „Na für New York! Jetzt mach nicht so auf cool, man reist ja nicht jeden Tag hierher und besucht mich!" Seine Vorfreude scheint wirklich gross und echt zu sein und ich bin noch immer irritiert, mit jeder Sekunde gar beunruhigt. „Simon, ich komme nicht mit. Hat dir Roberto noch nichts gesagt?" Ich merke, wie es in meinem Magen zu kribbeln anfängt und ich in Richtung Küche sehe, wo Roberto soeben aufgehört hat den Geschirrspüler zu füllen. Hat er es ihm bewusst verschwiegen? Einfach vergisst man ja schliesslich nicht, wenn man seiner Frau die gemeinsamen Ferien verboten hat und vor allem aus welchen Umständen. Roberto kommt in meine Nähe und sieht mich betroffen an und schüttelt leicht den Kopf. Simons Pause endet mit den Worten: „Verstehe ich nicht. Wie, du kommst nicht mit?" Seine Vorfreude scheint abrupt erloschen zu sein. „Weisst du was, ich gebe dir Roberto, er steht gleich neben mir. War schön dich zu hören, Simon. Pass auf dich auf! Tschüss!" Ich höre noch seinen zögernden Abschiedsgruss, als ich den Hörer traurig an Roberto weiterreiche. Ich muss dieser Szene nun den Rücken kehren und gehe leise weinend ins Badezimmer. Ein warmes, gut duftendes Bad wird mir bestimmt gut tun. Ich lasse die Wanne einlaufen, werfe eine Badekugel hinein und entkleide mich langsam. Robertos Stimme ist murmelnd zu hören und ich bin froh, dass ich seine Worte nicht verstehen kann. Wieso hat er das verschwiegen? Oder wusste er doch, dass ich ebenfalls nach New York reisen werde? Es wird Zeit, dass wir beide für ein Weilchen getrennt sind, die Stimmung zwischen uns ist nicht mehr die tiefe Verbundenheit und grosse Zuneigung, die wir uns gewohnt sind. Aber eben, die Zeit heilt alle Wunden und diese Krise wird unsere Ehe bestimmt stärken und uns beide noch mehr binden. Auch die gemeinsame Aufgabe, unser erstes, so sehnlichst gewünschtes Kind, wird uns gemeinsam fordern.

Der Abend verlief schlussendlich noch sehr harmonisch. Roberto gesellte sich zu uns in die Badewanne, welche wir so sehr ausfüllten, dass es kaum noch Wasser benötigte, um sie dennoch voll zu haben. Er hat mir, auf Verständnis hoffend, erklärt, weshalb er Simon mein Bleiben in der Schweiz verschwiegen hat. Es ergab alles seinen Sinn und seine Beweggründe, basierend auf Angst, Hoffnung und Zweifel, waren mir einleuchtend. Ich war zweimal nahe dran, ihm mitzuteilen, dass ich dennoch nachreisen würde, liess es aber zugunsten eines schönen Abends bleiben. Wir haben uns gemeinsam einen Action-Film angesehen, Nüsse und getrocknete Feigen genascht und alkoholfreies Bier getrunken. Eine angenehme Fussmassage liess mein Wohlbefinden noch mehr steigern und ich dachte einmal mehr, was für ein begabter und charismatischer Schauspieler Frank Conley doch war.

Ich geniesse meine Mittagspause mit Claudia auf der Dachterrasse unserer Schule und wir plaudern über den Film, den auch sie sich angesehen hat. „Ich mag eigentlich keine Actionfilme, aber Conley ist einfach sexy und da sehe ich mir sogar sowas mit meinen Jungs an. Sie haben mich längst durchschaut, aber he, Mama gönnt sich ja sonst nix!" Claudias aufheiternde Art ist stets eine freudige Begegnung und ich geniesse die Zeit mit ihr. Ob ich ihr erzählen soll, was ich getan, respektive tun werde? Oder lasse ich sie im Glauben, dass ich gemeinsam mit Roberto reise, obschon ich vorerst noch zwei Tage zu Hause bin. Ich mustere sie genau, während sie in ihr Handy blickt und offensichtlich etwas sucht, als könnte ich eine Antwort aus ihrer Gestik locken. „Hey, wow, sieh dir das mal an!", sie rutscht mit ihrem Stuhl näher an mich heran und zeigt mir den Bildschirm ihres neuen Samsungs. „Weisst du, was das ist?" Sie starrt mich geradezu an, als wolle sie mir gleich Brandlöcher in die Bluse machen. „Ein Haus mit Garten und Tennisplatz?", frage ich und hebe die Schultern nichts wissend. Sie streckt mir das Handy noch näher ran, als müsste ich es aufessen und sagt energisch: „Ein Haus? Hallo? Sieh es dir genau an! Das ist das Anwesen von Conley! Der wohnt auf den Hamptons. Was sage ich da, es ist EINES seiner Anwesen. Was stimmt mit dieser Verteilung der Gerechtigkeit nicht auf dieser Welt?" Sie hat beruhigenderweise das Handy wieder an sich genommen und scheint auf Google Earth weiter nach ungerechter Verteilung zu suchen, als sie vor sich hin murmelt: „Da hocken wir zu sechst in einem Miethaus eingequetscht auf drei Etagen und der ist bestimmt jeden Abend mit einer einzign Begleitung zu Hause und wissen dann gar nicht, in welchem Zimmer sie sich aufhalten sollen. Du solltest ihn besuchen, wenn Ihr in New York seid. Lass den Robi ruhig mal Männerabend machen!" Wir lachen beide auf, als ich versuche eine sexy Pose mit meinem Bauch einzunehmen und mich in erotischer Stimme versuche: „Hello Mister Conley, heute schon einen Actionfilm gedreht?"

Kapitel 22

„Es gibt einen Gott und er zeigt mir gerade, dass er mich liebt! Halleluja!" Susie wirft beide Arme in die Luft, als Frank mit Ken die Eingangshalle zum Coney Island Hospital betreten. Ken bleibt irritiert stehen und wird von Frank an der Schulter zum Weitergehen geschubst mit einem verschmitzten Lächeln im Gesicht. Sie gehen direkt auf Susies Desk zu, welche sich erwartungsvoll auf den Tresen stützt und neugierig hinter ihren Brillengläsern hervor blinzelt: „Sag mal

Zuckerschnauze, wo hast du denn dieses Prachtkerlchen versteckt? Ist das nicht illegal?" Sie lässt die Brille an ihrer Kette fallen, als sie Ken offensichtlich fertig gemustert hat und streckt ihm die Hand zum Gruss entgegen: „Hallo Kenneth, freut mich sehr dich kennen zu lernen! Ich bin die verrückte Susie. Dein Vater hat mir leider auch nicht allzu viel von dir erzählt, du verstehst schon. Wir kommen nicht oft zum Quatschen, wenn wir uns sehen!" Sie zwinkert ihm zu und tätschelt liebevoll seine Hand. Ken scheint sichtlich amüsiert zu sein und erwidert: „Susie, endlich! Mein Vater hat mir so viel Wunderbares von Ihnen erzählt! Es ist mir eine grosse Ehre, Sie persönlich kennen zu lernen!" Er nimmt ihre Hand und drückt ihr einen Kuss darauf. Susies Mund öffnet sich langsam, ihre Augen fixieren erst Ken wandern dann langsam zu Frank und sie stottert: „Franky, tut mir leid, aber es ist aus zwischen uns! Ich will die Jüngere und offensichtlich noch bessere Version von dir!" Franks Lachen erfüllt die Eingangshalle und er freut sich einmal mehr ab Susies Heiterkeit und Witz.

Die Tür des Aufzugs öffnet sich und Dr. Shilling, freizeitlich in Jeans und Rollkragenpullover gekleidet, tritt mit grossen Schritten heraus. Zielstrebig geht er auf den Ausgang zu, als er mit einem Seitenblick die beiden Männer an Susies Frontdesk stehen sieht. Er erkennt Frank und legt eine andere Gehrichtung ein, um Frank zu begrüssen: „Mister Conley, schön Sie doch noch zu sehen! Ich muss leider weg, ich hätte Sie aber noch angerufen um zu fragen, wann Sie wieder kommen. Haben Sie es ihm schon gesagt?" Freudig blickt er Susie an, die gespielt schockiert ihren Kopf schüttelt. „Ich gebe doch keine Krankenhausinfos an Fremde weiter!", und blinzelt Frank und Ken an. Franks Blick wechselt zwischen Susie und dem Irish Coffe hin- und her und denkt innerhalb einer Sekunde, dass diese viel zu lange dauert. „Wir haben gute Neuigkeiten, wir sind einen Schritt weiter mit der Patientin von INT7." Dr. Shilling strahlt Frank an, als hätte er ihm gerade die Rolle seines Lebens offenbart. „Sie ist wach!" Franks Herz beginnt von einem auf den anderen Schlag schneller und lauter zu schlagen. „Linda ist wach?", er hört sich das so laut sagen, als müsse er sein lautes Herz übertönen. Nun sieht ihn Dr. Shilling irritiert an, blickt fragend zu Susie und spricht seine Frage mit einem Wort und nicht ganz so laut aus: „Linda?" Susie unterbricht diese konfuse Fragerei und wirft erklärend ein: „Er hat seinem Opfer auf INT7 einen Namen gegeben. Ist er nicht wunderschön, Linda? Wir werden ja bald hören, ob er zu ihrem richtigen Namen passt." Dr. Shilling nickt zufrieden und wendet sich wieder Frank zu. „Ja, Linda ist wach und ansprechbar. Sie gibt noch keine Antwort, aber sie versteht offensichtlich alles. Grossartig, nicht? Wie gesagt, ich muss leider los, sprechen wir uns morgen?" Dies als offensichtlich rhetorische Frage gemeint, geht er mit grossen Schritten weiter zur Schiebetür hinaus.

Frank dreht sich zu Susie und sieht sie mit grossen Augen an. Sie schmunzelt erst ihn, dann seinen Sohn an. „Da sieh dir unseren Superhelden an! Steht hier sprachlos herum und himmelt mich an!" Ken schenkt ihr ein herzhaftes Lächeln und sieht zu seinem Vater. „Hey Dad, das ist ja grossartig! Linda ist auf dem guten Weg zurück ins Leben! Möchtest du lieber alleine hochgehen! Das würde ich sehr gut verstehen und bleibe auch gerne hier bei Susie." Diese quiekt sogleich auf. „Nein, nein, komm nur mit. Ich weiss gerade nicht, ob mich das freuen oder mehr beängstigen soll. Was soll ich Linda denn sagen? Hm, ich kann sie ja nicht mehr Linda nennen, sonst ist sie…" „Schmalzlocke, ganz ruhig jetzt! Freu dich! Linda ist wach, sie scheint eine Kämpfernatur zu sein, all das überlebt zu haben und du darfst sie nun begrüssen und sie willkommen heissen! Und alles Weitere wird sich zeigen und ergeben. "Ob sie schon weiss, was ihr Körper alles mitmachen musste? Ob sie deshalb nicht antwortet? Ich weiss nicht Susie, was ich ihr sagen soll. Ich will nicht der Übermittler von Hiobsbotschaften sein und Dr. Shilling ist jetzt weg! Nein, das kann ich nicht!" Frank fasst sich mit beiden Händen in die Haare und sieht abwechselnd Ken und Susie an. Ken legt seine Hand auf die Schulter seines aufgebrachten Vaters, tätschelt sie liebevoll und greift ihn wie ein Adler. „Komm Dad, Susie hat recht, begrüssen wir Linda und heissen sie willkommen zurück im Leben. Es wird ein anderer Arzt auf der Station sein, medizinische Antworten oder Erklärungen darfst und kannst du ihr gar nicht geben. Also darfst du ihr einfach nur weiterhin der Freund an der Seite sein. Und wer weiss, vielleicht erkennt sie dich ja und schimpft dich aus wegen deinem schrecklichen Vorlesestil!" Er zwinkert Susie verabschiedend zu und bestimmt die Gehrichtung zum Aufzug.

Kapitel 23

Schweigend sitzen Roberto und ich uns gegenüber in einem Zugabteil für uns alleine. Früher hätte es kaum eine ruhige Minute zwischen unseren heiteren und interessierten Gesprächen gegeben. Ich scheine wirklich vieles kaputt gemacht zu haben. Welche Ironie: Ich opfere zugunsten unseres gemeinsamen Lebenswunsches meine Brüste und allenfalls Körper und mein Mann ist zutiefst beleidigt und wütend, weil ich für meinen Körper und mein Leben selber entschieden habe. Jetzt werde ich mit Schweigen und dicker Luft bestraft, dabei kann er ja nun uns beide haben. Soweit ist die Schwangerschaft fortgeschritten und kaum Beschwerden.

Nicht einmal mehr zwei Monate und alles ist überstanden. Fast alles. Aber auch das muss ich doch selber meistern und mit den Konsequenzen umgehen können. Ich war schon immer sehr gut in Prioritäten setzen und diese konsequent durchzusetzen. Mit Verstand entscheiden und mit Herz handeln. Damit bin ich eigentlich immer sehr gut gefahren......bis jetzt. Wie Roberto gesagt hat, ich habe ihm stets einen Vorsprung....

„Hey, sieh dir die lange Warteschlange vor den Economy Schaltern an. Wollen denn heute alle in die Ferien?" Roberto scheint für einen Bruchteil einer Sekunde seinen Upgrade vergessen zu haben, zwinkert mir grinsend zu und geht erhobenen Hauptes an den Schalter, worüber *Business/First Class* auf dem Bildschirm zu lesen ist. Er scheint sich sehr auf New York und Simon zu freuen. Wenn ich nicht wüsste, was mich in zwei Tagen erwartet, wäre mir gerade jetzt zum Heulen zumute. Ich halte meinen Bauch mit beiden Händen fest und streiche über die bewegenden Stellen darin. Es heisst, Babys können bereits im Mutterleib alle Emotionen einer Mutter aufnehmen und ebenfalls durchleben. Schnell denke ich an meinen bevorstehenden Urlaub und die tollen Ausflüge, die auf meiner Liste stehen. Auch wenn ich noch nie alleine gereist bin, fühle ich mich gut bei diesem Gedanken, denn wirklich alleine bin ich nicht. Und wenn ich in den vergangenen Wochen etwas über das Sozialverhalten von Menschen gelernt habe, wie aufgeschlossen, neugierig und wunderbar hilfsbereit Fremde gegenüber einer sichtbar Schwangeren sind.

Ich lächle Roberto zu, der gerade seinen Boardingpass erhalten hat und auf mich und unser wieder schlafendes Baby zukommt. Er nimmt meine Hand und ich geniesse diese Körpernähe mit jedem Schritt bis zur Passkontrolle, wo sich unsere Wege nun für ein paar Tage trennen werden. „Na dann werde ich hier alleine weitergehen." Roberto muss die Tränen zurückhalten und sieht mich traurig an: „Es tut mir so leid, dass es soweit kommen musste. Ich wünschte mir, ich hätte nicht so entschieden und du könntest doch mitreisen. Das werden seltsame Ferien ohne dich, nach so vielen Jahren. Und ich werde diese Kugel vermissen." Ich trete näher zu ihm und umschlinge ihn mit der Kugel zwischen uns. Ist jetzt der Zeitpunkt doch noch gekommen, um die Bombe platzen zu lassen? „Meinst du das wirklich ernst?" „Natürlich meine ich das ernst! Es tut mir wirklich leid. Das hast du nach so vielen Jahren nicht verdient! Wer bin ich denn schon, dir Ferien zu verbieten." Er drückt mich so gut es geht an sich und ich höre sein Herz schnell schlagen. „Dann lass mich mal machen. Du weisst doch, dir konnte ich noch selten einen Wunsch abschlagen!" Ich kneife ihn in den Hintern und sage lässig: „Also dann, sehen wir uns bald in New York! Ich werde schon noch ein Ticket bekommen." Robertos Augen werden noch grösser, als sie sonst schon sind, und er strahlt über das ganze Gesicht, wie ich es schon so lange nicht mehr gesehen habe. „Ernsthaft? Du wirst es versuchen, ja?" Wir küssen uns lange zum Abschied und ich denke mir, Jasmin, da bist du aber jetzt heil davon gekommen und stehst schlussendlich noch als Heldin da!

Meine Zugfahrt heim ist keine Fahrt, sondern ein wahrer Wolkenritt. Ich fühle mich unendlich erleichtert und seit langem wieder einfach nur glücklich! Ich werde als erstes eine zusätzliche Person für den Helikopterflug anmelden und ein weiteres Ticket für das Musical buchen. Wenn ich Glück habe, ist ein Sitz in meiner Reihe noch zu haben. Mein Handy summt und ich sehe eine Nachricht von Roberto: „Big Apple and Daddy are waiting!! Beeil dich mit Buchen und bitte verzeih mir! Ich war ein Idiot!" Mein Herz beginnt zu schmelzen. Sein Vorsprung war aufgeholt und endlich, endlich können wir unseren Traum gemeinsam weiterleben!

Kapitel 24

Wenn man für jede Fahrt in einem Aufzug bezahlen müsste, wäre heute im Coney Island Hospital der kostenlose Fahrt-Tag. Frank wechselt sein Gewicht von einem Fuss zum anderen, während der Fahrstuhl auf jedem Stockwerk zu halten scheint. Ärzte und Pflegepersonal kommen rein und drücken eine Etage weiter. Frank fragt sich, weshalb die alle Laufschuhe tragen, wenn sie für ein Stockwerk den Aufzug nutzen. Einige Besucher treten in die Kabine, merken, dass diese aufwärts gezogen wird und treten wieder hinaus. Es schein heute aber auch wirklich kein Ende zu nehmen und Frank seufzt hörbar laut. „Gleich da Dad", flüstert Ken ihm zu und in der Tat 'ding', sie haben den vierten Stock, die Intensivstation erreicht. Nebst einer Krankenschwester sind sie die einzigen, die aus der vollen Kabine treten und sogleich auf dem Wolkenteppich stehen. Frank geht langsam Richtung INT7 und seine Augen irren suchend im Gang umher. „Suchst du jemanden Dad?" Ken scheint seine Aufmerksamkeit vollumfänglich seinem Vater zu widmen und Frank bemerkt erst jetzt, dass sein Sohn noch immer seine beruhigende Hand auf seinen Schultern hat. „Ja, Leslie, die Krankenschwester. Ich würde gerne erst mit ihr sprechen." Kaum ausgesprochen, hört er schon seinen Namen: „Mister Conley?", ausgesprochen von einer männlichen, ihm äusserst unsympathischen Stimme. Er blickt etwas hinunter in die kleinen, argwöhnischen Augen von Officer Tropman. Dieser mustert sogleich Ken und blickt wieder in Franks genervte Augen. „Guten Abend, wir haben Sie erwartet. Darf ich Sie und Ihre Begleitperson ins Wartezimmer bitten? Wir sollten ein paar Dinge klären." Er zeigt mit seinem uniformierten

Arm in eine Richtung und versucht etwas wie ein Lächeln auf seinem Gesicht abzurufen. Ken scheint, Frank stossen zu müssen. Der seriöse, justizliebende Sohn schiebt seinen Actionheldvater und Opferbetreuer in den Verhörraum, alias Intensivstation Warteraum. Frank bleibt unmittelbar neben der Tür stehen und erinnert sich an das letzte Gespräch hier drin nur sehr ungern. Er verschränkt seine Arme vor der Brust und wartet, bis Mister Officer wieder eine Fragestunde loshaut. Dieser setzt sich auf einen Stuhl, bietet den beiden Conleys ebenfalls Sitzgelegenheiten an. Der folgsame Sohn setzt sich, der störrische Vater bleibt mit einem kurzen Kopfschütteln stehen und blickt den zweiten Officer im Raum kurz registrierend an.

„Mister Conley, ich gehe davon aus, dass Dr. Shilling Sie telefonisch erreichen und informieren konnte?" Um keine wertvolle Sekunde mehr mit Linda zu vergeuden, nickt er kurz die Frage ab. „Sehr gut. Und wer sind Sie?", richtet er seine nächste Frage an Ken, welcher anständig wie immer in klaren Worten antwortet: „Kenneth Conley, Mister Conleys Sohn und Anwalt." Diese Antwort überrascht Frank im ersten Moment, doch er ist sich sicher, dass Ken einen guten Grund dafür hat. „Ok, freut mich. Dann legen wir los. Das Opfer auf INT7 ist heute aus dem künstlichen Koma erwacht. Wir dürfen noch nicht zu ihr, da sie offenbar keine Antwort gibt, also nicht spricht. Dr. Shilling ist der Meinung, dass die Möglichkeit besteht, dass sie mit Ihnen sprechen könnte, da Sie anscheinend die letzten Tage, bald Wochen, sehr häufig und über längere Zeit bei ihr zu Besuch waren. Kennen Sie das Opfer, Mister Conley?" Tropman scheint ihn einmal mehr zu hinterfragen und Frank blickt Ken, seinen Anwalt, bittend an. „Nein, mein Mandant kennt das Opfer INT7 nicht. Er hat sie am Coney Island Beach verletzt zum ersten Mal gesehen und hat sie aufgrund ärztlicher Fürsorge und auch aus persönlichem Mitgefühl hier besucht. Er hat sich Zeit genommen, ihr Geschichten wie auch die News vorzulesen, von sich und seinem Alltag zu berichten und ihr, ebenfalls vom Arzt empfohlen und in Anbetracht einer schnellen Genesung, die Hand gehalten. Er kennt weder alle medizinischen Fakten, noch ist er über den weiteren Verlauf informiert. Sie sehen vor sich lediglich einen barmherzigen Samariter, dem diese unvorstellbare und entsetzliche Geschichte einer Frau sehr ans Herz geht." Ken schliesst sein kurzes aber sehr treffendes Plädoyer mit einem stummen Händeklatsch ab und sieht zu seinem vor stolz fast platzenden Vater. Der ebenfalls beeindruckte Officer wirft seinem Kollegen einen kurzen Blick zu und erhebt sich aus dem unbequem aussehenden Wartestuhl. „Dann ist ja alles gut, Mister Conley, sollte das Opfer Ihnen etwas mitteilen, das uns weiterhelfen könnte, ihre Identität zu klären und die Täter zu finden, rufen Sie mich bitte umgehend an!" Der noch immer verstummte Frank nickt mit kurz geschlossenen Augen und entspannt seine abwehrende Armhaltung zum Abschiedsgruss mit der Polizei.

Frank konnte seinem Sohn gerade noch triumphierend auf die Schultern klopfen, als sich auch schon Leslie lächelnd in der Tür zeigt. „Hallo Frank! Und Sie müssen Kenneth sein! Freut mich sehr, ich bin Leslie." Sie winkt die beiden heran und packt Frank am Arm, als er neben ihr steht. „Jetzt aber husch, rein zu Linda! Ich bin mir sicher, sie erwartet Sie schon. Mit uns will sie nämlich nicht sprechen, die Kleine." Sie zieht Frank Richtung INT7. „Was tut sie denn? Also, ich meine, Dr. Shilling meinte, sie würde verstehen aber nicht sprechen." Leslie sieht die beiden Conleys an und antwortet plötzlich in sehr sachlichem Ton: „Tut mir leid, ich vergesse oft, dass nicht alle, die hier ein- und ausgehen, auch täglich mit solchen Themen konfrontiert sind. Also, Linda ist erwacht aus dem Tiefschlaf, in welchen sie Dr. Shilling versetzt hat. Für ihren Zustand eigentlich sehr früh, sie scheint eine Kämpfernatur zu sein. Die Schläuche aus ihrem Mund konnten entfernt werden, da sie nun wieder selbstständig atmet. Sie hat die Augen geöffnet und verständlicherweise etwas erschrocken und irritiert um sich gesehen. Da sie jedoch einen Wahnsinnscocktail gegen die Schmerzen und zur Beruhigung bekommt, ist sie sehr ruhig und atmet auch dementsprechend. Ihre Augen reagieren gut auf Bewegung und Licht, daher scheint sie wahrzunehmen und zu verstehen. Weshalb sie nicht spricht, ist uns, respektive den Ärzten noch ein Rätsel, denn ihre Stimmbänder haben keinen Schaden genommen. Nun warten wir ab, ob Linda eine kleine Diva ist und sich nur mit der Creme-de-la-Creme abgibt." Sie zwinkert Frank zu und sieht ihn an, als wolle sie sein ok abwarten. Frank sieht Ken an und sagt: „Ich denke, ich werde alleine rein gehen", Ken nickt verständnisvoll. „Ich warte dann mal im Wartezimmer und gönne mir einen leckeren Krankenhaus Kaffee. Grüss Linda lieb von mir und ich freue mich, sie bald kennen lernen zu dürfen." Frank nimmt die Türfalle in die Hand, atmet noch einmal tief durch und tritt in das ihm vertraute Zimmer.

Kapitel 25

Alle Fenster sind geschlossen, TV Stecker ist gezogen und sogar bereits das Bett frisch bezogen für unsere Rückkehr. Mit einem kaum gefüllten Koffer und einer kleinen praktischen Handtasche stehe ich an der Strasse und warte auf das Taxi, welches mich zum Flughafen bringt. Die letzten zwei Tage waren vollgepackt mit Untersuchungen, Besorgungen, Abschluss weniger Pendenzen und Heraussuchen aller notwendigen Ansprechpersonen im Falle eines Notfalls, was mein Zustand betrifft. Dr. Dubois hat sich ebenfalls bestens informiert und einige Kontakte gefunden, sogar im Coney Island Hospital, wo Simon arbeitet. Er hat mehrmals betont, dass er es noch immer nicht gutheissen könne, dass ich verreise, gerade auch wegen meines Gewichtsverlustes. Meine Anzeichen seien nicht gut und es könnten frühzeitig Wehen eintreten. Die einzige Frage, die mich interessiert, ist, ob bei meinem Kind alles gut ist. Diese Bestätigung reicht mir vollkommen aus und insgeheim denke ich mir: „Es gibt auf der ganzen Welt Ärzte und Kinder kriegen sie auch auf jedem Kontinent." Dennoch weiss ich seine Fürsorge sehr zu schätzen und bemitleide ihn abermals, mich als Patientin zu haben. Und ich nehme mir fest vor, ihm täglich ein kurzes Mail zu senden, damit er beruhigt alle Babys zur Welt bringen kann, die diese Woche startklar sind.

Ich fühle mich wie eine Superprominenz in der Businessclass. Ich habe enorm viel Platz für mich und meinen Bauch, kann richtig liegen zum Schlafen, bin vom nächsten Passagier durch eine kleine Wand abgeschirmt und kann mir aus einer Menükarte sogar die Mahlzeiten aussuchen. Der Preis hat sich gelohnt und ich freue mich für Roberto, dass er ebenfalls so reisen konnte. Bestimmt werde ich heute, trotz Langstreckenflug wunderbar erholt und frisch in New York ankommen und kann mich sogleich ins Grossstadtgetümmel stürzen. Als erstes etwas shoppen gehen, schliesslich habe ich aus einem bestimmten Grund einen fast leeren Koffer dabei. In New York soll man unglaublich einkaufen können und ich habe mir zu Hause Adressen für Umstandsmode herausgesucht. Neue Schuhe und eine tolle Handtasche stehen ebenfalls auf meiner 'to get' Liste. Auf der 'to do' Liste steht bei weitem mehr drauf. Verschiedene, von Claudia empfohlene Restaurants, Museen und die klassischen Sightseeing Ziele dürfen auf unserem Trip nicht fehlen. Zudem bin ich mir sicher, dass auch Simon noch das Eine oder Andere mit uns vorhat. Schliesslich lebt er nun schon eine Weile in dieser faszinierenden Stadt und wird sich bestens in Insider Tipps auskennen. Ich kuschle mich gemütlich in meine Liege. Mit Decke und zur Verfügung gestellten Socken lasse mich von klassischer Musik ins Land der Flugzeugträume entführen.

Als Superprominenz oder einfach Mehrzahler haben wir das Vorrecht, als erstes aus dem Flieger zu steigen. Vor den Imigrationsverfahren in den USA wurde ich ebenfalls von der viel gereisten Claudia gewarnt. Viele Fragen über woher, wohin, weshalb und wieso werden gestellt. Jeder Einreisende ist ein Verdächtiger. Die Warteschlange hinter mir gleicht einer Python die zu platzen droht. Wie viele davon wollen im Land der unbegrenzten Möglichkeiten ein neues Leben aufbauen und nicht mehr in ihr Heimatland zurückkehren? Ich weiss nicht, ob ich auswandern könnte, um irgendwo neu anzufangen. So weit weg von allem Vertrauten, der Familie, der erzielten Arbeitsstelle, den Freunden, der Sprache und der hervorragenden Lebensqualität in der Schweiz. Und doch machen es so viele, weshalb nur? Ist es Flucht, Euphorie, Karriere oder einfach eine Abwechslung? Ich muss diese Frage unbedingt Simon stellen und ob er plant, wieder zurückzukommen. Ich freue mich sehr auf den Empfang der beiden, wenn ich endlich auch meinen leichten Koffer ab dem Band nehmen kann. Gedacht, getan. So schnell mich meine schweren Beine in den unbequemen Stützstrumpfhosen tragen, marschiere ich mit dem Strom Richtung Ausgang. Viele strahlende, suchende, freudige und erwartungsvolle Gesichter sehen uns Ankommenden entgegen. Hier Freudentränen des Wiedersehens, da jauchzende Umarmungen und gierige Küsse. Ich suche ebenfalls in der berauschenden Menschenmenge das Gesicht von Roberto und kann ihn nirgends sehen, bis ich aus dem Gedränge bin, vorbei an den Reiseführern mit den Gruppen- und Ferienanbieternamen drauf. Noch immer keine Spur von meinem Mann.

Kapitel 26

Nebst dem rhythmischen Herzschlag von Linda, welcher auf dem Bildschirm neben ihr synchronisiert und laut angepriesen wird, kann Frank sein eigenes Herz ebenfalls laut, jedoch wild und unruhig schlagen hören. Er sieht Ted am Fussende auf Lindas Bett sitzen und mit glasigen Augen in ihre Richtung sehen. Frank wagt es kaum in ihr Gesicht zu sehen, obschon er so lange auf diesen Augenblick gewartet hat. Langsam geht er zu seinem Stuhl neben Lindas Hand und setzt sich leise darauf. Er blickt zum bekannten Monitor, zur vertrauten Herzschlag- und Pulsanzeige und bewegt seinen Kopf langsam in Richtung Lindas Gesicht. Ihre Augen sind geschlossen und zum ersten Mal kann er ein Gesicht erkennen ohne Schlauch im Mund. Ihre Nase und die Wangenknochen sind noch immer von einem grossen Pflaster bedeckt von den Brüchen und deren Korrekturen. Ihr Mund scheint geschwollen zu sein. Frank kann jedoch erkennen, dass sie volle, schön geformte Lippen haben muss und fragt sich, ob alle Zähne unversehrt blieben oder diese auch ersetzt werden müssen. Ihre geschlossenen Augen sehen aus wie gezeichnet, ein dunkler, langer Strich, der Ansatz ihrer schwarzen, langen Wimpern. Frank hat noch nie so lange, geschwungene, dichte Wimpern gesehen, ohne die Unterstützung von teuren Markenprodukte der Schminkindustrie. Er kann heute ihren Haaransatz erkennen, sie müssen die Kopfbandage gewechselt haben. Sie hat eine hohe, wohlgeformte Stirn und dunkle Haare. Frank denkt sich: ‚Sie scheint eine natürliche Schönheit zu sein, denn die Haare haben dieselbe dunkle Farben wie ihre Augenbrauen und Wimpern!' In seiner Branche könnte er kaum sagen, ob irgendeine seiner Kolleginnen ihre natürliche Haarfarbe trägt oder sie selber gar noch kennt.

„Nun gut, Linda, wo waren wir stehen geblieben? Ah, hier habe ich das Parkhausticket gelassen, als Buchzeichen! Diese Vergesslichkeit wird mich mal teuer zu stehen kommen." Er sieht die noch immer schlafende, tief atmende Frau im Bett an und beginnt das Buch "The Picture of Dorian Grey" von Oskar Wilde weitervorzulesen. Sobald Leslie reinkommt, würde er Ken holen. Er liest: „Er sah in den Spiegel um seine Schönheit zu betrachten." Während er Luft für das Satzende einatmen will, huscht sein Blick zu Linda, die ihn mit grossen, dunkelgrünen, funkelnden Augen mustert. Wie eine kühle Brise huscht ihm ein leichter Schauer den Rücken hinunter und seine Stimme scheint zu versagen. Schweigend sehen sie sich wenige Sekunden an, bis Frank sich wieder gefasst hat und ein leises, fast zärtliches: „Hi, willkommen zurück", aus seinem Mund entfliehen lässt. Sie scheint eine Art Lächeln zu zeigen, zumindest haben sich ihre Mundwinkel etwas bewegt und ihre Augen wurden ganz kurz etwas kleiner und die Lider schlossen sich für eine Sekunde, vielleicht zum Dank. Nun lag es wieder an ihm, etwas zu sagen, denn Linda mustert ihn stumm weiter. Ihre tiefen Atemzüge und das immer wieder längere Schliessen der Augen, scheinen für Frank ein Zeichen von

Schmerzen zu sein. Was sie wohl schon weiss über ihren körperlichen Zustand und das Geschehene? Hat Dr. Shilling ihr schon alles offenbart und deshalb schweigt sie nun und leidet vor sich hin? „Ich bin Frank, Frank Conley, und es freut mich sehr, dass Sie, du aufgewacht bist. Ich hoffe, ich darf dich so ansprechen?" Und wieder ein kurzer Augenschlag, gefolgt von einem tiefen Atemzug. „Hast du Schmerzen? Soll ich Leslie für dich rufen? Das ist die nette Krankenschwester..." Als Frank seine Frage begann, legte er automatisch seine Hand auf Lindas. Er spürt, wie sich ihre Hand langsam unter seiner bewegt und sich frei macht. Er will seine weg ziehen und schämt sich, sie so aufdringlich berührt zu haben, als sie ihre schönen, langen Finger auf seinen Handrücken legt. Tief berührt von dieser so banalen und kaum spürbaren Gestik, sieht Frank dankend in Lindas schöne Augen. Er rückt mit seinem Stuhl etwas näher an sie heran und weiss gerade nicht, was er als nächstes tun oder sagen soll, um diesen magischen Moment nicht zu zerstören. Er wagt es kaum zu atmen, als er Lindas Finger leicht auf seine Hand tippen spürt. Er sieht ihre Hand an und beobachtet, wie sie ihren Zeigefinger leicht anhebt. Ob das etwas zu bedeuten hat oder lediglich eine Art Zucken ist?

Die Tür öffnet sich und Leslie kommt ins Zimmer: „Na Ihr zwei, alles ok bei euch?" Sie sieht Frank erwartungsvoll an. Er schüttelt kaum merklich den Kopf und erwidert dennoch:

„Ja, bei uns soweit alles gut. Sie ist eben aufgewacht. Ich glaube, sie hat starke Schmerzen, sie atmet oft tief." In derselben Sekunde ein weiteres Zeichen mit ihrem Zeigefinger. Nun ist sich Frank sicher, sie spricht zu ihm. Er sieht in ihre Augen und fragt direkt: „Gibst du mir Antwort mit deinem Finger?" Der Zeigefinger tippt. Freudig sagt er zu Leslie: „Sie gibt Fingerzeichen!" Leslie geht schnell ums Bettende zu Frank und sieht auf die beiden Hände auf dem Bett. „Das ist ja grossartig! Haben Sie starke Schmerzen?", spricht sie Linda nun direkt an. Frank gibt für sie Antwort: „Ja, hat sie." „Na dann werde ich umgehend den diensthabenden Arzt holen. Toll gemacht Frank! Übrigens ihr Sohn ist noch immer im Wartezimmer. Soll ich ihn rein bitten?" Bevor Frank ihr antworten kann, tippt ihm Linda mit dem Zeigefinger auf die Hand. „Gerne, ich glaube, jemand möchte ihn kennen lernen." Er sieht Linda mit freudigen Augen an, die wieder die Augen schliesst und tief einatmet, „und bitte, Leslie, der Arzt soll sich beeilen, sie hat wirklich starke Schmerzen." Lindas Augen bleiben geschlossen, jedoch ihre Hand streicht einmal sanft über seinen Handrücken und Frank weiss, dass dies ein ‚Danke' war.

Kaum hat Leslie das Zimmer verlassen, öffnet Linda ihre Augen und Frank sieht eine Träne über ihre Wange gleiten. „Nicht doch, der Arzt kommt sicher gleich und gibt dir was gegen die Schmerzen." Sanft berührt er ihre freie Haut auf der Wange mit seiner linken Hand und spürt wieder ein Tippen auf seiner Rechten. Er sieht hin und bemerkt, dass ihr Mittelfinger sich bewegt. „Es sind nicht die Schmerzen alleine, nicht wahr?" Zeigefinger. Er muss sich achten, wie er seine Fragen stellt, denkt er sich aufgeregt, denn dies könnte nun verwirrend sein. „Ist da noch etwas, das du mir mitteilen möchtest?" Zeigefinger. Frank wird nervöser und hofft, sich nichts anmerken zu lassen. „Weisst du, weshalb du hier bist?" Zeigefinger. „Weisst du, wer dir das angetan hat?" Mittelfinger. Natürlich nicht, denkt sich Frank, wer kennt schon solche Monster. Was will sie ihm sagen, wie könnte er bloss ihren Namen auf diese Weise herausbekommen und mehr noch, weshalb spricht sie nicht, wenn doch ihre Stimmbänder zu funktionieren scheinen...

Kapitel 27

Nach über einer Stunde Warten, vergebenes Anrufen auf Robertos Handy Nummer und mir grenzenlose Sorgen machen, rufe ich ein Taxi, welches mich zum Hotel bringt, dessen Buchung ich zum Glück nicht storniert habe. Nach den vergangenen Wochen war ich mir nicht sicher, ob es wirklich das Beste wäre, mich ebenfalls bei Simon einzuquartieren. Ob Roberto sich für die Nächte ebenfalls zu mir gesellen wird, habe ich nicht zu Ende gedacht, was auch keine Rolle spielt. Zumindest weiss er, dass ich das Marriott am Times Square gebucht habe und hat nicht viel dazu gesagt. Eigentlich war seine Freude über das kurzfristige, gelungene Buchen meines Fluges so gross, dass ich mehr das Gefühl hatte, er habe diese Anmerkung einfach zur Kenntnis genommen. Nun sitze ich im gelben New York Taxi und kann meine Tränen nicht mehr zurückhalten. Was war denn nur geschehen? Es muss etwas passiert sein, sowas würde Roberto nicht einfach so tun. Der Taxifahrer blickt immer wieder besorgt in den Rückspiegel und fragt nach dem x-fachen Sorgenblick: „Alles ok bei Ihnen M'am? Soll ich besser direkt ins nächste Krankenhaus fahren?" Ich schluchze leise vor mich hin und denke, dass ich ein unmögliches Bild abgeben muss, aber dass diese Taxifahrer sicherlich noch viel Schlimmeres als mich sehen jeden Tag. „Danke, das ist lieb von Ihnen, alles ok. Es war eine lange Reise und ich bin froh, wenn ich mich im Hotel hinlegen kann". Ich bin überrascht, wie einfach mir die englischen Worte über die Lippen kommen, obschon ich die Sprache schon so lange nicht mehr angewendet habe. Bekanntlich verliert man in jungen Jahren Gelerntes nicht so schnell, wie das Fahrradfahren.

Ich kann die Fahrt durch New York nicht wirklich wahrnehmen. Diese Reise war anstrengender für mich, als ich es mir vorgestellt habe. Stets kreisen meine Gedanken um

Robertos Nichterscheinen am Flughafen und ich male mir schreckliche Bilder aus. Er wäre ja nicht der erste Tourist, der spurlos verschwindet in diesem grossen Land. Nicht Roberto, das darf nicht sein! Ich beginne laut zu schluchzen und der Fahrer sieht bestürzt in den Rückspiegel und sagt: „Wirklich alles in Ordnung mit Ihnen? Sie sehen echt nicht gut aus, ich kann zum nächsten Krankenhaus fahren, wirklich kein Problem. Ich will kein Kind auf die Welt bringen müssen in meinem Taxi, bitte M'am!" Ich beruhige mich, wie auf einen Knopfdruck und bringe in relativ sachlichem Ton meine auf der Zunge brennende Frage zur Vorderbank: „Wissen Sie, wieviele Menschen in New York verloren gehen? Mein Mann hat mich nicht abgeholt am Flughafen. Soll ich zur Polizei fahren?" Ich halte mich mit einer Hand an seinem Sitz fest und mit der anderen umfasse ich meinen Bauch, als könnte dies etwas Trost spenden. Der Fahrer beisst sich auf die Unterlippe und konzentriert sich gleichzeitig auf den wilden Verkehr, wie auch auf die Antwort, die er mir geben möchte. „Oh Scheisse, das tut mir leid. Eine schwangere Frau am Flughafen einfach stehen zu lassen, ist echt krass! Aber die Polizei wird Ihnen so schnell nicht weiterhelfen deswegen. Wann haben Sie ihn denn das letzte Mal gesehen?" Er blickt immer wieder kurz in den Rückspiegel, wohl eher aus Angst, dass ihm tatsächlich noch eine Geburtshilfe bevorsteht. „Zu Hause in der Schweiz, aber gelesen habe ich ihn gestern, um die Flugdaten durchzugeben. Weshalb sollte mir die Polizei denn nicht helfen?" Er biegt in eine Seitenstrasse und wieder in eine nächste, bis sein fahrender Arbeitsplatz stehen bleibt. „Hotel Marriott Times Square, das ist Ihr Ziel, M'am. Weil die mindestens 24 Stunden abwarten, bevor sie nach jemandem suchen. Gehen Sie erst mal ins Hotel und wer weiss, vielleicht wartet er ja hier auf Sie und alles war nur ein Missverständnis, was ich wirklich fest für Sie hoffe. Sonst Gnade ihm Gott, wenn das mit Absicht war! Viel Glück!" Er steigt aus dem Wagen, öffnet meine Tür und reicht mir seine Hand zum Aussteigen. Ich nehme diese Hilfsbereitschaft gerne an und stehe auf wackligen Beinen auf der viel befahrenen Strasse vor meinem Hotel. Ich krame aus meiner Handtasche das Fahrgeld, welches ich auf der Taxikasse erblicke und runde für die beängstigende Fahrt grosszügig auf. Mein Koffer steht bereit für mich auf dem Gehweg und ich bedanke mich mit einem erschöpften Kopfnicken und Lächeln beim ersten New Yorker meines Aufenthalts. Kaum trete ich mit dem Koffer durch die grosse Tür in eine moderne Lobby, kommt auch schon ein Hotelangestellter, begrüsst mich herzhaft im Marriott, nimmt mir den leichten Koffer ab und begleitet mich wie ein Schosshund zur Rezeption.

Ich lasse mir ein warmes Bad in die Hotelbadewanne ein und kann vor lauter Schluchzen kaum das Wasser fliessen hören. Das darf doch alles nicht wahr sein! Ich gehe in meinem schönen Zimmer mit gemütlich aussehendem grossen Bett und der atemberaubenden Aussicht nervös und schmerzgezeichnet auf und ab. Mir ist hundeelend und ich hoffe, dass ein warmes Bad mir wenigstens die körperliche Anstrengung etwas lindern wird. Abermals nehme ich den Telefonhörer in die Hand und drücke die 0. „Steiner hier, noch immer keine Nachricht für mich?" Das erwartete Nein kam so schnell, wie das letzte vor drei Minuten. Das wären dann wohl die nächsten New Yorker, die mich für verrückt halten und sich sicherlich fragen, wie ich es durch die Imigration geschafft habe. Die Wanne ist bereit für eine kurze Erholung und ich ziehe meine Reisekleidung aus. Bein für Bein taucht ins warme Wasser und der Duft meiner mitgebrachten Lavendeltropfen kriecht in meine Nase und beginnt auch schon seine erste beruhigende Wirkung zu vollziehen. Langsam lasse ich mich ins Wasser gleiten und schliesse die Augen. Stille Tränen kullern über meine Wangen und ich nehme das Klopfen an der Tür nur noch aus weiter Ferne sehr leise wahr.....

Kapitel 28

Die Schmerzmittel, welche Linda verabreicht wurden durch Dr. Shillings stellvertretenden Arzt, zeigen ihre Wirkung sehr schnell und Lindas Blick scheint wacher und aufmerksamer zu sein. Die tiefen Atemzüge bleiben ebenfalls aus und Frank scheint, sie würde seine Hand fester umfassen. Ken tritt gleichzeitig mit dem Arzt ins Zimmer, hält sich vorerst ruhig in der Ecke zurückgezogen und schenkt Franks Bericht dem Arzt gegenüber seine volle Aufmerksamkeit. Er beobachtet Linda und stellt fest, wie sie seinen Vater nicht nur sehr vertrauensvoll, sondern auch voller Hoffnung ansieht. Ihr Blick auf den Arzt, wie auch auf Leslie scheint ängstlich, wenn nicht sogar argwöhnisch zu sein. Jede Frage, die der Arzt stellt, beantwortet sie mit ihren beiden Fingern auf Franks Hand und lässt dabei ihren Blick nicht von ihm weichen. Ken erinnert sich an eine Dokumentationssendung, in welcher traumatisierte Tiere vom Retter keinen Meter wichen und alle anderen Menschen anfauchten oder gar angriffen. Sie gehorchten nur dieser einen Person, liessen sich lediglich von ihr füttern und anfassen. ‚Die letzten fünf Minuten in der INT7 gleichen einer solchen Doku enorm,' denkt sich Ken und tausende von Gedanken und Möglichkeiten die Ursache betreffend, schwirren durch sein Anwaltsgehirn. Der Arzt, welcher sichtlich irritiert zu sein scheint mit dieser Entwicklung, nickt Leslie zum Ausgang zu und sie verlassen beide das Kranken-, eher Opferzimmer. Kaum war das Einklinken der Tür zu hören, sieht Linda Ken an und lächelt ihn einladend an. Als Aufforderung angenommen, tritt er näher ans Bett heran, stellt sich neben Ted und grüsst sie freundlich: „Hi, willkommen zurück. Ich bin Ken, Franks Sohn." Ein weiteres Lächeln von Linda, gefolgt von einer Träne aus ihrem Auge. Frank umfasst ihre Hand fester und sieht Ken fragend an. Der fürsorgliche und clevere Anwalt sieht die traurige Linda an und spricht in langsamen Silben: „Verstehen Sie uns gut?" Nun sieht Frank ihn irritierend an: „Natürlich versteht sie uns, sie hat doch eben die letzten zehn Minuten Antwort gegeben." Lindas Mittelfinger tippt auf Franks Hand. Erschrocken sieht Frank sie an. Weitere Tränen treten aus ihren grünen grossen Augen und sie sieht ihn hilflos an. „Linda....oh Entschuldigung, diesen Namen habe ich dir gegeben, weil ich nicht immer von der Frau oder dem Opfer sprechen wollte....also, haben wir richtig verstanden eben, du kannst nicht alles verstehen, was wir sagen?" Frank spürt ihren Zeigefinger deutlich auf seiner Haut. „Hast du Ohrenschmerzen?" Obschon er diese Frage mehr rhetorisch stellt, will er diesbezüglich die anatomische Fehlfunktion ausschliessen. Mittelfinger. „Linda, Mist... Bitte um Entschuldigung..." Zeigefinger. Frank sieht Ken überrascht an. Ja zu Linda oder ja zur Entschuldigung?

Die Tür öffnet sich und Leslie kommt ins Zimmer: „So die Herren, es wird langsam Zeit, die Besuchszeit ist schon lange vorbei und die Dame sollte sich etwas gesunden, eigenen Schlaf gönnen. Ich denke, das waren grossartige Fortschritte heute, vielen Dank Frank! So können wir zumindest das Wohlbefinden der Patientin abholen und sie bestens versorgen für die Nacht." Lindas Augen sehen Frank hilfesuchend an und er scheint hin- und hergerissen zu sein, wie er handeln soll. Einmal mehr hilft ihm sein Sohn aus der Klemme und Ken ritt näher zu Leslie hin: „Leslie, in Anbetracht dessen, dass kein Angehöriger anwesend ist und mein Vater diese Rolle einnehmen durfte, wäre es nicht besser für die Patientin, wenn er die Nacht hier verbringt? Anscheinend besteht hier bereits eine Vertrautheit und eine gewisse Anerkennung. Ich bin mir sicher, Dr. Shilling würde eine noch schnellere Genesung befürworten, wenn Sie ihn liebenswürdigerweise für uns anrufen könnten?" Ken sieht die kritisch dreinblickende, aber dennoch verständnisvolle Leslie bittend an. „Ich weiss schon, weshalb Susie einen Narren an euch gefressen hat! Na gut, ich werde Dr. Shilling anrufen." Sie zwinkert Frank zu und verlässt mit ihren Laufschuhen schnell das Zimmer.

Als müssten sie die letzten Minuten auskosten, sollte Kens Wunsch für seinen Vater nicht erfüllt werden, widmen sie beide ihre volle Aufmerksamkeit wieder dem verängstigten Gesicht im Bett. Ken übernimmt das Sprechen für seinen in der Realität leicht aus der Fassung zu bringenden Vater, den

Actionhelden im Film: „Heissen Sie Linda?" Die Antwort erahnend, dennoch ein Treffer nicht ausgeschlossen, starren die vier Conley Augen auf Lindas Hand. Keine Reaktion. Frank nimmt ein Taschentuch aus der Box auf dem Beistelltisch und trocknet die Tränen in ihrem Gesicht. „Hey, das war jetzt etwas viel Durcheinander, alles ok. Kein Grund zum Weinen, wir, ich bin da. Und ich bin mir sicher, Dr. Shilling wird es erlauben, dass ich während der Nacht hier bleibe, wenn du das möchtest?" Zeigefinger. „Das freut mich. Erkennst du mich denn wieder?" Zeigefinger. „Mein Gesicht?" Mittelfinger. „Meine Stimme?" Zeigefinger. Frank sieht Ken an und fühlt sich nun bestätigt, dass Kommapatienten sehr wohl alles um sie herum mitbekommen. „Gefällt dir das Buch, das ich dir vorgelesen habe?" Zeigefinger. „Na wunderbar, dann werden wir bald weiterlesen, sobald wir wieder alleine sind, ok?" Zeigefinger. Frank sieht, wie sich Lindas Gesicht wieder etwas durch die Ablenkung entspannt und weiss schon genau, welche Frage er ihr als nächstes stellen wird.

„Meine Herren, Dr. Shilling ist einverstanden und erlaubt es Ihnen Frank, die Nacht an Ihrem Bett zu verbringen." Sie nickt Linda mit einem Lächeln zu, „sofern die Patientin dies so erlaubt." Ihr Blick wirkt fragend, obschon auch sie den Zeigefinger fixiert. „Sehr gut, dann bringe ich Ihnen noch eine Decke und ein Kissen, es wird nicht besonders gemütlich, seien Sie vorgewarnt Frank." Sie wendet sich Ken zu: „Sie, mein Redeklopfer, muss ich jedoch leider hinaus begleiten. Wir wollen die junge Dame hier nicht mit allzu viel Charme überfordern." Sie zeigt mit ihrem Arm Richtung Tür und schenkt ihm die Zeit zum Abschiedsgruss. Ken geht an Lindas Bett, streicht langsam über ihren Unterarm und drückt sanft ihre Hand: „Auf Wiedersehen, ich komme gerne wieder zu Besuch, wenn Sie erlauben?" Er sieht ihren Zeigefinger auf Franks Hand tippen und lächelt sie dankbar an. „Schlafen Sie gut! Bis bald!" Frank erhebt sich und sagt: „Bin gleich wieder da, versprochen!" Er tätschelt sanft ihre Hand und geht mit Ken hinaus in den Wolkenflur. Leslie klopft Ken beim Vorbeigehen auf die Schultern und murmelt ein "Gut gemacht!" und verschwindet hinter den Aktenschränken in einen Raum. Frank umarmt seinen Sohn und drückt ihn fest an sich! „Danke mein Junge, du bist einmalig und ich bin mächtig stolz auf dich!" „Jederzeit Dad! Und langsam jetzt, sie hat Angst, grosse Angst! Du bist in der Gegenwart der einzige Halt und ich befürchte leider auch zur Vergangenheit...."

Kapitel 29

Wie traumhaft schön es hier ist! Ich habe selten in meinem ganzen Leben einen solch traumhaften Sonnenuntergang gesehen. Die Farben, welche die wärmende Sonne ringsherum zaubert, gleichen einem Bild, wie es kein Künstler auf seiner Staffelei hinzaubern könnte. Das Meer in seiner Weite und das beruhigende Rauschen seiner Wellen verführen mich, näher heranzutreten um es zu spüren. Ich gleite im Wasser und habe das Gefühl zu schweben in dem warmen Wasser, das mich sanft und schützend umschlingt. Eine warme Windbrise trägt mich über die Oberfläche näher an das immer heller werdende Licht der Sonne, tiefer in die Röte und weiter weg von den rauschenden Wellen. Ich fühle meine Leichtigkeit, mein Abheben und die Schwerelosigkeit. Weg sind alle Sorgen, alle Ängste und Schmerzen. Ein unbeschreibliches Gefühl der endlosen Glückseligkeit und tiefer Zufriedenheit überkommt mich und ich wünsche mir diese Gefühlsexplosion nie mehr missen zu müssen. Am weiten Horizont erblicke ich eine graue Wolke aufziehen und versuche mit aller Kraft in eine andere Richtung weiterzuziehen, noch näher ans Licht heran, näher zur Wärme und noch mehr von dieser Sorgenfreiheit. Die Wolke nimmt die Form einer grossen Hand an, sie zeigt mit dem Finger auf mich und scheint nach mir greifen zu wollen. Sie wird dunkler und kommt näher. In ihrer Begleitung zieht sie ein Gewitter mit sich, sie schlingt mich in ihr Inneres und wirft mich umher, sie rüttelt an mir und bereitet mir Unbehagen und Schmerzen.

„Jasmin! Jasmin! Kannst du mich hören?" Die Wolke scheint zu mir zu sprechen, doch ich kann sie nicht ansehen. Ich will sie nicht beachten, ich will einfach nur aus ihr hinaus, hinein in das warme Licht zurück, in die Schwerelosigkeit und schmerzfreie Zone. „Wir verlieren sie, sie verliert das Bewusstsein! Los, noch einmal!" Die dunkle Wolke wirft mich mit heftigem Schlag weg und reisst mich sogleich wieder in ihr schmerzhaftes Dasein. „Verdammt, wir haben keine Zeit mehr! Was machst du da? Bist du verrückt? Das kannst du nicht! Du bringst sie beide um!" Ein unbeschreiblicher Schmerz lässt mich laut aufschreien und ich öffne meine Augen in Todesangst! Ein weisser Kittel, eine Hand, die mir den Mund mit einem Tuch zudrückt, dessen chemischer Gestank mir die Sinne rauben. Ein letzter Blick in vertraute Augen, die mich traurig und voller Sorge anblicken. Sie scheinen mich trösten zu wollen, mir Hoffnung zu schenken und sich zu verabschieden.

Der tiefe Schlaf wird mir Erholung und neue Kraft bringen. Ich träume von Roberto, unserem gemeinsamen Kind, der schönen Stadtwohnung, erblicke die Hochhäuser von New York, spreche mit dem eingeschüchterten Taxifahrer, unterhalte mich mit Claudia auf der Dachterrasse, winke meiner Mutter zum Gruss zu, schliesse die Tür von Professor Kunzs Büro, gebe der Swiss Flight Attendant mein Boarding Pass, lächle dem Portier vom Marriott freundlich zu, spiele "Für Elise" auf unserem Klavier, verteile meinen Schülern die benotete Prüfung, lasse eine Kerze im Bach schwimmen, küsse Roberto vor dem Traualtar und sehe Dr. Dubois strahlendes Gesicht neben dem Monitor mit dem 3D Bild meines ungeborenen Kindes darauf.

Das Meer ist unruhiger und stürmischer geworden, es nähert sich laut und aufdringlich. Die Wärme ist geflohen und macht einer eisigen Kälte Platz, die sich in meinem ganzen Körper wie ein Parasit verteilen will. Einzig die Hitze in meinem Bauch, in meinem Gesicht und in meiner Brust kann sie nicht erobern. Sie brennt und zieht an meiner Haut und lässt eine verkohlte Leere in mir aufsteigen. Langsam kriecht sie meine Lunge empor und ich versuche, sie mit aller Kraft hinauszupressen! Ich kann das Röcheln aus meiner Kehle spüren und will die unbeschreiblichen Schmerzen aus mir hinausschreien und höre ein leises Wimmern folgen. Etwas zärtlich Kaltes berührt mein brennendes Gesicht und das Meer spricht zu mir. Es bemitleidet mich, es spendet mir Trost, es will sich um mich kümmern und streicht mir wieder und wieder nass über das Gesicht. Es lässt mich schweben und legt mich sanft auf einen weichen Untergrund, berührt sanft meine Hand, umfasst mein Handgelenk und befreit mich von meinen Qualen...

Kapitel 30

Nach weniger als fünf Stunden unruhigem und unbequemem Schlaf wird Frank durch sein vibrierendes Handy in der Brusttasche seines zerknitterten Hemdes sanft geweckt. Er öffnet langsam die Augen und muss sich erst orientieren und realisieren, wo er sich befindet. Lindas tiefer Atem und ihre geschlossenen Augen erinnern ihn daran, wie schnell sie eingeschlafen ist und sie sich nicht mehr 'unterhalten' konnten. Sie war sehr erschöpft und aufgebracht, aufgrund der wenigen wachen Stunden, die sie erlebte. Er hielt seine ihm auf der Zunge brennende Frage zurück und liess sie zu Oscar Wilde einschlafen. Sein Rücken und der Nacken schmerzen von der unbequemen Schlafposition der letzten Nacht und sein Mund fühlt sich wie eine ausgetrocknete Sandsteinhöhle an. Leslie hat ihn gewarnt, zu Recht. Er würde sie um einige Toilettenartikel bitten, damit er sich frisch machen kann und dann ein XXL Kaffeebecher aus der Kantine holen. Und wenn Susie seine Krankenhausanwesenheit nicht vergessen hat, würde sie ihm bestimmt ein Donut ihres Frühstücks übriglassen.

„Hallo Tom, guten Morgen." Frank befreit seinen Blackberry von dem langen Vibrieren und versucht seine Glieder etwas zu dehnen, als er zum Fenster tritt. „Ja bei mir alles in Ordnung. Ich war die ganze Nacht im Coney Island Hospital, genau genommen bin ich es noch immer, du hast mich aus der Krankenhaustraumwelt geholt......Genau, ja, sie ist gestern aufgewacht und wir versuchen einen Weg der Kommunikation zu finden. Sie ist sehr aufgebracht, braucht wohl noch etwas Zeit...... Ja werde ich, warum fragst du?....Heute?....Verdammt, habe ich vergessen.....um welche Zeit?...nein, nein schon klar, da will ich auch hingehen. Wenn du mir schon mal was Gutes organisierst!" Frank lacht auf und er sieht, wie Linda leicht aufschreckt, aber gleich wieder weiterschläft. Er spricht leiser ins Handy: „Also ich muss wieder.....nein, sie schläft, aber meine Blase droht zu explodieren....ich werde Ken bitten, für mich die Stellung hier zu übernehmen. Ich finde es wichtig, dass einer von uns bei ihr ist, irgendwas stimmt nicht. Aber ich berichte dir genauer auf dem Weg ins Kinderheim, wann holst du mich ab? .....Bring mir bitte Kleider mit, ich kann mich hier umziehen......weiss nicht, du bist der Manager. Was Passendes eben für eine Märchenstunde unter Kindern. ....ok, vielen Dank! Hey, was meinst du, können wir Freja mitbringen? ....cool, also, sehe euch um eins! " Er drückt die Austaste, legt sein Handy auf den Tisch, wirft der schlafenden Linda einen prüfenden Blick zu und geht ins zimmereigene Bad.

„Frank?", er hört seinen Namen deutlich ausgesprochen aus dem Zimmer kommen. Linda? Schnell beendet er seine Morgentoilette, wäscht sich die Hände und führt diese nass durch sein zerzaustes Haar um etwas Form hineinzubringen. Mit einem Satz steht er im Krankenzimmer und sieht auf Lindas Bett. Bevor sich seine Enttäuschung beleidigend auswirken kann, geht Leslie an ihm vorbei und macht sich an Lindas Schläuchen der Infusionen zu schaffen. „Guten Morgen Sonnenschein! Wie war eure Nacht? Konnten Sie etwas Schlaf kriegen? Die Nachtschwester meint, Sie würden im Schlaf sprechen, haben Sie das gewusst?" Sie kaut auf einem Pfefferminz Drops, um welches Frank sie gerade ungemein beneidet. „Nein, wusste ich nicht. Ich hoffe, ich war anständig." Er grinst in Leslies Richtung. „Ich glaube, sie hat die ganze Nacht geschlafen, zumindest, woran ich mich erinnern kann. Wir haben noch etwas im Buch gelesen, aber uns nicht mehr unterhalten. Sie hat viel Wasser getrunken und ist dann bald eingeschlafen." Leslie überprüft die Monitore und macht ihre täglichen Notizen in ein kleines Heft. „Sehr schön. Ich sehe, sie hat um drei Schmerzmittel bekommen und war anscheinend wach. Das hat Dornröschen auf dem Stuhl wohl verschlafen." Ihr leises Kichern und diese Aussage bestätigten Frank in seinem Wissen, dass Leslie und Susie bestimmt gute Freundinnen sind. „Scheint so. Leslie, haben Sie eine Zahnbürste für mich?"

Sie drückt einige Knöpfe und dreht an einem Rad an der Infusion und blickt Frank direkt an. „Am besten, Sie machen mal eine kurze Pause ausserhalb dieses Zimmers. Besuchen Sie Susie, trinken Sie einen Kaffee und gönnen Sie sich ein paar Atemzüge an der frischen Luft, es ist ein herrlicher Morgen und die Sonne lacht bereits. In der Zwischenzeit wird Dr. Shilling die Patientin untersuchen, ich werde Sie und das Bett etwas frisch machen und für Sie eine Zahnbürste ins Bad legen. Auch noch eine Rasierklinge und etwas Eau du Cologne der Herr?" Sie grinst ihn an, nimmt ihn beim Arm und führt ihn in Richtung Tür. „Dann haben Sie neue Kraft für die weitere Unterhaltung mit ihr. Dr. Shillings Untersuchungen werden sie bestimmt aufwecken und ich bin mir sicher, dass auch er noch Informationen mit ihr und bestimmt auch mit Ihnen austauschen möchte. Grüssen Sie die Schreckschraube am Empfang von mir und sie soll die Donuts limitieren. Vielleicht hört sie ja auf Sie!" Sie schliessen die Tür hinter sich, nachdem Frank noch einen kurzen Blick auf die schlafende Linda werfen konnte.

Mit Kaffee und einem Fruchtshake beladen, geht Frank durch die Empfangshalle in Richtung Susies Helpdesk. Sie sitzt sehr konzentriert auf ihrem Stuhl und blickt Kopf schüttelnd auf die vor ihr liegende Lektüre. Als Frank vor ihr steht, blickt er auf den Tisch und das darauf liegende Heft.

Über einem Bild von ihm und Ken beim Eingang des Coney Island Hospitals, steht in dicken, schwarzen Buchstaben: "Actionheld und sein Anwalt in brutalen Mordversuch verstrickt!"

Kapitel 31

Claudia liegt mit einer grünen Gesichtsmaske auf der Liege ihrer regelmässig besuchten Kosmetikerin. Diesen Luxus gönnt sie sich nun schon seit ihrem 50sten Geburtstag. Ob es was hilft, kann weder sie selber noch ihre Familie ihr bestätigen, aber Frau gönnt sich ja sonst nicht viel. Das 1.5 stündige Herumhantieren an ihrem Gesicht, die angenehmen Dämpfe und die herrlich riechenden Wässerchen und Cremen geben ihr für ihren aktiven Monat etwas Pause und das Gefühl, was Besonderes zu sein. Einfach sich etwas verwöhnen lassen und geniessen. Das musste sie erst lernen. Vier Kinder lassen es eine Frau oft vergessen, dass sie auch noch eine Frau ist. Und ohne klischeehaft zu sein, ist sie sich zu hundert Prozent sicher, dass sich jede Frau zwischendurch gerne so verwöhnen lässt. Dieses gute Gefühl hält zumindest solange an, bis sie die Haustür öffnet und der Alltag sie auf den Boden der Realität zurückholt. Und um ganz ehrlich zu sein, hat sie sich selber geschworen, wenn ihre Kinder nicht mehr finanziell von ihnen abhängig sind, würde sie sich den Friseur Besuch gar jede Woche gönnen. Und sei es lediglich zum Waschen und nett Frisieren.

„Möchten Sie noch ein paar Hefte zum Durchblättern? Die Maske bleibt nun 20 Minuten drauf. Ihre Haut ist sehr trocken, aber das ist bei dieser Jahreszeit nichts Aussergewöhnliches." Während ihre Lieblingskosmetikerin diese fürsorglichen und umgarnenden Worte ausspricht, legt sie ein Stapel Hefte in Claudias Schoss. „Die neue Gala ist dabei, der neuste Klatsch und Tratsch aus Hollywood. Super spannend diese Ausgabe, versprochen!"

Kapitel 32

„Oberheiss kochende Dinosaurier Eier!! Wie kannst du nur so ruhig bleiben? Das stinkt doch zum Himmel? Wer schreibt eine solch dampfende Kacke denn überhaupt?" Susie reisst energisch die Seite aus dem Magazin, zerknüllt das Papier und wirft die Knitterkugel in den Eimer unter ihrem Tisch. Sie nimmt den Rest des Magazins und dreht es um. „Dieser verdammten Redaktion werde ich eine saftige Mail schreiben! Hier muss doch irgendeine Adresse stehen oder sind die zu feige, ihre Kontaktadressen anzugeben!" Frank greift über den Tresen, nimmt Susie gelassen das Klatschheft aus der Hand und wirft es ebenfalls der Knitterkugel folgend in den Eimer. „Du solltest diese Schundblätter gar nicht lesen, Susie. Nicht einmal die Hälfte stimmt darin und die Bilder sind entweder zum Guten oder zum Schlechten verändert. Je nach Laune und Publicity Geilheit der Reporter. Das Geld wäre viel besser in Donuts investiert! A propos Donuts", er lächelt die noch wütend drein blickende Empfangsdame fragend an, „hast du noch einen übrig für mich?" Susie blickt Frank durch ihre Lesebrille nachdenklich an, beisst auf ihre Unterlippe und lässt die Brille an der Kette baumeln. Sie dreht sich mit ihrem Stuhl zur Bank hinter sich, nimmt eine kleine Schachtel in die Hände, dreht sich zurück und legt diese behutsam auf den Tresen direkt vor Franks Gesicht. Eine Hand darauf ruhend, erhebt sie sich langsam aus ihrem Stuhl und nähert ihr Gesicht zu Frank. „Und jetzt will Sugar Mama alles ganz genau wissen von der INT7!" Sie tippt mit ihren Fingern auf die Schachtel, ähnlich wie Linda es in den vergangenen Stunden auf Franks Hand getan hat.

„Heilige Mutter Maria, Frank, was machst du denn noch hier unten und stopfst dir Zuckerringe rein? Los, geh hinauf zu ihr und finde raus, was da los ist!" Susies Tränen in den Augen verraten nebst ihren Worten, wie bestürzt sie ist. „Leslie hat mich gebeten, eine Pause zu machen. Abgesehen davon wird sie gerade untersucht und da habe ich nichts verloren im

Zimmer." Frank stösst das letzte Stück klebrige Masse in seinen Mund und muss es auch sogleich mit einem Schluck Kaffee hinunterspülen. Er will es Susie in diesem Moment gerade nicht zumuten, wird es aber definitiv zu einem späteren Zeitpunkt ansprechen, wie er mit keinem Biss verstehen kann, wie sie sich dieses eklige fabriksüsse Zeugs tagtäglich reinziehen kann. Er schliesst kurz die Augen, um den letzten Rest hinunterzuwürgen und nimmt zwei weitere Schlucke von der Kantinenbrühe. „Leslie, die dürre Schlange! Hat sich bestimmt über meinen Donutkonsum bei dir beklagt?" Sie dreht sich zur Tischplatte und hebt den Telefonhörer ab und sagt: „Wenn man vom Teufel spricht! .....geht dich überhaupt gar nichts an, wieviele ich davon verdrückt habe. Meine überirdischen sexy Kurven schreien eben danach." Susie zwinkert dem kopfschüttelnden Frank neckisch zu. „Ja, ist er, eifersüchtig? ....ok, alles klar, geb ich so weiter! Und hey! Beide, jung und alt sind für Susie, capisch?" Sie legt den Hörer auf die Zentrale, nimmt die leere Schachtel von dem Tresen und tätschelt Franks Hand. „Irish Coffee erwartet dich im Lazarett"

Im Aufzug schreibt Frank seinem Sohn eine SMS und bittet ihn, ab ein Uhr bei Linda Stellung zu halten. So fragwürdig er sein Misstrauen selber interpretiert, so selbstverständlich geht sein kluger Sohn damit um. Postwendend bekommt er eine kurze, doch informative und unterstützende Antwort.

Als Frank sein Handy in die Brusttasche steckt, bemerkt er dort eine Karte. Ein kurzer Blick darauf lässt ihn an die bittenden Worte des Polizeiofficers erinnern, ihm jegliche nützliche Entwicklung mitzuteilen. Officer Tropman, irgendwas stimmte nicht mit dem. Frank könnte es nicht in Worte fassen, aber diesem Kerl traut er einfach nicht. Er muss heute zwingend mit Tom darüber sprechen in der Hoffnung, dass dieser gute Kontakte zur Polizei hat. Frank würde seinen Aston Martin darauf wetten, dass dieser kleine Giftzwerg die undichte Stelle an die Aasgeier ist. Und es wäre ja leider nicht das erste Mal, dass sich Beamtenangestellte ihr mikriges Gehalt aufbessern würden.

Langsam und behutsam öffnet der breitschultrige Actionheld die Tür zur INT7. Die Vorhänge sind geschlossen und Frank ist sich nicht sicher, was oder wen er dahinter antreffen wird. Ein zaghafter Schritt weiter ins Zimmer und ein neuer Anblick wird ihm offenbart. Dr. Shilling steht in seinem weissen Kittel unmittelbar neben Linda und legt ihren Arm langsam auf die Decke zurück. Lindas Kopfbandage wurde entfernt und auch ihr Gesicht ist frei von Abdeckungen. Sie sitzt leicht aufgerichtet im Bett und ihre langen dunklen Haare fallen ihr über die Schultern. Zum ersten Mal kann Frank wirklich eine Frau in diesem Bett erkennen und er muss sich eingestehen, eine sehr schöne Frau dazu. „Mister Conley, schön dass Sie hier sind!" Irish Coffee geht auf Frank zu und drückt mit einem festen Griff ehrlich erfreut seine Hand. „Treten Sie näher, die Patientin ist noch nicht lange wach, dafür bereits frisch gemacht und auch untersucht. Wir haben hier eine wahre Kämpfernatur, kann ich Ihnen sagen. Sehen Sie nur die tolle Farbe, die sie schon wieder in Ihrem Gesicht hat! Sie müssen uns verraten, welches Buch Sie ihr vorlesen, eine erstaunliche Leistung innerhalb so kurzer Zeit!" Der enorme Redefluss des sichtlich aufgeregten Oberarztes überfordert Frank schlichtweg und er stottert irritiert: „Das Bildnis des Dorian Grey, von Oscar Wilde." Nun ist Shilling kurz irritiert und lacht.: „Ah, das Buch! Ja, eine tolle Lektüre, kenne ich aus meinen jungen Jahren." Er geht um das Bett herum zu den Monitoren und scheint einen letzten prüfenden Blick darauf zu werfen.: „Also schön, ich bin wirklich erfreut, wie gut sich alles entwickelt bei Ihnen und wie äusserst tapfer Sie sich halten." Seine Worte richten sich vorerst lediglich an Linda, welche seit seinem Eintreten nur Franks Augen fixiert. Dr. Shilling setzt sich auf den Stuhl neben ihr und rückt etwas näher an sie heran: „Sie haben einen enormen Blutverlust erlitten und Mister Conley hier, hat Sie wirklich in Ihrem letzten Lebensaugenblick gefunden. Deshalb habe ich mir erlaubt, ihn herzubitten, auch in Anbetracht dessen, dass Sie offenbar zurzeit lediglich mit ihm kommunizieren. Das machen Sie gut, lassen Sie sich Zeit dafür.

Gerne möchte ich die Gelegenheit nutzen, Ihnen gewisse Informationen, die Ihren Zustand betreffen, zu geben. Denken Sie, Sie sind bereit dafür?", sein Blick folgt dem Ihren zu Frank, der wie angewurzelt noch beim Bettende steht. Linda schliesst ihre Augen, atmet tief ein, hebt ihren Arm und streckt die offene Hand Frank entgegen.

Kapitel 33

Neugierig wirft Claudia einen Blick ins Büro von Jasmin um sicher zu gehen, dass sie nichts verpasst. Sie scheint noch nicht gekommen zu sein, alles noch unberührt wie gestern. Die Unterschriftenmappe auf dem Tisch, die persönlich adressierten Briefe ordentlich auf einem Stapel und nun noch einen frischen Blumenstrauss zur Begrüssung. Noch nie hat sich Claudia so auf ein Wiedersehen mit einer oder einem Vorgesetzten gefreut, aber die Beziehung zu Jasmin hat sich schon mehr zu einer freundschaftlichen Art entwickelt. Und wenn das Kind erst mal da ist, werden sie als berufstätige Mütter noch viel mehr auszutauschen haben. Jasmin wird bestimmt eine grossartige Mutter. Und mit ihrem Bilderbuchgatten Roberto, der sie über alles liebt und sie auf Händen trägt, werden sie auch mit ihren physischen Herausforderungen das Leben mit Bravour meistern. Claudia hat noch selten eine so starke und selbstbewusste Frau kennen gelernt, wie es ihre Chefin ist und doch so menschlich und herzhaft. Wann kommt sie denn endlich? Ungeduldig sieht sie auf ihr Handy, ob eine Nachricht eingetroffen ist. Enttäuscht legt sie es zurück auf ihren Schreibtisch und startet ihren Computer.

„Van Thiel? …Guten Tag Herr Kunz, Frau Steiner ist…", Claudia wird vom Direktor unterbrochen und unverzüglich in sein Büro auf der obersten Etage gebeten. Sie legt den Hörer langsam auf die Telefonstation zurück und murmelt irritiert vor sich hin, während sie sich ebenso langsam erhebt und Richtung Tür geht. "Aufgelegt …was zum Kuckuck ist denn hier los? …was will man denn von MIR?" …Bevor sie zur Tür hinausgeht, dreht sie sich auf dem Absatz um und greift nach ihrem Notizblock und einem Stift. Automatisch und wie in jedem Gebäude nimmt sie die Treppe für diese drei Etagen und muss nur kurz nach Luft ringen, bevor sie ihre Bluse etwas zurechtrückt, einmal tief einatmet und das Zimmer ihrer Arbeitskollegin, der Assistentin von Professor Kunz, betritt. „Hallo Claudia, du brauchst dich nicht zu setzen, geh ruhig rein." Der übliche Vorzimmerdrache scheint gezähmt worden zu sein. Diese liebenswürdige, ja gar fürsorgliche Art eben ist sich Claudia von ihr nicht gewohnt und wird nun wirklich nervös und argwöhnisch. Sie klopft an Kunzs Tür und ohne eine Antwort abzuwarten, klinkt sie die Türfalle aus dem Schloss und öffnet die Tür zum elegantesten Raum der gesamten Schule.

„Bitte setzen Sie sich!" Professor Kunz weist mit seiner Hand auf einen der Ledersessel hin, erhebt sich von seinem Stuhl und geht zu einer mobilen Weltkugel auf einem Tisch. Er öffnet die Kugel wie mit Geisterhand und zu Claudias Erstaunen kommt eine kleine Bar gefüllt mit Gläsern und Schnapsflaschen zum Vorschein. Sie atmet kaum und beobachtet mit Argusaugen jede Bewegung des Ranghöchsten ihrer Schule. Er nimmt zwei kleine Gläser in eine Hand, öffnet eine schöne Kristallflasche und giesst in jedes Glas etwas der dunkelgelben Flüssigkeit. Sein Ritual scheint eine Ewigkeit zu dauern und Claudia hat das Gefühl, vor lauter Luftmangel bald blau anzulaufen. Was könnten sie beide schon feiern? Worauf gilt es heute anzustossen in dieser überaus fragwürdigen Kombination: Professor Kunz, der Schuldirektor und Claudia van Thiel, eine Assistentin einer zukünftigen Schulleiterin. Jasmin? Es muss Jasmin betreffen, überhaupt gar nichts anderes könnte in diesem seltsamen Stück die Hauptrolle sein.

„Bitte, Single Malt." Der Schuldirektor reicht der noch immer sprachlosen Claudia eines der Kristallgläser und setzt sich in den ihr gegenüber stehenden Ledersessel. Er blickt auf sein gefülltes Glas, dreht es in seiner Hand, als wolle er den feinen Glasschliff begutachten. „Sie haben Familie, richtig Frau von Thiel?" Er würdigt Claudia keines Blickes und ihr scheint bald der Kragen zu platzen. In dieser Tonlage antwortet sie etwas scharf: „Ich heisse VAN Thiel und ja, ich habe sogar eine grosse Familie. Vier Kinder und einen Mann. Dann wäre da noch meine Mutter, meine Schwiegereltern und……" Der Professor hebt seine Hand und entschuldigt sich: „Ich kann Ihre Nervosität gut verstehen, ich bitte um Entschuldigung, das ist sonst nicht meine Art." Wie meint er das nicht seine Art, denkt sich Claudia. Assistentinnen in sein Büro bestellen, Whisky in die Hand drücken und dann einen abgelöschten Smalltalk führen? Claudia stellt ihr Glas auf den Salontisch zwischen ihr und ihrem seltsamen Gesprächspartner, legt ebenfalls ihren Block mit dem Stift daneben und streicht sich mit beiden Handflächen kurz über ihre Beine und faltet sie wie zum Gebet im Schoss. „Herr Professor Kunz, darf ich Sie fragen, weshalb ich hier bin, Sie mir einen Whisky am heiter hellen Tag servieren und mich nach meiner familiären Situation befragen?" Sie sieht dem grau melierten Mann direkt in die Augen und hebt zum Nachdruck fragend ihre Augenbrauen. Der Angesprochene stellt ebenfalls sein Glas auf den Glastisch, fasst sich mit beiden Händen kurz an den Kopf, als würde er prüfen, wie stabil er noch sitzt, und lässt sie dann plump auf die Armlehnen seines Sessels fallen: „Ich bin nicht gut im Überbringen von Hiobsbotschaften, schon gar nicht, wenn sie auch mich wie ein Blitz aus heiterem Himmel treffen."

Kapitel 34

Dr. Shilling berührt einen Moment lang den Arm von Linda als Trost und blickt in ihre traurigen Augen, die nun nicht mehr alle Tränen zurückhalten können. „Es tut mir sehr leid. Aber ich versichere Ihnen, wir werden hier alles Mögliche tun und unser allerbestes geben, damit Sie wieder ganz auf die Beine kommen und ein lebenswertes Leben führen können. Ich bin zwar einer der optimistischen Sorte, aber kein Arzt, der hier leere Versprechen abgibt! Sobald wir Ihre Familie gefunden haben, gehts erst recht aufwärts. Tatkräftige Unterstützung und enge Begleitung werden Sie neue Freude spüren lassen. Und wie es aussieht, haben Sie auch einen neuen Freund dazugewonnen. Das ist doch schon ein grossartiger Anfang. Ich lasse Sie beide nun wieder alleine und bin Ihnen, Mister Conley dankbar, wenn Sie mich informieren, sollte es etwas Neues geben." Er drückt Lindas Arm kurz zum Abschied und nickt Frank zu, bevor er das Zimmer verlassen will. Bei der Tür bleibt er kurz stehen, dreht sich noch einmal um und informiert: „Dieser Officer Tropman war heute noch hier. Wir haben ihn zurück in sein Wachhaus geschickt mit der Information, dass die Patientin noch nicht ansprechbar ist. Damit Sie das auch wissen, sollte er Sie anrufen." Sein Blick verrät Frank, dass auch er gewisse Vorbehalte dem Polizeibeamten gegenüber hat, auch wenn er noch hinzufügt: „Er macht ja nur seinen

Job und wir alle wollen wissen, wer das war.... aber auf meiner Station gibt es Grenzen, diese muss er noch kennen lernen, der Eifrige..." Seine Hand öffnet die Tür und ein leises Einklicken eröffnet, dass Frank und Linda alleine sind.

Lindas Augen wollen nicht aufhören zu tränen und ein leises Schluchzen begleiten sie. Frank geht um das Bett herum, nimmt beim Vorbeigehen Ted in die Hand und zieht einige Taschentücher aus der Box auf dem Beistelltisch. Er legt Ted behutsam neben Lindas Schulter und setzt sich zum ersten Mal auf ihr Bett, um näher an sie heranzukommen. Sanft trocknet er die Tränen in ihrem Gesicht und spricht leise und fürsorglich beruhigende Worte: „Ist schon ok, lass es raus. Das ist gut so. Man sagt, die Tränen seien die Sprache der Seele und würden das Herz reinigen." Er will neuen Nachschub an Taschentücher nehmen, als ihn Linda mit einer Hand zurückhält. Aus Gewohnheit legt er seine Hand unter ihre. „Hast du Schmerzen?" Er blickt sie fragend an und wartet auf ihr Fingerzeichen. Sie schluckt hörbar laut und ihr Mund öffnet sich langsam. Ihre Zunge wird sichtbar und sie benetzt ihre trockenen Lippen. Franks Anspannung wächst und um sie nicht einfach anzusehen, trocknet er wieder eine weitere Träne und beobachtet ihren Mund, der sich für ein weiteres lautes Schlucken wieder schliesst.

„Hast du Durst Linda?" Er nähert sein Gesicht dem ihrigen, als wolle er die Antwort in ihren schönen Augen lesen. „Ich habe Angst...", flüstert das Gesicht vor ihm in klaren Worten. Verblüfft und erschrocken macht Frank einen grösseren Abstand zwischen ihren Gesichtern und stottert: „Wie bitte? Sag das noch mal." Er will sicher gehen, dass er es sich nicht eingebildet hat, dass Linda zu ihm spricht und zwar nicht mit ihren Fingern, sondern mit ihrem Mund und ihrer Stimme. „Ich habe Angst, Frank!" Frank muss seine grosse Freude über diesen Satz verbergen und versucht, sich auf den Inhalt zu fokussieren und dankt innerlich der jahrelangen Erfahrung als Schauspieler. „Wovor hast du Angst? Lass mich dir helfen!" Sie verschliesst ihre Augen, als wolle sie die letzten Tränen hinaus drücken, atmet tief ein und sieht ihren Lebensretter traurig an. „Ich weiss nichts!" Frank nimmt neue Tücher, trocknet die letzten feuchten Stellen in ihrem geheilten Gesicht und sieht sie nachdenklich an: „Du weisst nicht, wer dir das angetan hat? Kannst du dich denn an irgendetwas erinnern?" Sie verneint mit ihrem Kopf, leckt sich wieder die Lippen und atmet tief ein: „Du verstehst nicht, ich weiss überhaupt nichts mehr!"

Frank bemerkt, wie langsam sie spricht, fast Silbe für Silbe und hält ihr das Glas Wasser mit Trinkhalm an den Mund. „Hier, nimm einen grossen Schluck Wasser, deine Kehle muss ganz ausgetrocknet sein." Sie befolgt seinen fürsorglichen Rat und nimmt gleich mehrere kleine Schlucke hintereinander. Sie lässt sich vom Schmerz gezeichnet ins Kissen zurückfallen und umfasst Franks Hand, so fest es ihre Kraft zulässt. Sie schliesst ihre grünen Augen und spricht leise weinend: „Ich weiss nicht, wer ich bin!" Franks Augenbrauen verziehen sich zu einer wellenförmigen Kurve und seine Augen werden zu kleinen Schlitzen. Er nähert sich wieder ihrem Gesicht und flüstert: „Kennst du deinen Namen?" Linda verneint kaum sichtlich mit dem Kopf. „Weisst du, wo du wohnst?" Sie öffnet ihre Lider und ihre Gesichter sind sich so nah, dass Frank ihren warmen Atem spüren kann. Sie sieht ihn unendlich traurig an und erwidert langsam: „Ich weiss absolut gar nichts. Ich weiss nicht einmal, wie ich aussehe..." Frank lässt seinen Kopf kurz hängen, sieht wieder in das schöne Gesicht und versucht für sie seine wild herumschwirrenden Gedanken zu sortieren. „Also jetzt müssen wir klar denken. Du weisst nichts mehr. Also keine Erinnerung an etwas. Nicht an deinen Namen, nicht an deine Erscheinung nicht an den Vorfall, der dich hierher gebracht hat. Wir müssen das umgehend Dr. Shilling mitteilen, Linda, er weiss sicherlich was zu tun ist!" Frank hat schon seinen Finger auf dem Knopf über ihrem Bett, als Linda ihn sanft zum Innehalten berührt: „Ich weiss, dass ich nicht in eurer Sprache denke und nicht alles verstehe, was ihr sagt. Vor allem, was Dr. Shilling sagt, ich habe nicht alles verstanden, aber er macht mir Angst. Sein weisses Kleid macht mir Angst." Erst jetzt bemerkt Frank ihren leichten Akzent und denkt sich, dass ‚Arztkittel' ein schwieriges Wort in der englischen Sprache sein muss...

Kapitel 35

Claudia sitzt wie versteinert auf dem bequemen Ledersessel und starrt Professor Kunz regungslos an. Sie holt tief Luft, greift nach dem gefüllten Kristallglas und lässt den gesamten Inhalt heiss und brennend ihre Kehle hinunterfliessen. Ihr verzerrtes Gesicht entspannt sich wieder in Sekunden und sie streckt es ihrem Gegenüber hin, als wäre sie ein Kleinkind mit einem kaputten Spielzeug. „Kann ich bitte noch einen haben?" Sie sieht den Direktor mit leerem Blick an, welcher schnell aufsteht, das Glas entgegennimmt, es nun etwas mehr füllt und ihr schweigend wieder zurückgibt. Er setzt sich langsam mit einem tiefen Seufzer in seinen Sessel und nimmt ebenfalls einen Schluck aus seinem noch vollen Glas. Er blickt Claudia mit zur Seite geneigtem Kopf an: „Haben Sie von Jasmins kritischem Zustand gewusst?" Die Frage war nicht in einem vorwurfsvollen Ton, eher als hilfesuchende Zusatzerläuterung gestellt. Claudias zweiter Single Malt Whisky brennt in ihrer Kehle und sie schliesst die Augen, um die beruhigende

Wirkung des goldenen Elixiers wahrzunehmen. Sie nickt vorerst stumm als Antwort, öffnet dann ihre Augen und blickt auf den Glastisch. „Ja, nur hat sie es nicht als kritischen Zustand eingeschätzt. Sie war so guter Dinge und hat auch keine Zweifel gehabt, dass etwas nicht gut gehen würde."

Langsam geht Claudia die vielen Stufen zur Dachwohnung hinauf, in ihren Händen viele Taschen zum Füllen bereit. Sie kommt sich wie ein Eindringling vor, als sie den Schlüssel im Schloss dreht und die Tür zur Wohnung von Jasmin und Roberto öffnet. Der Duft von Zitronengras findet den Weg in ihre Nase und sie hat das Gefühl ein Hauch von Jasmins Parfum damit aufzunehmen. Sie muss mit den Tränen kämpfen und versucht schnell an etwas ganz Schönes zu denken. Während sie sich an schöne Erlebnisse zu erinnern versucht, zieht sie sich ihre Jacke und die Schuhe aus und geht mit den leeren Taschen direkt ins Schlafzimmer. Vor dem offenen Kleiderschrank erinnert sie sich an die erste Begegnung mit Jasmin Steiner. Die geheimnisvolle schöne Dozentin, die viel zu jung für diese Stelle aussah und sich durch ihre Zielstrebigkeit, ihrer Gradlinigkeit und ihre Loyalität innert kürzester Zeit jeglichen Respekt von allen Teamkollegen gewann. Auch Claudias anfängliche Skepsis war schnell verflogen, als sie die ersten von Jasmin geleiteten Sitzungen protokollierte und ihr mit Bewunderung stets gerne assistierte. Sie wurde selten von einem Vorgesetzten als gleichwertig angesehen und in ihren Qualitäten gefördert, so wie es Jasmin vom ersten Tag an getan hat. Claudia kann sich noch keinen Tag weiter ohne die Schwangere und voller Vorfreude sprudelnde Chefin vorstellen. Sie nimmt ein Kleidungsstück nach dem anderen heraus, faltet es sorgfältig zusammen und füllt alle mitgebrachten Taschen.

Claudias Handy klingelt in ihrer Tasche, die sie bei der Treppe stehen liess. Sie läuft an den aufgereihten Taschen im Flur vorbei und nimmt das Handy hastig aus der Tasche: „Van Thiel?" Sie atmet hastig und setzt sich auf die Treppenstufe: „Hallo? Wer ist da?" Sie hört ein Knacken und seltsame Geräusche, die sie aus ihren Ferngesprächen kennt. "Roberto? Bist du es? Halllooooo?" Es wurde aufgelegt. Sie blickt auf den Display auf ihrem Handy und drückt die Rückruftaste. In der Tat klingelt es in einem anderen Ton als hierzulande. Sie will schon auflegen, als sich eine Männerstimme meldet: „Claudia? Kannst du mich hören?" Es ist unverkennbar Roberto. Claudia hat sich noch nie so sehr gefreut, seine Stimme zu hören und gleichzeitig fühlt es sich wie ein Schwert im offenen Herzen an. „Roberto! Ja ich bin es!" Nun kann sie ihre Trauer nicht mehr betrügen und sie schluchzt die Frage direkt in ihr Samsung: „Warum nur Roberto? Wo ist sie?" Sie bemerkt den schlechten Empfang, den Roberto haben muss, und drückt das Handy fester ans Ohr. „Ich habe eine ganz schlechte Verbindung hier, ich rufe dich sicher zu einem späteren Zeitpunkt vom Festnetz an! Hey, Claudia, tausend Dank für deine grossartige Hilfe! Ich wüsste nicht, wie ich das ohne dich organisieren könnte! Ich weiss nicht, ob ich dich eben richtig verstanden habe, hast du gefragt, wo Jasmin jetzt ist?" Claudia hat sich etwas beruhigt durch Robertos Stimme und erinnert sich daran, wie Jasmin einst davon geschwärmt hat. Ohne ihre Antwort abzuwarten fuhr er fort: „Sie ist noch im Krankenhaus für die letzten Untersuchungen." Sie wartet ab, ob er noch etwas hinzufügt und übernimmt die Stille: „Roberto, was ist es, ein Junge oder ein Mädchen?"

Kapitel 36

Ausgerechnet jetzt macht sich der Morgenkaffee in Franks Blase bemerkbar und er fixiert Linda angestrengt. „Ich muss mal ganz dringend ins kleine Nebenzimmer verschwinden, bin sofort wieder zurück. Aber dieser scheussliche Kaffee von heute Morgen will unbedingt meinen Körper verlassen, ok?" Er zwinkert Linda zu und legt ihre Hand aufs Bett. „Nicht weglaufen!" Grinsend geht er an ihrem Bett entlang und beobachtet, wie sie nickend die Augen schliesst.

Als er die Spülung betätigt hat und sich die Hosen wieder anzieht, hört er, wie die Tür zum Zimmer geöffnet wird und versucht angestrengt zu lauschen, ob jemand spricht. Er bemerkt eine eingepackte Zahnbürste, die dazugehörende Paste und ein kleines Fläschchen Eau de Cologne auf der Ablage und sieht kurz zur Toilettentür. „Leslie, Sie Engel", murmelt er und packt die Zahnbürste aus. Als er die Tube öffnen will, fällt ihm die Zahnbürste aus der Hand und zu Boden. „Ach Mist!", entfährt es ihm. Rasche Schritte im Nebenzimmer und die Tür hinaus öffnet und schliesst sogleich wieder. Er hüllt den Kopf der Zahnbürste in viel Paste ein und steckt sich die Erfrischung in den Mund, als ein lautes Piepsen im Zimmer ertönt. Schnell reisst er die Tür auf, sieht wie Lindas Augen noch geschlossen sind und sie bleich und schlaff im Kissen liegt. Der Monitor neben ihr blinkt und piepst bedrohlich. Sofort reisst Frank die Tür zum Flur auf, sieht sich um und ruft laut: „Leslie! Leslie schnell! Hallo? Ist hier jemand?" Umgehend kommen Leslie, sowie zwei weitere Personen aus verschiedenen Ecken gerannt, drängen an ihm vorbei auf Lindas Bett zu. Dr. Shilling folgt den Dreien im Sekundenabstand und schiebt Frank hastig zur Seite. „Der Blutdruck sinkt rapide. Schnell Adrenalin und Propofol!....Intubieren!" Der Monitor piept noch, aber nun ganz dumpf. Frank fasst sich mit einer Hand durchs Haar, in der anderen hält er die Zahnbürste so fest, als wolle er sie mit einer Hand zerbrechen. Er kann Linda nicht sehen, nur den angespannten Rücken von Dr. Shilling und Leslies konzentriertes Gesicht. „Mehr Adrenalin!" Dr. Shillings sonst so ruhige Art scheint im Flur verloren gegangen zu sein. Und plötzlich das bekannte Piepen auf dem Monitor, die körperliche Entspannung vom Oberarzt, sowie das Aufatmen von Leslie melden Franks Gehirn positive Nachrichten. Seine Kehle bleibt stumm und noch immer steht er regungslos bei der Tür. „Wir haben sie wieder! Das war knapp!" Dr. Shilling wendet sich Frank zu und sieht ihn fragend an. Dieser fixiert mit seinem Blick Lindas Gesicht, welches wieder an Farbe gewonnen hat und schüttelt langsam den Kopf. „Ich war keine drei Minuten im Bad und als Leslie das Zimmer wieder verliess, begann das laute Piepen." Der Oberarzt dreht sich zur Krankenschwester um und sogleich wieder in Franks Richtung. „Leslie war nicht hier, Mister Conley, wir waren beide bei einem anderen Patienten. Wie kommen Sie darauf, dass sie hier drin war?"

Frank geht langsam zum Stuhl, legt die Zahnbürste auf den Tisch und streicht sich mit beiden Händen übers Gesicht: „Na, ich war auf der Toilette und hörte die Tür und als ich die Zähne putzen wollte, hörte ich sie erneut. Ich ging davon aus, dass Leslie für eine Kontrolle oder sonst etwas hereinkam. Ausser Ihnen beiden habe ich hier drin ja noch niemanden gesehen!" Dr. Shilling sieht Leslie mit zusammengezogenen Augenbrauen an. „Sie haben niemanden beauftragt, hier drin was zu erledigen, oder?" Leslie verneint und blickt kreidenweiss erst in Dr. Shillings Gesicht, dann in Franks. „Ich rufe den Sicherheitsdienst!" Sie geht auf ihren Laufschuhen schnell durchs Zimmer und in den Flur hinaus, als Frank sich an die wahrgenommenen Schritte erinnert. „Es war ein Mann...", murmelt er vor sich hin. „Wie bitte, was sagten Sie Mister Conley?" Dr. Shilling steht vor dem Monitor und nickt in Gedanken. Frank steht auf, blickt zu Linda, hin zur Tür und fixiert dann den Mann in Weiss. „Die Person, die hier drin war, muss ein Mann gewesen sein. Ich habe die Schritte gehört und als soeben Leslie das Zimmer verliess, das war kein Vergleich! Ihr alle hier auf diesem Stockwerk bewegt Euch wie auf Wolken schwebend. Seit meinem ersten Besuch hier, ist mir das aufgefallen. Die Person eben gehört nicht hierhin und ist um einiges schwerer als Leslie. Es waren Männerschritte!" Dr. Shilling steht nun direkt vor Frank und dieser denkt sich, wie selten es vorkommt, dass er einem Menschen gerade aus in die Augen blicken kann. Der grosse Oberarzt sieht ihn nun nicht mehr so motiviert und positiv an wie vor knapp einer Stunde. „Haben sie jemanden im Flur gesehen oder haben sie sonst noch etwas gehört?" Frank schüttelt den Kopf und dreht ihn in Lindas Richtung. „Nein, es hat auch niemand gesprochen, kein Wort.", er beisst sich auf die Unterlippe und fragt sich, ob Linda auch das wieder vergessen würde.

Frank wird detailliert vom Sicherheitspersonal befragt, als sein Sohn aus dem Aufzug in den Wolkenflur tritt. Sein vorerst freudiger Blick weicht einem kritischen Gesichtsausdruck und er kommt schnellen Schrittes auf Franks Verhör im offenen Flur zu. „Dad? Was geht hier vor?" Frank legt Ken seine Hand auf die Schulter als Zeichen für ein wenig Geduld und schliesst mit den Worten: „Das war alles, meine Herren". Die Sicherheitsmannschaft verteilt sich in alle Richtungen und Ken sieht seinen Vater gespannt an. Dieser führt ihn an den Schultern in die INT7 und schliesst die Tür hinter ihnen. „Kenneth, hier geht etwas nicht mit rechten Dingen zu! Ich glaube, Linda ist in grosser Gefahr!" Ken bemerkt die Nervosität und Aufregung seines Vaters und schenkt ihm Glas Wasser ein, welches neben der noch unbenutzten Zahnbürste steht. „Hier, trink erst mal was und dann berichte mir der Reihe nach, was vorgefallen ist." Der Anwalt reicht seinem Vater das gefüllte Glas und blickt zu Linda. „Oh wie schön, ihr scheint es besser zu gehen. Keine Bandagen mehr im Gesicht und am Kopf, keine Schläuche." Frank trinkt langsam Schluck für Schluck und sieht ebenfalls in Lindas Gesicht: „Ken, ich glaube, das Monster will sein Werk vollenden!"

Kapitel 37

Schuldirektor Kunz hat Claudia den ganzen Tag frei gegeben, damit sie sich um Robertos, sprich Jasmins Angelegenheiten kümmern kann. Ihre Familienkutsche war nun vollumfänglich ausgestopft mit Taschen aller Art. Sie fährt konzentriert durch die belebten Strassen der Innenstadt, hinaus in die Agglomeration, wo sich das grösste Asylheim in der Gegend befindet. Sie war noch nie hier: Aber Jasmin hat ihr oft berichtet, als sie ihre nicht mehr genutzten Kleider hierher gebracht hat und welche netten Kontakte und spannenden Gespräche sie hier erleben durfte. Der Gedanke an Jasmin schmerzt in Claudias Brust und sie fragt sich seit dem Gespräch in Kunzes Büro, welchen Sinn dieses schreckliche Ereignis für alle Betroffenen denn haben soll. Vor dem Eingang hat es Besucherparkplätze die allesamt leer stehen. Keine Besucher im Asylheim. Wie schwierig es sein muss, hier Anschluss zu finden. Claudia parkiert ihren Wagen in die goldene Mitte und geht mit bestimmten Schritten zum Eingang.

„Guten Tag, ich habe angerufen, Van Thiel, wegen den Kleidern." Eine kleine, rundliche Frau in Strickjacke und Leinenhosen kommt ihr gemütlich entgegen. „Herzlich willkommen! Bestens, wir freuen uns sehr darüber! Sie sind eine Freundin von Jasmin Steiner?" Claudia nickt und wechselt schnell das Thema: „Haben sie freie Hände im Haus? Ich könnte Hilfe gebrauchen. Es sind wirklich sehr viele Taschen." Sie zeigt durch die Glastür auf ihr grosses Auto, dessen Fensterscheiben keinen Einblick mehr gewähren. „Ohh, das ist ja grossartig! Alles Grösse 38/40 und Umstandsmode, richtig?" Die Frage war eher rhetorisch gemeint und sie fährt sogleich fort: „Ich werde Ihnen umgehend zwei starke Jungs schicken, die können dann auch alles gleich ins Sortierlager bringen. Nur einen Moment. Wir sind gleich wieder da." Die kleine, herzhafte Frau verschwindet um die Ecke und Claudia denkt sich, wie spannend es doch immer wieder ist, wie jeder Mensch auf dieser Welt seinen Platz und seine Aufgabe findet.

Mit leerem Auto fährt sie zurück zur Wohnung und geht die Liste von Roberto durch, was heute noch alles gemacht werden kann. Jasmins Kleider waren nun alle gespendet und ihr Schmuck war schön eingepackt für ihre Mutter. Nicht vorzustellen, wie es ihr bei diesem schrecklichen Schicksalsschlag ergehen mag. 'Eine stille Abschiedszeremonie', waren Robertos Worte. Und keine Jasmin um sich verabschieden zu können. Wie furchtbar entstellt muss sie sein, dass Roberto sie nicht in der Schweiz beerdigen kann.

Claudia kann es irgendwie nachvollziehen, dass er nicht mehr in die gemeinsame Wohnung zurückkehren will, mit all den Erinnerungen, die darin in jeder Ecke zu finden sind. Aber gleich der Heimat den Rücken zukehren, das kann sie sich so nicht vorstellen. Natürlich freut sie sich für ihn, dass er so schnell eine Chance in einem Krankenhaus in New York gefunden hat. Offenbar ist auch die Kinderbetreuung für berufstätige Eltern viel einfacher und vor allem kostengünstiger als in der Schweiz. Aber ob Jasmin gewollt hätte, dass ihr Kind in Amerika aufwächst, wo sie doch so sehr von dem Schweizer Bildungssystem und der hoch stehenden Qualität überzeugt und selber ein Teil davon war? Sie bezweifelt diese, sich selber gestellte Frage stark und muss sich schweren Herzens eingestehen, dass es sinnlos ist, solche Thesen aufzustellen. Sie bleibt bei einem Rotlicht stehen und beobachtet eine Familie mit Kleinkind im Kinderwagen über die Strasse gehen. Wie Jasmins Kleine wohl aussieht? Sie muss Roberto dringend um ein Foto von Mirjam bitten.

Kapitel 38

Frank verlässt Linda nur ungern nach diesem angsteinflössenden Ereignis. Sie schläft noch immer, als er frisch umgezogen die INT7 verlässt. Ken beruhigt ihn mit der Tatsache, bei ihr zu bleiben, bis sein Vater von der Bilderbuchstunde im Kinderheim ausserhalb der Stadt wieder zurück kommt. Ein Sicherheitsangestellter wurde vorerst vor der Tür platziert, bis die Polizei alles aufgenommen hat und dann bestimmt einer ihrer Leute Stellung halten würde. Frank hat schon jetzt ein mulmiges Gefühl bei dem Gedanken, erneut von Tropman befragt zu werden. Mit Kens Anwesenheit würde auch dies respektvoll und zielgerichtet von dannen gehen. Vorab muss er jedoch dringend mit Tom darüber sprechen.

„Nun erzähl doch endlich, alter Knabe! Was geht da eigentlich vor?" Tom sitzt in Franks Richtung ebenfalls auf der Rückbank seines Maybachs und hebt neugierig die Augenbrauen? Freja sitzt gemütlich zwischen ihnen, geniesst die vermisste Nähe ihres Besitzers und hat ihren Kopf auf seinem Bein liegen. Frank schüttelt den Kopf, schliesst seine Augen und lehnt seinen Kopf in den bequemen Autositz zurück. „Tom, es ist ein Alptraum, den Linda durchleben muss. Ich kann nicht in Worten fassen, wie leid sie mir tut und irgendwie fühle ich mich so hilflos dabei! Ich weiss nicht mehr, was ich dir alles schon berichtet habe...was ist dein letzter Stand?" Noch immer lässt er die Augen geschlossen und spürt, wie sein Körper sich langsam entspannt. „Sie ist aufgewacht und macht Fingerzeichen. Aber was du mir noch überhaupt nicht gesagt hast, was mit ihr denn eigentlich so Schreckliches angestellt wurde, dass alles so kritisch ist!" Er sieht den zur Ruhe kommenden Frank erwartungsvoll an. Der Märchenerzähler im hellgrauen Anzug und hellblauen Hemd atmet tief ein, öffnet seine müden Augen und blickt nachdenklich aus dem Fenster. Er besinnt sich einen kurzen Moment, bevor er seinen gleichaltrigen Manager direkt ansieht.

„Ich kann dir leider noch nicht alles erzählen. Linda hat ihr Gedächtnis verloren und kann sich an rein gar nichts mehr erinnern. Nicht an ihren Namen, ihr Äusseres, nicht woher sie kommt oder was mit ihr geschehen ist. Letzteres kommt ihr sicherlich zugute, denn an sowas soll sich kein Mensch erinnern müssen. Das Einzige, was soweit klar ist, dass Englisch nicht ihre Muttersprache ist und sie daher nicht alles versteht. Sie hat aber eine sehr gute Aussprache, was darauf schliessen lässt, dass sie schon lange hier lebt.." „Moment, Moment, woher weisst du, wie gut ihre Aussprache ist? Ich dachte, sie würde nur Fingerzeichen geben!" Tom sieht seinen Schauspieler irritiert an. „Sie hat heute Morgen zum ersten Mal gesprochen, kurz nach unserem Telefonat. Dann war der Oberarzt bei uns und hat ihr die gesamte Ausgangslage berichtet. Davon hat sie offenbar nicht alles verstanden, aber was genau, konnte ich sie nicht mehr fragen. Sie wurde nämlich von ihrem Missetäter aufgesucht und er wollte sie umbringen." Tom schüttelt verständnislos seinen Kopf und sichtlich schockiert: „Wie bitte?? In deiner Anwesenheit? Frank und das sagst du mir einfach so nebenbei? Da läuft ein offensichtlich skrupelloser Killer herum, der es auf die Frau abgesehen hat, um welche du dich zur Zeit mehr kümmerst als um deinen geliebten Hund und du erzählst es mir erst jetzt? Wir müssen dich dringend beschützen und Bodyguards rund um die Uhr aufbieten!" Er nimmt hastig sein Handy aus der Brusttasche seines Jacketts und will eine Nummer wählen, als ihm Frank dieses aus den Fingern nimmt. „Noch nicht, bitte Tom. Es würde zu viel Aufmerksamkeit erregen und ich will das Ganze so geschützt wie möglich handhaben. Die letzten News in der Klatschszene haben vorerst gereicht. Ich habe da einen Verdacht, wer die Plaudertasche hier sein könnte. Wie gut sind deine Beziehungen zur NYPD?"

Kapitel 39

Direktor Kunz steht etwas verloren in Jasmins Büro und sieht sich um. „Wir haben ein Inserat publizieren lassen und auch auserwählte Jobvermittler kontaktiert. Die Schulleiterposition werden wir intern besetzen, auch wenn keiner der anderen die optimale Besetzung dafür ist. Frau Van Thiel, wäre es Ihnen möglich, die persönlichen Sachen von Frau Steiner wegzuräumen, auch auf dem PC?" Er sieht auf Jasmins Pult und öffnet gedankenversunken eine Schublade. „Ja natürlich kann ich das machen, bis wann muss das Büro denn fertig sein?" Claudia macht einen Schritt ins Zimmer und sieht sich zum ersten Mal detailliert beobachtend im Raum um. ‚Jasmin hatte ein grossartiges Händchen für die Gestaltung von Räumen,' das dachte Claudia bereits beim Räumen ihrer Wohnung. Alles fand seinen perfekten Platz, ob alt, uralt oder topmodern, sie machte es passend, als hätte sie stets den Raum um die Details herum gestaltet. Dieser Raum ist nicht nur ein Büro, das ist ein regelrechtes Refugium für kluge Köpfe, die es auch gerne am Arbeitsplatz gemütlich haben. Sie hofft, dass ihre zukünftige Vorgesetzte sich ebenfalls hier wohlfühlen würde und nicht alles verändert wird. Zumindest ist sie sich sicher, dass eine Frau diese Abteilung weiterleiten wird.

Die kleine Dose mit allen Passwörtern ist ordentlich in der untersten Schublade. Claudia öffnet die Vintage Dose und erinnert sich daran, mit welch grosser Freude Jasmin sie ihr präsentiert hat, als sie sie von einem Trödelmarkt mitgebracht hat. "Sieh mal Clodinchen, perfekt für meine Passwörter! Nicht dass jemals jemand sie brauchen würde, aber bestimmt hat noch niemand die so niedlich verpackt hinterlegt." Als wäre es gestern gewesen, sieht die Assistentin ihre Chefin in der Tür stehen und die kleine Schachtel hochheben. Und jetzt ist der Moment gekommen, wo diese Zugangsnummern doch gebraucht werden. Sie öffnet die Dose und wie erwartet, liegt zuoberst der Zugang für den Computer. Claudia startet

Jasmins Maschine und wartet mit den Fingern auf den Tisch tippend, bis nach dem Login gefragt wird. Sie tippt alles sorgfältig ein und wartet erneut. Ein strahlender Roberto erscheint auf dem Desktop. Alle wichtigen Ordner sind sorgfältig um sein schönes Gesicht verteilt. Claudia steckt den USB Stick an die Maschine und beginnt die Ordner zu sortieren. Der Ordner mit der Bezeichnung 'Privat' wandert als erstes auf den Datenübermittler. Sie steht kurz vor der Versuchung ihn zu öffnen, lässt es aber bleiben.

Eine gute Stunde später, kontaktiert die pflichtbewusste Assistentin die internen IT-Abteilung und gibt Jasmins Computer für ein Set up frei. Der erste grosse Schritt, der beweist, dass Jasmin wirklich nicht mehr zurückkommt. Claudia dreht den USB Stick in ihren Fingern und legt ihn nach kurzer Überlegung sorgfältig in ihre Handtasche. Den Rest des Tages verbringt sie damit, die Bücher und Ordner in den Gestellen zu sortieren. Jasmin hatte ihre persönlichen Dinge sauber beschriftet mit ihrem Kürzel. Somit ist es ein Leichtes, die schuleigenen Bücher auf einen und Jasmins auf einen anderen Stapel zu legen. Sie würde heute Abend Roberto eine E-Mail senden und fragen, was sie mit ihren Sachen vom Büro machen soll. Soweit konnten sie nicht planen bei ihrem letzten Gespräch, denn eine Krankenschwester bat ihn zu Mirjam im Brutkasten. Sie sei eine kräftige Kämpfernatur, meinte

Roberto. Da sie bereits 2000 Gramm wiege, und ihre Lunge gut alleine atme, könne er sie sicherlich bald selber versorgen. Er hat Claudia ein Bild der kleinen Erdenbürgerin geschickt. Ihre kleinen, zierlichen Hände haben schützend das Gesicht verdeckt, als wolle sie noch nicht der Öffentlichkeit präsentiert werden. Dennoch stiegen Claudia Tränen in die Augen, bei diesem Anblick, ob sie Mirjam je persönlich kennen lernen würde? Wenigstens waren sie offensichtlich in einem äusserst exklusiven und somit professionellen Krankenhaus, dem schönen Parkettboden nach zu beurteilen, welcher durch die Scheiben des Brutkastens zu sehen war.

Kapitel 40

Mit viel Freudengeschrei verabschieden die Kinder ihren Superhelden und winken seinem Maybach eifrig hinterher. Frank und Freja sind sichtlich erschöpft von diesen zwei Stunden und dennoch geniesst der Wohltäter die Befriedigung und Freude, welche ihm die Zeit mit diesen lebensfreudigen Geschöpfen geschenkt hat. „Das müssen wir wieder machen, Tom. Soviel Power, Energie und Lebensfreude hab ich in den letzten Jahren nicht mehr erlebt. Und die kleine Rothaarige, das ist vielleicht eine Nummer! Die wird den Männern bestimmt mal den Verstand rauben! Wie hiess sie noch?"

Frank blickt seinen ebenfalls geschafften Manager lachend an: „Saskia", ist seine kurze, aber ebenfalls zwischen lächelnden Lippen hervorgebrachte Antwort. Frank klopft sich auf sein Bein und spricht den Fahrer an: „Lou, ich will noch einen kurzen Stopp bei Idlewild in Brooklyn machen, bevor wir ins Krankenhaus fahren. Die sollen anscheinend eine grosse Auswahl an fremdsprachigen Büchern haben. Wir müssen schnellstmöglich herausfinden, welches Lindas Muttersprache ist!" Während sie durch die Strassen der über acht Millionen Einwohner Stadt fahren, fragt sich Frank, wer entschieden hat, dass wir es ‚Muttersprache' jedoch ‚Vaterland' nennen.

Er lässt seine Fahrgäste im Auto und geht zielstrebig in den Buchladen. Kaum hat der Actionheld die Tür geöffnet, stürzt sich auch schon ein eifriger Angestellter auf ihn mit freudigem Gesicht: „Mister Conley, Frank Conley, welch eine grosse Ehre für uns, Sir! Herzlich willkommen bei Idlewild! Suchen Sie etwas Bestimmtes?" Seine laute Begrüssung hat die wenigen Kunden bei den Bücherregalen aufmerksam gemacht und Frank zeigt sein bezauberndes Öffentlichkeitslächeln, jedoch den Blick lediglich auf seinen Gastgeber fixiert: „Guten Tag! Ja, in der Tat suche ich was Bestimmtes. Genauer genommen, suche ich fremdsprachige Bücher. Am liebsten, von jeder Sprache eines, wenn Sie sowas haben?" Der interessierte Buchexperte steht nun direkt vor Frank und schielt zu ihm hinauf. "Wow, Sie sehen in den Filmen gar nicht so gross aus! Ist ja Wahnsinn!" Frank legt ihm eine Hand auf die Schultern, weil er nach all diesen Jahren weiss, wie gerne Menschen über Körperkontakt mit einer prominenten Person im Freundeskreis erzählen. „Ich nehme das gerne als Kompliment, mein Freund." Eine weitere Freude, die er ihm bestimmt damit eben beschert hat. "Und nun, wie sieht es aus? Wie schnell können Sie mir diese Bücher zusammenstellen?" Der sichtlich nervöse und stolze Buchverkäufer nickt, versucht professionell zu wirken und macht sich hastig hinter seine ordentlichen Büchergestelle. Innert kurzer Zeit liegen eine Anzahl Bücher auf dem Verkaufstisch, in diversen Stapeln geordnet. "Sir, alle vertretenen Sprachen in unserem Geschäft. Dieses Buch ist in französischer Sprache "Le Petit Prince" eine Geschichte von einem..", Frank unterbricht den eifrigen Helfer nur ungern: "Wow, das nenne ich Effizienz! Als ich zur Tür hereinkam und Sie sah, wusste ich, das ist mein Typ, der weiss genau, was ich will! Grossartig! Wissen Sie was? Ich nehme Ihre ganze Auswahl mit und sehe sie mir zu Hause in Ruhe an!" Franks soeben neu gewonnener Fan, der keiner Klatschspalte auch nur das geringste Negative über den Actionhelden glauben würde, nahm mit rot angelaufenem Gesicht den ersten Stapel Bücher und packt diesen sorgfältig ein. Er lächelt Frank hinter der Tüte an, tippt Preis für Preis in seine Kasse und räuspert sich verlegen. Der Schauspieler weiss bereits, welche Frage gleich folgen wird und nimmt aus seiner Brusttasche einen Stift. „Darf ich Ihnen meine Dankeszeilen aufschreiben, Mister...?" Sogleich liegt ein Block mit einem eleganten Buchladen Logo vor ihm: „Bitte, nennen Sie mich John!" Frank schreibt in grosszügig geschwungener Handschrift: „Dem besten Buchverkäufer in NYC! Sie waren eine grosse Hilfe John! Frank Conley"

Mit einer grossen Tüte bepackt, steigt Frank auf den Rücksitz seines Wagens. Tom beendet zeitgleich einen Anruf. „Tropman ist sauber, einwandfreie Weste und ein hervorragender Officer, der noch keinen Fall ungelöst abschliessen musste. Sehr ehrgeizig, weil ihm der Chefposten winkt und nicht immer angenehm in Verhandlungen. Über ihn brauchen wir uns sicherlich keine Sorgen machen, auch wenn er dir wegen dem Vorfall von heute Morgen garantiert noch an die Wäsche will..." Tom verzieht sein Gesicht und blickt Frank mit leichter Besorgnis an. Dieser nickt gedankenversunken und nimmt sein vibrierendes Handy aus der Brusttasche. Eine Nachricht von Ken: "Treffen uns in meiner Wohnung, bin schon hier. Keine Sorge um Linda. Ken." Erstaunt blickt Frank auf das Display und liest die Nachricht erneut, bevor er sein Handy kommentarlos vor Toms Gesicht hält. Dieser zieht die Augenbrauen zusammen und sieht Frank fragend an: „Ich dachte, er würde bei Linda die Stellung halten, bis du wieder zurück bist!?" Frank weiss, dass etwas vorgefallen sein muss, wenn Ken sich so verhält. Sein Sohn und Anwalt tut nie was Unüberlegtes und nicht Sinnergebendes. Wie sehr er doch seiner Mutter ähnlich ist und wie stolz Frank immer wieder auf den Jungen ist. Er tippt ein 'ok' in die kleinen Tasten seines Blackberrys und gibt Lou die Richtungsänderung bekannt. Er krault Freja hinter dem Ohr und murmelt vor sich hin: „Er will mir an die Wäsche...."

Kapitel 41

Heute würden sie mal wieder gemeinsam auswärts essen. Einmal im Monat, so lautet die Forderung von Claudia an ihre Familie. Seit jeder und jede den eigenen Weg geht, mit Schule, Arbeit, Hobbys und Freunden, sehen sie sich kaum noch. An den meisten Tagen geben sie sich die Türfallen in die Hand, vom Badezimmer genauso oft, wie von der Haustür. Sie freut sich sicherlich als einzige schon den ganzen Monat auf diesen Abend, auch wenn sie jedes Mal bemerkt, wie es allen Freude bereitet einander zu berichten, wie das individuelle Leben so abläuft, welche Begegnungen und neuen Erfolge sie erleben durften. Torr, Claudias Ehemann hat sich in den letzten Jahren vermehrt zurückgezogen. Auch sie beide sehen sich kaum mehr wirklich. Sie sind zwar oft gemeinsam und gleichzeitig im Haus anwesend, nur nutzen auch sie beide die Zeit, um neben der Arbeit ihren persönlichen Interessen nachzugehen. Wie oft muss Claudia feststellen, dass die Kinder ihre Kernaufgabe der Ehe sind. Seit diese sie nicht mehr so intensiv nutzen, haben sie auch weniger Diskussionen, Auseinandersetzungen und hektisches Aneinandergeraten. Jedoch wird jetzt alles auf- und nachgeholt, was eben gerade deshalb auf der Lebensstrecke stehen und vergessen blieb. Er war stets ein guter Ehemann und auch Vater. Sie wird sich vornehmen, mehr Zeit mit ihm zu verbringen. Je nach neuer Vorgesetzten, könnte sie die Arbeit noch mehr reduzieren, Haushalt und alle Besorgungen in dieser gewonnenen Zeit erledigen und den Abend mit Torr verbringen. Für diese Zeit verzichtet sie auch gerne auf Yoga oder den Literaturclub. Jasmins Schicksal und Robertos Einsamkeit haben ihr einmal mehr gezeigt, wie wichtig die Beziehung zum nächsten Lebenspartner ist. Das haben sie zwei definitiv vernachlässigt.

  Das heutige Restaurant hat ihr Ältester ausgesucht. Eine versteckte, niedliche Oase mit italienischen Besonderheiten. Eine kleine toskanische Welt inmitten der Schweizer Grossstadt. Sie besetzen einen Tisch mit Blick auf den Innenhof, der mit Lampions und Leuchtgirlanden schön geschmückt ist. Im Sommer muss dies ein absoluter Fluchtplatz vom Alltag sein und ein gesichertes Gefühl von Ferienstimmung. Claudia beobachtet Torr und denkt sich, dass er eigentlich noch genauso gut aussieht, wie vor 25 Jahren. Die grau melierten Haare stehen ihm sehr gut und der wöchentliche Fitnessbesuch zeigt ebenso seine nachhaltige, optische Wirkung. Sie nimmt zärtlich seine Hand und dreht seinen Ehering am Finger. Diese Berührung scheint ihm offensichtlich fremd zu sein und er sieht sie fragend an: „Alles ok, Schatz?" Nach all den Jahren nennt er sie noch immer so, auch wenn sie weiss, dass dies die Macht der Gewohnheit ist. „Ja alles wunderbar, ich finde es einfach toll hier! Eine schöne Wahl, Mark! Was bestellen wir?" Claudia nimmt die nostalgisch aussehende Karte zur Hand und sieht sie hungrig durch.

„Mutter, stimmt es, dass Jasmin in New York gestorben ist und Roberto nicht mehr zurückkommt?", Peter sieht seine Mutter Pasta kauend an und gabelt bereits eine neue Portion auf. Claudia nimmt einen grossen Schluck von ihrem Chianti und nickt bestimmt: „Ja, leider. Sie hatte körperliche Schwierigkeiten und die Wehen kamen viel früher, als sie sollten. Die Natur hat sich leider gegen sie entschieden. Aber sie hat einem tollen kräftigen Mädchen das Leben geschenkt. Und weil das Ganze so schrecklich für Roberto ist, möchte er in New York ein neues Leben mit Mirjam aufbauen. Deshalb erledige ich hier alles für ihn." Sie achtet bei der Berichterstattung bewusst auf eine einfache Wortwahl und nicht zu viele

Details. Alette, ihre Jüngste, würde noch nicht alles verstehen. Claudia will nur ungern, dass von Teenies ausgeschmückte Geschichten in Umlauf gebracht werden an ihrer Schule. Mark sieht seine Mutter ernst an: „Wie kann man einfach so alles hinter sich lassen? Was ist mit seinem Job? Seiner Familie?" Torr übernimmt diese Antwort und Claudia ist überrascht, wie aufmerksam er doch ihren Erzählungen beim Einschlafen zuhört. „Er hat ein gutes Angebot in derselben Klinik wie sein Freund erhalten, der vor zwei Jahren ausgewandert ist. Roberto muss erst mal Fuss fassen und alles verarbeiten. Ein solcher Verlust ist nicht einfach wegzustecken, da funktionieren Menschen ganz unterschiedlich. Nicht vorzustellen, wenn eure Mutter einfach nicht mehr da wäre so plötzlich." Er sieht seine Frau liebevoll an und beendet sein Statement: „Aber um ehrlich zu sein, es irritiert mich schon auch ein wenig, weshalb er nicht selber mit Mirjam herkommt, um auch Abschied von Freunden und sonstigen Verwandten zu nehmen. Und habe ich dich richtig verstanden, ihr Frauenarzt kommt nicht an den Autopsiebericht?"

Kapitel 42

Ken steht in seiner offenen Küche und macht seinen beiden Gästen einen Kaffee in seiner French Press. Für Freja steht wie immer ein grosser Napf mit frischem Wasser und ein Knochen bereit. Sie schnappt sich diese weisse Leckerei und legt sich damit gemütlich auf ihr Gästekissen unter dem Fenster mit atemberaubender Aussicht auf die Grossstadt. „Wie meinst du, sie haben Susie mitgenommen?" Frank geht auf Kens Küchenablage zu und stützt sich darauf ab. Keine zwei Schritte hinter ihm Tom, dem ebenfalls ein grosses Fragezeichen das Gesicht verhüllt. Ken nimmt zwei Tassen aus dem Schrank und stellt sie vor die beiden Männer hin. Dann greift er nach einer Zeitschrift, nicht weit weg von den Tassen und legt sie den ungeduldigen Herren hin. Er tippt mit dem Zeigefinger darauf und entgegnet: „Officer Tropman scheint ein Fan der Klatschspalte zu sein. Er drückte mir diese Zeitschrift heute in die Hand, nachdem er mich aus Lindas Zimmer verwiesen hat mit den Worten: „Ihr Vater sollte achtsamer in der Auswahl seiner Liebschaften sein! Ich will ihn umgehend auf dem Revier sehen. Bestellen Sie ihm das! Vorerst ist mal Besuchsstopp!" Er verzieht sein Gesicht in eine Mischung aus Sorge und Ärger.

Frank und Tom lesen die Überschrift 'Mordversuch aus Liebe! Vernachlässigte Liebhaberin will neue Liebschaft im Krankenhaus beseitigen! Für wen entscheidet sich Conley?' Darunter ein Bild von Susie, wie sie auf dem Flugplatz in Franks Maybach steigt....

Frank schmeisst die Zeitschrift an die Wand, fährt sich mit den Händen wütend durchs Haar und flucht laut in den offenen Raum: „Verdammt, verdammt, verdammt! Susie doch nicht! Was soll diese Scheisse? Ich kann es nicht fassen! Wer zum Henker gibt sowas raus? Wie ist das überhaupt möglich nach knapp vier Stunden? Das ergibt doch keinen Sinn?" „Darüber war Tropman auch erstaunt und geht davon aus, dass du dahinter steckst, um wieder vermehrt in der Presse zu erscheinen. Auch negative Schlagzeilen geben viel Aufmerksamkeit, Dad! Wir sollten dringend aufs Revier fahren, die werden Susie dort quälen. Denkst du, sie hat einen guten Anwalt?" Ken sieht seinen Vater mit beruhigenden Augen an und nimmt sein Handy aus der Hosentasche, ohne dessen erwartetes Kopfschütteln abzuwarten. Er drückt auf eine Kurzwahl und giesst, während des Wartens auf seinen Gesprächspartner, den beiden bestürzten Filmemachern den heissen Kaffee ein. „Roger, Ken hier. Ich brauche deine Hilfe. Rechtsvertretung einer Verdächtigen wegen Mordversuch. Eine Freundin meines Vaters. Kosten gehen auf ihn." Er zwinkert seinem bleichen Vater zu. „Unschuld garantiert, meine Hand auf die Bibel! .... grossartig! In einer halben Stunde in der 60th Precinct, Coney Island NYPD.....beim Eingang, ok. Bis gleich!" Der eifrige Anwalt legt sein Handy auf den Tresen und geht in Richtung Treppe zum Obergeschoss. „Ich ziehe mich kurz um. Los gehts! Befreien wir Susie aus den Klauen der Uniformträger und gehen der Sache auf die Spur!"

Auf dem Beifahrersitz des Maybachs telefoniert Tom mit dem Chief der NYPD und versucht, die Wogen schon vorab zu glätten. Frank sieht seinen Sohn noch immer bestürzt an: „Was ist mit Linda? Wie geht es ihr?" Kenneth legt seine Hand auf Vaters ruhendem Unterarm und berichtet: „Sie hat lange geschlafen. Als sie aufwachte, erschrak sie, mich zu sehen und hat nach dir gefragt. Ich habe ihr vom Überfall erzählt, weil sie das Sicherheitspersonal vor der Türe gesehen hat. Sie haben den Vorhang offen gelassen. Sie war entsetzt, kann sich aber an nichts erinnern. Sie weiss noch, dass du aufs Klo wolltest und dass sie sehr müde war. Auch dass ihr miteinander gesprochen habt. Während sie sprach, hatte sie stets das Fenster im Visier, als wolle sie nicht dabei erwischt werden. Der Oberarzt kam zweimal zur Kontrolle und auch die nette Krankenschwester zeigte sich mehrmals. Linda sprach jedoch in deren Anwesenheit kein Wort. Weisst du, was es auf sich hat, dass sie nicht mit ihnen sprechen will?" Frank zuckt mit den Achseln und sein Sohn im dunkelblauen Anzug fährt fort: "Dann ging plötzlich alles sehr schnell. Officer Tropman holte mich aus dem Zimmer und erkundigte sich nach deinem Verbleib. Dr. Shilling und einige Schwestern gingen in Lindas

Zimmer und ich vernahm, dass sie verlegt wird aus Sicherheitsgründen. Aber wohin, habe ich leider nicht in Erfahrung bringen können, das holen wir gleich nach. Tja und dann bekam ich diese Zeitschrift in die Hand gedrückt und weg waren alle." Franks tränengefüllte Augen blicken aus dem Fenster in die belebte Stadt. Er krault langsam Frejas Kopf und seine Gedanken kreisen sich nur um Linda und Susie. Welch grosse Angst müssen diese beiden Frauen gerade in diesem Augenblick durchleben und wie gern hätte er sie davor bewahrt...

Kapitel 43

Schon ist ein Monat vergangen, seit Claudia das letzte Mal entspannt unter den professionellen Handgriffen ihrer Kosmetikerin lag und sie geniesst diesen Luxus heute ganz besonders. Die letzten Wochen waren für sie der blanke Horror, auch wenn sie stets versuchte, sich in Robertos Haut zu versetzen und sich vorzustellen, wie viel schlimmer das alles für ihn sein muss. Die Wohnung war geräumt und an die Verwaltung ordnungsgemäss abgegeben, Büro ebenfalls vorbereitet für die nächste Abteilungsleiterin und Jasmins Gynäkologe versucht offenbar selber an die Autopsieergebnisse in New York zu kommen. Jetzt erst kann sie sich den nackten

Trauergefühlen hingeben und muss nicht einfach nur funktionieren. Ihre Gedanken kreisen sehr oft um Jasmins letzte Stunden und wie sie diese erlebt hat. Claudia würde zu gegebener Zeit einen guten Moment nutzen und Roberto danach im Detail befragen. Sie hat das Gefühl, dass sie alle Lücken und Spalten füllen muss, um von Jasmin Abschied nehmen zu können. Zur Zeit hat es noch so viele offene Fragen, die sie tagtäglich beschäftigen.

„Sie hatten wohl viel Stress im letzten Monat? Sie sehen sehr abgekämpft aus." Die Hautpflegerin streicht ihr sanft über die Schläfen und beginnt mit dem Auftragen der kühlenden Maske. „Ja, ich hatte wirklich viel los. Meine Chefin, aber auch gute Freundin von mir, ist im Ausland leider verstorben und hat ein Baby hinterlassen. Ich habe ihrem Mann geholfen, alles hier zu erledigen, da er nicht zurückkommen möchte." Während Claudia dies leicht schläfrig erzählt, werden auch die Handbewegungen ihrer Wohltäterin langsamer, die offenbar sehr aufmerksam zuhört. „Das ist ja furchtbar. Von Herzen mein Beileid! Oh Gott wie schrecklich für den Mann! Hatte sie denn einen Unfall?" Die kühlende Masse, begleitet von ihrem sagenhaft beruhigenden Duft, schenken Claudia bereits neue Energie. „Ja furchtbar für ihn. Nein, sie hatte bereits hier körperliche Beschwerden und hätte in ihrem Zustand gar nicht mehr so weit reisen sollen." Sie vermeidet es, aus Respekt gegenüber Jasmin, ins Detail zu gehen und atmet tief ein. „Wohin reiste sie denn? In eine tropische Gegend?" Die Maske ist vollständig aufgetragen und es folgt ein angenehmer Lippenbalsam, den Claudia abwartet, bis sie mit ihrer zweisilbigen Antwort weiterfährt: „New York". Ein leises Zischen entfährt der Kosmetikerin, welche nun neben ihr steht. „Was in dieser Stadt abgeht, ist ja haarsträubend! Erinnern sie sich an die Gala und Frank Conley? Diese Geschichte geht noch viel schlimmer weiter. Habe sie hier. Möchten Sie sie ansehen? 20 Minuten bleibt die Maske drauf." Claudia nickt und rückt sich in der Liege zurecht, welche zeitgleich etwas senkrechter gestellt wird. „Her damit, sonst verpass ich ja noch alles auf dieser Welt!"

Auf dem Nachhauseweg studiert Claudia unentwegt an diesem Gala Artikel herum. Sie musste diese Ausgabe dringend beim nächsten Kiosk kaufen, um ihn zuhause nochmals in Ruhe zu lesen und die Bilder anzusehen. Sie kann es nicht beschreiben, welch unbehaglichen Gefühle bei ihr ausgelöst werden und weshalb. Wahrscheinlich hat es lediglich die Emotionen im Zusammenhang mit Jasmins Abschied verstärkt, da es sich um dieselbe Stadt handelt, in welcher sie ihre letzten Stunden verbracht hat und auch ihr Körper beigesetzt wurde. Claudia steht vor dem Zeitschriften Halter und sucht nach der

Gala. „Kann ich Ihnen helfen?", die Zeitschriftenverkäuferin blickt neugierig zwischen den Schokoriegeln und Kaugummis, vor den Zigaretten stehend hervor. „Sehr gerne, ich suche die Gala, neuste Ausgabe." Die Frau kräuselt ihren Mund und legt den Kopf zur Seite, zeigt mit dem Finger in die entgegengesetzte Richtung von Claudia: „Hm Schätzchen, wenn sie Glück haben, hats noch eine. Die wäre hier drüben." Erst jetzt bemerkt Claudia, dass es auf der anderen Seite noch viel mehr Zeitschriften hat, bedankt sich und geht die Magazine durch. Das Schätzchen hat Glück und nimmt die letzte Ausgabe heraus und legt sie vor die offene Glasscheibe. Dazu legt sie noch eine Rolle Menthos und eine neue Kitkatvariation mit Peanuts dazu. „Glück gehabt! Das alles hier bitte." Sie kramt aus ihrer Handtasche das mit Kassenzetteln und Bonuspunktekarten überfüllte Portemonnaie und gibt der netten Standdame das verlangte Geld. „Viel Spass mit der Gala, sehen Sie zu, dass sie nur einen Liebhaber zur selben Zeit haben, sonst wirds gefährlich!" Sie zwinkert Claudia verschmitzt zu und kann nicht ahnen, dass genau dieser Artikel die nahen Zukunftspläne von Claudia und Torr beeinflussen wird.

Kapitel 44

„Lassen sie mich überlegen .... das muss wohl gewesen sein, als er seinen ersten Oscar gewonnen hat. Da ist er mir aufgefallen, so chic in seinem Anzug auf der Bühne. Wissen sie, seine Filme sind ja nicht die Sorten die...." Susies nervöser Redeschwall wird durch den leicht aufgebrachten Officer unterbrochen: „Sie haben mich sehr wohl verstanden, ich wiederhole ein letztes Mal meine Frage, Mrs Manders: Wann und wie haben Sie Frank Conley kennengelernt? Das ist kein Spass hier Lady, Sie sollten Ihre Situation verdammt ernst nehmen! Sie werden verdächtigt, einen Mordversuch begangen zu haben!" Er schlägt mit seiner flachen Hand auf den Tisch, dass Susie leicht zusammenzuckt, ihre Fassung sogleich wieder erlangt und ketzerisch über die Tischplatte zischt: „Ach, was Sie nicht sagen, und ich dachte, Sie suchen das nächste Supermodel für die Klatschspalte!" Sie nimmt ein Heft aus ihrer Handtasche auf ihrem Schoss, legt sie dem Officer anständig hin und schüttelt vernichtend den Kopf. „Sie sollten wirklich nicht glauben, was darin steht, Schätzchen! Obschon ich finde, ich sehe verdammt gut aus auf diesem Foto, finden sie nicht? Jetzt weiss ich..." Officer Tropman steht nun sichtlich verärgert von seinem Stuhl auf, dreht Susie den Rücken zu, hebt sein Gesicht in die Luft und murmelt: „Um Himmels willen, wie verblödet..." In demselben Moment öffnet sich die Tür wie von Geisterhand und ein Mann im schwarzen Anzug mit Aktentasche in der Hand tritt in den Raum, schliesst die Tür sorgfältig zu und geht gelassen auf Susie zu.

„Mrs Manders, freut mich sehr!" Bevor er weitersprechen kann unterbricht ihn Tropman mit beiden Handflächen auf den Tisch gestützt: „Und Sie wollen sicher ihr Anwalt sein?" Der Jurist nimmt eine Visitenkarte aus seiner Brusttasche, schiebt sie über den Verhörtisch. „In der Tat, das bin ich. Roger Hard. Ganz nach meiner Verhandlungstaktik." Er grinst der sprachlosen Susie schelmisch zu und setzt sich neben sie. „Dann verraten Sie mir nun doch bitte, weshalb Sie meine Mandantin am hellen Tag von ihrer wichtigen Arbeit abführen und wie Sie vorhaben, sich dafür bei dieser netten und unschuldigen Dame zu entschuldigen? Wie ich von Ihrem Chief eben erfahren musste, haben Sie ausser diesem Klatschheft nichts gegen sie in der Hand." Er tippt mit seinem Finger auf das Heft auf dem Tisch. „Bitte, setzen Sie sich Officer, wir beide sind wirklich sehr gespannt, wie Sie ihren Kopf hier raus winden wollen. Und bevor ich es vergesse, Ihr Chef sitzt im Nebenraum und spricht ebenfalls mit enorm wichtigen Personen. Nur bin ich mir sicher, er stellt die richtigen Fragen." Susie wechselt ihren Blick von dem Anzugträger neben ihr zum Uniformträger ihr gegenüber, schüttelt den Kopf, hebt ihre

Augenbrauen, kräuselt ihren Mund und flüstert: „Heilige Scheisse, ich muss doch träumen....."

Frank setzt sich auf den Stuhl neben Ken in einem kleinen Verhöraum und sieht sich in dem trostlosen Raum um. Wieviele Verbrecher und auch unschuldige Menschen wohl schon auf diesem Stuhl gesessen haben und um ihre Zukunft bangen mussten. Die Tür öffnet sich und Tom kommt lachend in Begleitung eines offensichtlich ranghöheren Polizeibeamten herein. Tom setzt sich auf einen Stuhl und der Beamte reicht Ken und Tom die Hand zum Gruss. „Die Herren, freut mich sehr sie persönlich kennen zu lernen, wenn auch nicht unter erfreulichen Umständen. Chief Officer Black. Tom und ich kennen uns aus früheren Jahren." Er setzt sich neben den eben erwähnten und schlägt ein Bein über das andere. „Ich möchte mich für das übereifrige Verhalten meines Officers Tropman entschuldigen. Er hat sich heute nicht einfühlsam verhalten, ich bin jedoch überzeugt, dass wir mit ihm zur Auflösung dieses bizarren Vorfalls gelangen. Mir liegt viel daran, mit Ihnen zusammenzuarbeiten und bitte Sie daher, mir alles zu berichten, was Sie im Krankenhaus in Erfahrung bringen konnten."

Frank nimmt das Nicken seines Managers wahr und sieht seinen Sohn an. Ken sieht seinem Vater die brennende Frage an und übernimmt das Wort: „Bevor mein Mandant

Ihnen alle Details berichtet, die er weiss, möchten wir gerne wissen, wo Susan Manders ist." „Natürlich, entschuldigen Sie. Sie sitzt im Raum nebenan in Begleitung ihres Anwaltes, wie Sie ja bereits wissen. Es ist wichtig, dass wir auch von ihr alles wissen, was sie über den Vorfall im Krankenhaus weiss, denn mit Sicherheit darf sie Ihnen auf privater Ebene nicht alles erzählen. Ich kann Ihnen versichern, Officer Tropman mag zwar in Zusammenarbeit mit Öffentlichkeitspersonen nicht angenehm sein, aber er ist nicht das faule Ei in dieser Geschichte. Ich habe die Befürchtung, dass wir dieses im Krankenhaus suchen müssen. Die Frage ist nur, was die Hintergründe dafür sind und wohin sie führen sollen. Die Empfangsdame ist sehr oft eine graue Eminenz eines Unternehmens. Sie beobachtet vieles, hat Einsicht in wichtige Informationen und vernimmt so einiges den ganzen Tag. Mrs Manders ist hoffentlich der Schlüssel zu verschlossenen Türen in diesem Fall. "

Kapitel 45

Torr kommt später nach Hause, weil seine Firma einen grossen Werbeauftrag an Land gezogen hat und er die Vertragdetails mit seinem Team durchgehen will vor der definitiven Unterzeichnung. Claudia freute sich eigentlich stets mit ihm und bewundert seine tägliche Motivation und sein Engagement für seine Arbeit. Er ist einer der glücklichen Menschen, die ihren Lebenstraum verwirklichen konnten. Wo sie kann, unterstützt sie ihn, und sei es lediglich beim Zuhören seiner lauten Ideen und Gedanken. Nur heute Abend hat sie das Bedürfnis, sich mit ihm auszutauschen und ihre innere Unruhe zu teilen. Was war es nur an diesem Artikel der Gala, das sie nicht los liess. Sie studierte den Artikel förmlich und sah sich die Fotos mehrfach an. Frank Conley mit einer Frau mittleren Alters auf einem Flughafenplatz vor einem eleganten Auto. Claudia machte sich noch nie viel aus Autos, hat aber von ihrem Sohn Mark vernommen, was für ein Wahnsinnsschlitten das sein muss. Die Frau sieht sehr natürlich und bürgerlich aus und sprengt die Vorstellungskraft einer Liebesbeziehung, wie der Artikel dies bezeichnet. Das zweite Bild vor einem Polizeirevier zeigt Conley mit drei Herren im Anzug mit der Unterschrift: „Vor dem Polizeirevier mit seinen Anwälten und dem Manager." Wozu braucht er zwei Anwälte? Und wenn seine Geliebte mit ihm unter einer Decke stecken würde, weshalb sollten sie die Nebenbuhlerin aus dem Weg schaffen wollen? Claudia will nichts auf diese Klatschspalten geben, doch das Krankenhausfoto mit der Unterschrift "Coney Island Hospital" reisst sie stets von Neuem in einen magischen Bann. Was ist nur damit? Sie hat das Gefühl, diesen Namen schon gehört zu haben, kann es jedoch nicht einordnen. Sie schliesst die Gala und wirft sie verärgert auf den Loungetisch in ihrem gemütlichen Wohnzimmer, nimmt die Fernbedienung zur Hand und zappt durch das Programm.

Ein weit entferntes Summen lässt Claudia aus ihrem TV Schlummer erwachen. Sie hört die Stimme ihrer Tochter: „Hier Claudias Handy, ich bin Alette. ...ja, Mama ist da, Moment, ich glaube sie...". Blitzartig sitzt Claudia aufrecht im Sofa, sieht Alette verärgert an und winkt sie mit ihrem Handy in der Hand zu sich: „Van Thiel?", ihr vernichtender Blick verweist Alette in den oberen Stock. „Dr. Dubois hier, guten Abend Frau van Thiel. Bitte entschuldigen Sie meinen Anruf um diese Uhrzeit. Haben Sie kurz Zeit?" Claudia reibt sich die Augen, nimmt einen Schluck Wasser aus dem Glas vor sich und erblickt die noch immer dort liegende Gala. „Dr. Dubois, ja natürlich! Kein Problem, kann ich was für Sie tun?" Sie muss sich mehrmals räuspern und schämt sich deswegen, ausgerechnet, wenn sie einen Arzt am Telefon hat. „Wie geht es Ihnen?" Dr. Dubois Frage klingt sehr einfühlsam und ehrlich. Claudia denkt sich, sie werde umgehend den Gynäkologen wechseln und versteht Jasmin, dass sie sich bei diesem Mediziner sehr wohl gefühlt hat. Bei diesem Gedanken treten ihr die Tränen in die Augen und sie weiss, dass seine Frage bei ihr soeben einen Knopf gedrückt hat. „Gute Frage, Dr. Dubois, ich weiss nicht. Ich denke, es geht mir ganz gut. Es war etwas viel in letzter Zeit, aber im Vergleich zu anderen habe ich bestimmt keinen Grund zu klagen. Jasmin, also Frau Steiner, fehlt mir enorm und ich kann noch nicht richtig mit ihrem Verlust abschliessen. Aber fragen Sie mich bitte nicht, weshalb. Halt so ein komisches Gefühl im Bauch. Frauen eben, nicht wahr? Sie sind hier eher der Experte." Claudia ist überrascht, wieviel Antwort sie dem Arzt auf seine simple Frage gegeben hat und schämt sich erneut wegen ihrer aufdringlichen Art. Bestimmt ging es ihm bei dieser Frage gar nicht wirklich um ihr Wohlbefinden, es war bestimmt lediglich eine nett gemeinte Floskel. „In meinen vielen Jahren täglicher Arbeit mit Frauen, darf ich Ihnen sagen, wie ungemein wichtig Ihre Gefühle sind, Frau van Thiehl! Ich bin mir absolut sicher, dass Sie gute Gründe haben, die Trauer um Frau Steiner nicht einfachen Weges hinter sich zu lassen. Nehmen Sie Ihre Gefühle ernst und gehen Sie ihnen auf den Grund. Frauen haben für mich einen sechsten Sinn und ein unglaubliches Gespür, welches ich in den seltenen Fällen mit medizinischen Fakten erklären konnte. Aber sehr oft spüren sie, wenn etwas nicht stimmt."

Als Torr leise die Schlafzimmertür öffnet, um seine Frau nicht aufzuwecken, findet er diese im Bett sitzend vor dem Laptop und mit aufgesetzter Lesebrille. Dieses Bild lässt ihn im ersten Moment leicht erstarren und er geht langsam auf sie zu. „Alles in Ordnung, Schatz? Was machst du um 2

Uhr vor deinem Laptop?" Er wirft einen Blick auf den hell erleuchteten Bildschirm und kann auf die Schnelle das Logo der SWISS erkennen. Konzentriert tippt Claudia Zahlen und Buchstaben ein, die Entertaste und wirft ihre Brille aufs Bett. Sie sieht ihren Mann mit kleinen, müden Augen an, spricht jedoch in einer aufgedrehten Tonlage, als wäre sie soeben aus einem erholsamen Schlaf erwacht. „Schatz, wie kurzfristig kannst du Ferien beziehen?" Erstaunt blickt der müde Werbemacher seine offensichtlich durchgedrehte Frau an: „Wie bitte? Du planst um diese Uhrzeit unsere nächsten Ferien? Schatz, das kann nicht dein Ernst sein!" Er setzt sich erschöpft neben sie aufs Bett, zieht sich die Hosen, Socken und Pullover aus. „Torr, sieh mich an", der gehorsame Gatte blickt seiner Frau aus müden kleinen Augen in ebenso erschöpfte: „Ja bitte, du Verrückte?" Claudia nimmt sein Gesicht in ihre Hände und drückt ihre Handflächen bestimmt an seine Wangen: „Ich brauche deine Hilfe! Wir müssen nach New York und zwar sobald wie nur möglich! Du wirst nicht glauben, was ich heute vernommen habe!"

Kapitel 46

„Frank!" Lindas Augen waren rot und vom offensichtlich langen Weinen geschwollen. Sie versucht sich schmerzerfüllt und umständlich im Bett aufzusetzen, Frank ist jedoch schneller bei ihr und legt sanft seine Hände auf ihre Schultern: „Linda, nein nicht, liegen bleiben, alles gut, ich bin da!" Er setzt sich auf die Bettkante dicht neben Linda und legt seine grosse Hand auf ihre Wange und streicht mit dem Daumen ihr Gesicht: „Es tut mir unendlich leid, dass ich das nicht verhindern konnte. Aber ich verspreche dir, ich werde alles tun, um dieses Ungeheuer hinter Gitter zu bringen!" Seine tiefe Wut wird durch eine dunkle Rötung am Hals sichtbar und er versucht, Linda ein beruhigendes Lächeln zu schenken. Sie legt ihre Hand auf seine und schliesst erschöpft die Augen. Ihr leises Schluchzen bricht Frank fast das Herz und sie halten einen Moment schweigend inne. „Ich muss etwas Schreckliches gemacht haben, Frank. Denkst du, ich bin ein schlechter Mensch?" Der sensible Actionheld reisst seine Augen auf und blickt einmal mehr in Lindas traurige Augen. „Wie um alles in der Welt kommst du auf einen solch dummen Gedanken? Natürlich bist du kein schlechter Mensch! Du musst gerade die Hölle durchleben und das hat kein Mensch verdient. Was auch immer die Gründe für deine Situation sind, wir werden sie herausfinden und die Verursacher werden zur Rechenschaft gezogen. Schau her, ich habe dir etwas mitgebracht, wir kommen der Sache bestimmt bald näher!" Er steht auf und nimmt die Tasche voller Bücher. Er greift hinein und nimmt eines nach dem anderen heraus und legt sie verteilt aufs Bett.

Während Linda ein Buch aufschlägt und versucht, die ersten Zeilen zu lesen, nimmt Frank seinen Blackberry zur Hand und drückt die Kurzwahltaste, die ihn in Kürze mit seinem Sohn verbindet. „Hey Dad, ich wollte dich gerade informieren. Die Polizei hat eine offizielle Pressemitteilung herausgegeben und Susie von jeglichen Anschuldigungen freigesprochen. Sie haben ebenfalls mitgeteilt, dass das Opfer in ein anderes Krankenhaus verlegt wurde, ohne Namensangaben versteht sich. Dir haben sie den Ruhm des Helden anstelle des unersättlichen Liebhabers zugestanden. Tom ist bereits vorgewarnt, jegliche Interviewanfragen über mich laufen zu lassen. Je nachdem, wie weit du heute mit Linda in Bezug auf ihre Sprache kommst, gibt es hierbei eventuell eine sinnvolle Anwendung. Wir werden vorab entscheiden, welches die nächsten Schritte sind. Wichtig ist, Dad, dass ihr, Linda und du, heute Dr. Shilling informiert, dass Linda spricht und einen Gedächtnisverlust hat." Frank beobachtet Linda und nickt mit dem Telefon am Ohr den Aussagen seines brillianten Anwaltes zu. „Weiss Susie, dass Linda für die Öffentlichkeit verlegt wurde?" Er hält kurz inne, da er das Gefühl hat, in Lindas Gesicht eine überraschte Gestik bemerkt zu haben, als sie das Buch dieses kleinen Prinzen öffnet. „Ist Susie denn überhaupt schon wieder hier im Krankenhaus?" Frank beendet seinen Gesprächsanteil, als Linda das Buch schliesst und ein neues zur Hand nimmt. „Nein, sie hat die restlichen Stunden für heute frei bekommen, um den Schock des Polizeireviers zu verdauen. Aber morgen wird sie in junger Frische wieder am Empfang sein und die genauen Forderungen der Polizei und Rogers befolgen. Sie war grosse Klasse heute, Dad! Sag ihr das. Und auch Tropman war nach der Besprechung weich wie Butter und versprach ihr, eine Schachtel Donuts zum Frühstück zu bringen als Entschuldigung für die Aufregung heute." Ken lachte Kilometer weit weg in Franks Ohr, welcher die letzten Worte seines Sohnes nur noch halbwegs aufgenommen hat, weil Linda offensichtlich vertieft in ein Buch ist. „Ken, ich rufe zurück. Danke mein Junge!" Er beendet den Anruf, legt den Blackberry auf den Tisch und geht langsam zum Bett und setzt sich auf die Kante.

„Ich kann diese Sprache sehr gut lesen und verstehe alles!" Linda sieht Frank mit etwas aufgehellter Miene an und hält ihm ein Taschenbuch hin, auf welchem eine liegende Frau zu sehen ist, gemalt wie auf einem mittelalterlichen Gemälde. „Es heisst, das Parfüm von Patrick Süsskind." Lindas Aussprache erklingt so fremdartig für Frank, obschon er den Klang als wunderschön und exotisch empfindet. „Und dieses hier," sie zeigt ihm das Buch vom Prinzen, „heisst Le Petit Prince, von Antoine de Saint Exupéry." Eine weitere verzaubernde Aussprache, die ihm bekannt ist von einem Dreh in Paris und er erwidert: „Das ist Französisch, eine wunderschöne Sprache, vor allem, wenn du sie sprichst....wow Linda, du bist ja unglaublich sprachbegabt!" Frank ist sichtlich erstaunt und beeindruckt und beobachtet sie, wie sie ein weiteres Buch öffnet und in italienischer Sprache, für ihn akzentfrei etwas vorliest, die Augen kurz schliesst und ihn ansieht. „Ich verstehe diese Sprachen, am geläufigsten ist mir die aus dem Parfüm, aber..." Sie öffnet erneut das eben erwähnte Buch, liest einige Zeilen laut vor und schliesst es langsam und sagt enttäuscht: „Es sind nicht die Worte, wie ich sie denke...." Frank versucht sie aufzuheitern. „Hey, das waren jetzt schon grossartige Fortschritte! Wir wissen nun, dass du französisch, italienisch und Parfüms Sprache akzentfrei sprichst! Grossartig Linda, sag, welche Sprache ist denn das Parfüm?" Er tippt mit dem Finger auf das Buch und Linda liest auf der Rückseite, dass es ein deutscher Verlag publiziert hat und auch über die Rechte verfügt. „Es ist deutsch. Ob ich einfach einen deutschen Akzent habe? Eine Art Dialekt?", sie öffnet das Buch erneut und liest wieder einige Zeilen. „Frank, kannst du mir noch einen Gefallen tun, bevor wir Dr. Shilling einweihen?" Sie blickt ihren Lebensretter und einzige Bezugsperson bittend an. „Jeden Linda! Was brauchst du?" Er nimmt ihre Hand in beide Hände und lächelt in das traurige Gesicht. „Ich hätte gerne ein Buch, welches englisch-deutsch übersetzt." „Du meinst einen Diktionär? Eine Art Lexikon?" Frank bemerkt, dass dies Fremdwörter sind und war sich dessen noch nie so bewusst im Umgang mit seiner eigenen Sprache. „Ja genau. Ich muss alles verstehen, was meine Situation betrifft und wie gesagt, ich habe noch nicht alles verstanden, was Dr. Shilling mir gesagt hat." Sie sieht an ihrem Oberkörper hinunter und legt ihre Hand auf ihre flache Brust. „Das habe ich verstanden und natürlich auch bemerkt." Sie beisst sich auf die Lippen und sieht Frank ernst an. „Aber da war noch mehr, stimmts? Was zum Beispiel bedeutet eine C-Section?"

Kapitel 47

„Wie, ihr geht alleine?" Peter sieht seine Eltern entsetzt an. Torr wirft Claudia einen Blick zu, ganz im Sinn 'ich habs dir ja gesagt'. Sie legt den kleinen Koffer aufs Bett und öffnet den Schrank. „Peter, es geht hier nicht um eine Urlaubsreise, wir müssen herausfinden, ob Jasmin noch lebt und diverse Gespräche mit der Polizei und den Behörden führen." Sie geht aufgeregt ihre Blusen und Kleider durch und nimmt ein dunkelgraues Etuikleid von Hugo Boss heraus und faltet es sorgfältig zusammen. „Keine Urlaubsreise, was?" Peter zeigt spitzbübisch auf das soeben in den Koffer gelegte Kleid und sieht seinen Vater fragend an: „Na gut, ich kann ja damit umgehen, aber ich frage mich schon, wie ihr das Alette beibringen wollt. Zum Glück ist sie eure Tochter, nicht meine! Bringt mir wenigstens was von GAP mit!", er beendet seinen Satz beim Hinausgehen. Claudia hört seine stampfenden Schritte die Treppe hinunter poltern und sieht Torr an.: „Er hat recht, was sagen wir Alette?" Sie setzt sich auf die Kante von ihrem Bett und legt sich beide Hände auf die Wangen. „Himmel, sie wird eine unvergessliche Szene hinlegen. Ausgerechnet ihre Weltstadt und das ohne sie!" Torr greift in eine Schublade und nimmt eine Handvoll Unterhosen hinaus und wirft sie achtlos in den offenen Koffer. „Sie wird es überleben, Schatz, wir erlauben ihr bei einer Freundin zu übernachten und bis zehn Uhr aufzubleiben. Sie wird es kaum erwarten können, bis wir weg sind." Kaum ausgesprochen steht die Jüngste van Thiel in der offenen Tür und blickt von Mutter zu Vater, von Koffer zu Koffer. „Was geht hier vor? Wer darf bis zehn Uhr aufbleiben?"

    Claudias Nervosität steigt von Minute zu Minute. Sie sieht sich erneut die gespeicherten Dokumente auf Jasmins USB Stick an. Es konnte einfach kein Zufall sein, dass Dr. Dubois ihr Adressen und Namen vom Coney Island Hospital herausgesucht hat. Nur, was war die Verbindung? Und wo ist Roberto? Weshalb funktioniert seine Handynummer nicht mehr? Nach allem, was sie für Jasmin und zuletzt auch für ihn getan hat, darf es einfach nicht wahr sein, dass er sich unauffindbar macht. Mark kommt ins elterliche Schlafzimmer und setzt sich neben seine Mutter auf die Bettkante. Er war schon immer der Vernünftige und sachlich Denkende der Familie und ähnelte seinem Vater enorm, auch wenn er das nicht gern hört. „Mutter, bist du dir ganz sicher, dass du nicht einem Wunschdenken hinterherrennst? Ich meine, das ergibt doch alles keinen Sinn!" Er sieht Claudia mit einem verzogenen Gesichtsausdruck an und wirft einen Blick auf den hell erleuchteten Bildschirm. Sie nimmt seine Hand und drückt sie fest. „Ich war mir schon selten in einem Gefühl so sicher, Mark. Sie lebt, das weiss ich! Und du hast recht, das alles ergibt keinen Sinn! Und genau dem will ich in New York auf den Grund gehen. Ich werde sie finden und Antworten bekommen, weshalb sie sich nicht bei mir meldet und sie sowas Schreckliches wie einen Tod vortäuscht! Und die Sache mit diesem Schauspieler muss damit zusammenhängen." Sie wirft sich in ihre Kissen zurück und greift sich mit den Händen durch die blonden Haare. „Nur wie? Ich werde noch wahnsinnig hier, wenn wir doch nur schon dort wären!" Mark tätschelt seiner Mutter beruhigend das Bein und murmelt: „Mama hat immer recht, nicht wahr?" Liebevoll blickt er sie an: „Was wirst du als erstes tun, wenn ihr dort seid?" Claudia sieht ihren Sohn ratlos an und zuckt mit den Schultern. „Ins Coney Island Hospital fahren denke ich. Oder ins Marriott Hotel. Keine Ahnung, das werden wir auf dem Flug besprechen. Oder hast du eine zündende Idee?"

„Einen Aperitif die Dame?" Die Swiss Stewardesse sieht Claudia mit ihren perfekt geschminkten Augen freundlich und zu einem Drink einladend an. „Sehr gerne, haben sie Martini?" Die Dunkelhaarige im Deux-Piece nickt ihr bejahend zu und greift nach einem Longglas und einer Flasche und fragt: „Mit Eis oder lieber mit Oliven?" „Oliven, danke." Sie nimmt das Glas mit klarem Inhalt und den schwimmenden Oliven lächelnd entgegen und sieht ihren schlafenden Gatten neben sich an. „Für ihn bitte ein Bier." Sie nimmt auch sein Glas entgegen und stellt es auf ihren Tisch, neben dem kleinen Bildschirm. Die Business Class war die beste Wahl für ihren ersten Trip ohne Kinder und sie hatte es sich fest vorgenommen, die Reise in Jasmins Schatten mitzumachen. Sie nimmt erneut die ausgedruckten Bilder aus der Mappe und betrachtet jedes einzelne eingehend. Es war nicht nur sehr schlau von Mark, sondern bestimmt die beste Idee an dieser ganzen Suchaktion. Claudia bemerkte nicht, dass Torr ebenfalls wach war und die Bilder mit ihr betrachtet. „Woher hast du eigentlich ein Foto von Roberto?" Sie zuckt zusammen, als er sie mit dieser Frage aus ihren Gedanken reisst. „Das war auch auf ihrem persönlichen Stick. Er sieht doch wie ein aufrichtiger und liebevoller Mensch aus, findest du nicht?" Torr nimmt einen grossen Schluck aus dem gefüllten Bierglas, nachdem er es kurz zum Anstossen an ihres getippt hat, und wischt sich etwas Schaum von der Oberlippe. „Sieht Frank Conley nicht auch nett aus? Und wieviele Menschen bringt er in jedem Film um die Ecken?" „Das kannst du doch so nicht ernsthaft vergleichen! Conley ist ein Schauspieler! Wir sprechen hier vom realen Leben!" Claudias Entsetzen über die sinnlos dahin gesagten Worte ihres Mannes ist ihr ins Gesicht geschrieben und sie dreht sich ab, als könne sie sich so vor weiteren Dummheiten schützen. „So, und weshalb gibt es denn bitte schön so viele Gefängnisse und Schwerverbrecher darin? Denkst du nicht, dass bestimmt einige davon nett sind oder es zumindest einmal waren? In die Seele eines jeden kann man eben nicht sehen, Schatz." Über diese Worte nachdenkend nippt Claudia an ihrem Martini und fragt sich erneut, wessen Autopsiebericht Dr. Dubois erhalten hat.

Kapitel 48

Frank hätte sich in diesem Moment so vieles für Linda gewünscht, nur nicht, dass der Moment gekommen ist, ausgerechnet so etwas Schreckliches erfahren zu müssen. Sie sieht ihn erwartungsvoll an und versucht, sich etwas im Bett aufzusetzen und verzieht schmerzerfüllt ihr Gesicht. „Frank, kann es denn schlimmer sein, als die Tatsache, keine Brüste mehr zu haben und erinnerungslos zu sein?" Sie umfasst seine Hand und versucht zu lächeln. „Oh Linda, es kann....und es tut mir unendlich leid. Die Schmerzen, die du eben verspürt hast, kommen von der C-Section. Das ist eine Operationsmethode, bei welcher der Frau ein Baby aus dem Körper genommen wird...." Er kann seine Tränen nicht mehr zurückhalten und sie kullern ihm lautlos aus den Augen. Er drückt Lindas Hand und streicht ihr mit der anderen über den Kopf und hält diesen fest. Sie kneift ihre grossen, grünen Augen zusammen und legt die Stirn in Falten. Ihr Kopf dreht sich leicht zur Seite und sie sieht ihn bestürzt an: „Ich war schwanger und habe ein Baby bekommen?" Frank nickt langsam und beobachtet ihr Gesicht, um keine Reaktion darin zu verpassen. Sie schluckt laut leer und flüstert: „Lebt es? Ist es hier? Kann ich es denn sehen?" Ihr Gesicht zeigt eine Mischung von Hoffnung und Angst. Frank schüttelt ebenso langsam den Kopf und beugt sich näher zu ihr: „Wir wissen nicht, wo es ist. Ich habe dich fast tot am Strand aufgefunden mit offenem Bauch und zerschlagenem Gesicht. Dr. Shilling hat den fortgeschrittenen Krebs in deinen Brüsten festgestellt und aus lebenserhaltenden Massnahmen musste er schnell handeln. Die Operation an deinem Bauch wurde zwar halbwegs fachgerecht ausgeführt, jedoch nicht sauber beendet. Entweder musste es sehr schnell gehen oder man wollte nicht, dass du überlebst.... ." Frank hält inne und wartet auf Lindas Reaktion. Er spürt, wie sie seine Hand fester umklammert, tief Luft holt und einen entsetzlich schmerzerfüllten Schrei laut aus ihrer Kehle stösst.

Das Beruhigungsmittel zeigt schnell seine Wirkung und Frank liegt neben Linda im Bett und hält sie fest mit seinen Armen umschlungen. Sie atmet wieder ruhig, doch ihr Seelenschmerz ist auch an seinem ganzen Körper durch sanftes Zittern und leises Schluchzen spürbar. Was würde er geben, um diesen schrecklichen Schmerz von ihr zu nehmen. Eine unsägliche Wut steigt in ihm hoch und er nimmt seinen Blackberry zur Hand. Er versucht einhändig eine Nachricht an Lou zu senden, um ihn um einen deutsch-englisch Dix zu bitten. Kaum hat er die Nachricht abgeschickt, erscheint auf dem Display Kens Bild. Er drückt den Anruf weg und tippt in knappen Worten auch ihm eine Nachricht: 'Linda im Arm, sie weiss alles wegen dem Baby. Kannst du kommen? Brauche Kleider, will hier bleiben.' Es dauert keine Minute und sein Sohn antwortet: 'Sicher, bin in ca. einer Stunde bei dir. Soll ich im Krankenhaus eine Verlegung in ein grosses Zimmer mit Extra Bett veranlassen? Du brauchst guten Schlaf Dad, es wird jetzt nicht einfacher!' Der Nachrichtenempfänger überlegt kurz und tippt seine Zustimmung in die Tasten und legt das Handy auf den Beistelltisch. Lindas Schluchzen hat aufgehört und Frank bemerkt, dass sie tief atmet und eingeschlafen ist. Langsam versucht er seinen Arm unter ihrem Kopf hervorzuziehen und sich aus der Umarmung zu lösen.

Sein Sohn hat auch diese Verhandlung scheinbar äusserst effizient und rasch durchgeführt, denn keine fünf Minuten später erscheint Dr. Shilling in Begleitung zweier Krankenschwestern. „Sehr gut, sie findet etwas Beruhigung im Schlaf. Vielen Dank Mister Conley, dass sie sich ihr so intensiv annehmen, das ist nicht selbstverständlich! Wir haben von Ihrem Sohn den Wunsch erhalten, sie beide in ein grosses Privatzimmer zu verlegen, damit sie hier bleiben können. Ich gehe davon aus, dass dies in Ihrem Sinne ist?" Frank nickt erschöpft und reibt sich seine müden Augen. „Ich habe ihr ein englisch-deutsch Duden organisiert. Es ist wichtig, dass sie ab sofort alles nachsehen kann, was sie ihr mitteilen und ich denke, es ist in ihrem Sinn, wenn ich, wenn immer möglich, dabei sein kann. Auch möchte ich über die Schritte der bevorstehenden Chemotherapie informiert werden und welche Medikamente sie bekommt. Gerne können wir das von ihr schriftlich beglaubigen lassen, ich will, dass sie die besten Behandlungen bekommt und komme für alle Kosten auf." Dr. Shilling zeigt sich verständnisvoll und gibt den Krankenschwestern den Auftrag, die Patientin für den internen Umzug startklar zu machen. Er informiert die Polizeibeamten vor der Tür und reicht Frank die Hand zum Abschied. „Es sollte mehr solch mitfühlende Menschen wie Sie geben, Mister Conley, die Patientin hat grosses Glück im Unglück!" „Linda, bitte nennen Sie sie Linda. Sie hat zumindest einen Namen verdient, bis wir herausgefunden haben, wer sie wirklich ist." Frank drückt die Hand des Oberarztes und geht neben der im Bett schlafenden Linda den Krankenhausflur entlang.

Kapitel 49

Van Thiels stehen vor dem Marriott Hotel am Times Square und überlegen sich, wie sie nach Jasmin fragen sollen. „Die dürfen doch sicherlich keine Auskunft geben über ihre Gäste." Claudia sieht ihren Mann fragend an. „Lass mich nur machen, ich habe da eine Idee. Aber du musst machen, was ich dir sage, ohne nachzufragen, ok?" Torr grinst seine etwas irritierte Frau schelmisch an, die dann aber ohne ein Wort nickt. Sie betreten die Hotellobby und werden sogleich von einem Concierge freundlich empfangen. Sie füllen alle Formalitäten aus und erhalten die Karte zu ihrem Zimmer. „Schatz, geh du schon mal vor, ich bin gleich bei dir. Ich möchte noch gerne zwei, drei Sachen betreffend Sightseeing fragen." Torr gibt seiner Frau eine Zimmerkarte und nickt ihr auffordernd zu. Claudia nimmt ihren Koffer und geht Richtung Aufzug und wirft Torr noch einen schmunzelnden Blick über die Schulter zu. Sie ist sich sicher, ihr einfallsreicher Mann würde gute Ergebnisse erzielen.

Knappe zehn Minuten später kommt Torr ins Hotelzimmer, in welchem Claudia angespannt auf dem Bett sitzt und durch das amerikanische TV Programm zappt. Sie schaltet den Fernseher auf stumm und dreht sich aufgeregt ihrem Mann zu: „Und? Hast du was in Erfahrung bringen können? Los, sag schon, war sie hier?" Torr stellt seinen Koffer in die Ecke, geht hinüber zum Bett und lässt sich auf den Rücken in die weiche Matratze fallen. Er sieht zur Decke hinauf, fasst sich mit einer Hand ins Haar und berichtet: „Ja, sie war hier, aber nur kurz. Anscheinend musste sie mitten in der Nacht ins nächste Krankenhaus gebracht werden, da sie offenbar Wehen hatte." Torr setzt sich auf und sieht aus dem Fenster. „Wow, hast du diese Aussicht gesehen? Das ist ja atemberaubend! Claudia, wir sind in New York!" Er steht auf und geht zum Fenster. „Was, wie, Wehen und sie war nicht lange hier? Das kann ja gar nicht sein! Erzähl mir auf der Stelle genau, was du zuerst gesagt und gefragt hast und was die exakte Antwort darauf war! Mensch Torr, sieh mich an, ich drehe fast durch hier!"

„Ok, ok, also, ich habe dem Concierge gesagt, ich hätte meine Geliebte hier treffen wollen vor ein paar Wochen und es sei dann alles drunter und drüber gegangen. Sie sei hier abgestiegen und ich hätte dann nichts mehr von ihr gehört und wolle nun nachfragen, ob es denn überhaupt das richtige Hotel sei. Dann habe ich auf 'sie wissen doch, ich bin mit meiner Frau hier und habe ein schlechtes Gewissen und so' appelliert und er zeigte dann Herz, auch wenn er ständig um sich sah, ob niemand etwas von unserer Konversation mithöre." „Schatz, du bist grosse Klasse!" Claudia gibt ihm einen Kuss und sieht ihn erwartungsvoll an, um weitere Details zu erfahren. „Na dann hat er mir erzählt, dass sie eingecheckt hat, auf ihr Zimmer gegangen ist und alle paar Minuten nachgefragt hat, ob ihr Mann angerufen habe. Er sagte dann so nebenbei 'ich nehme an, sie meinte eigentlich Sie?' Am nächsten Morgen dann sei ihr Mann, offensichtlich der richtige, wie er betonte, zur Rezeption gekommen und habe für sie ausgecheckt eben mit der Information sie sei im Krankenhaus, weil sie Wehen bekommen hätte. Das wars. Und was kann denn nun nicht sein, deiner Meinung nach, Schatz?" Claudia geht im Zimmer auf und ab, bleibt vor dem Fenster stehen und blickt nachdenklich in die grossartige Stadt hinaus: „Roberto hat sich 8 Tage nach ihrer Ankunft bei uns gemeldet, Jasmins Tod und die Geburt von Mirjam mitgeteilt....warum mehr als eine Woche nach Eintreten der Wehen?"

Kapitel 50

„Dad, ein Duden?" Ken lacht seinem Vater fröhlich ins Gesicht und reicht ihm einen I-Pad. „Was soll ich damit? Wozu ist das?" Frank dreht den I-Pad in seinen Händen und betrachtet diesen von allen Seiten. „Das ist ein I-Pad. Jetzt stell dich nicht so an, du weisst genau, was das ist. Lou sagte mir, er müsse dir einen Duden, respektive ein englisch-deutsch Diktionär besorgen für Linda. Das benutzt doch kaum mehr jemand heutzutage. Das dauert viel zu lange, bis sie etwas nachgeschlagen hat. Hiermit kann sie ganze Sätze übersetzen lassen und auch gleich sonstige Bedeutungen oder Informationen im Internet nachlesen, in ihrer Sprache." Ken klopft seinem Vater herzhaft auf die Schulter und lacht erneut auf. „Wirklich Dad, langsam aber sicher solltest du dich mit der neuen Welt auseinandersetzen." Frank gibt Ken den I-Pad zurück und verdreht die Augen. „Dieses Ding kannst du ihr gleich selber geben und auch erklären. Sie schläft noch, das war eben ein grosser Schock für sie. Junge, jetzt, wo wir wissen, dass Deutsch die Sprache ist, die sie am besten versteht, was können wir tun? In welchen Ländern wird denn überhaupt deutsch gesprochen? Nur Deutschland? Ich hätte mich mehr für Geographie interessieren sollen." Frank nimmt einen grossen Biss von dem Sandwich, welches ihm sein Sohn mitgebracht hat und spült es mit einem Schluck Wasser hinunter. „Du wirst es nicht gerne hören, Dad, aber als erstes müssen wir Tropman informieren. Sie werden im Revier bestimmt einiges mit diesen Informationen anfangen können. Was hat Dr. Shilling zu ihrem Gedächtnisverlust gesagt?" Die beiden Conleys tauschen Informationen, Wissen und Möglichkeiten über Lindas Zustand und ihre nächsten diesbezüglichen Schritte aus.

„Ken, schön dich wieder zu sehen." Linda streckt dem Universitätsdozenten ihre Hand entgegen und lächelt ihn müde an. Er tritt zu ihr ans Bett und setzt sich auf den Stuhl. „Auch schön dich zu sehen. Wie geht es dir?" „Ganz Ok, ich habe viel herauszufinden. Du weisst von dem Baby?" Sie sieht ihn an, als wäre die Frage mehr rhetorischer Natur und nickt mit ihm zeitgleich. „Was ist das?" Sie zeigt mit dem Finger auf den I-pad, den Ken noch immer in der Hand hält. Er drückt einen Seitenknopf und hält es ihr hin: „Für dich. Das ist ein I-Pad. Hier hast du direkten Zugang zum Internet und kannst alles online übersetzen. Ich habe gehört du seist ein Sprachgenie! Lass mal hören, wie du mit mir auf deutsch sprechen würdest." Neugierig blickt Ken die schöne Frau im Bett an. Sogleich spricht sie auf ihn los und ihr Gesicht zeigt so viel Mimik und Ausdruck, wie es einem Menschen lediglich in einer perfekt beherrschten Sprache gelingt. „Wow, das hört sich klasse an! Was war das nun? Deutsch, so wie im Buch oder die Sprache, die du denkst?" Linda spricht in einer anderen, sich hart und kratzig anhörenden Sprache zu ihm und beendet offensichtlich einen Satz mit: „aber ich weiss nicht, ob es ein deutscher Dialekt ist." „Lass uns Google fragen, wo auf der Welt deutsch gesprochen wird und wieviele Dialekte es gibt. Ich bin mir sicher, wir können auch Beispiele hören oder gar etwas sehen dazu." Der wissbegierige Dozent dreht den I-Pad, sodass sie beide gute Sicht darauf haben und öffnet die Weltseite der bekanntesten Suchmaschine im Internet. „Wo ist Frank?", erkundigt sich Linda mit Blick zur Tür. „Er kommt gleich nach, er telefoniert noch mit der Polizei und teilt ihnen mit, dass du sprichst, welche Sprachen und dass du keine Erinnerungen hast. So können sie die Suche nach deiner Identität einschränken."

Nachdem Frank mit Officer Tropman ein überraschend angenehmes und zielführendes Gespräch hatte, drückt er die Kurzwahltaste von Susies Nummer. Nach nur zweimal klingeln hört er ihre heitere Stimme: „Wer will ein Interview mit der heissesten Verdächtigen von ganz New York City?" Frank grinst in den Hörer: „Das wäre dann wohl ich! Sie gestatten M'am, Ihnen meine Bewunderung zur heutigen Verhandlung auszusprechen? Ich habe von meinen Anwälten vernommen, Sie hätten einen Glanzauftritt hingelegt." Susies Kichern bringt erneute Freude in diesen schattigen Tag und er hört sie räuspern: „Irgendwie hats Spass gemacht. Aber erst, als der Anzugträger anwesend war. Wow, wie im Film, Frankyboy! Wo steckst du eigentlich?" „Bei Linda, hast du schon gehört, dass wir Sprachen testen?" „Ja, dein Sohnemann hat mir erzählt, welche tollen Fortschritte ihr macht! Du bist ein Segensknochen, weisst du das? Ich könnte dich glatt flach quetschen, was du für das arme Kind tust! Nun noch was anderes, mein Superheld. Ich weiss nicht, ob ich da was zusammenspinne. Ich meine, ich hab ja eigentlich von nichts eine Ahnung hier, deshalb hab ich dem Ekelzwerg in Uniform nichts davon gesagt. Der schuldet mir übrigens eine Schachtel Donuts!" Frank lacht auf: „Ja, habe ich gehört, die werden brav geteilt! Aber sag, alles ist wichtig, wenn du was erfahren hast!" Er hört, wie Susie eine Bierdose öffnet und einen grossen Schluck daraus nimmt. „Du kennst doch Bob." Als Susie bemerkt, dass Frank offenbar keine Ahnung hat, wer das ist, erläutert sie: „Na, der Nachtportier. Der Solitär Mann, den du am ersten Abend am Help Desk angetroffen hast." Franks Erinnerung an diese Begegnung erscheint rasant wieder vor seinem inneren Auge und er erwidert nur kurz: „Klar." Er ist gespannt, was diese fragwürdige Person zur Beantwortung der vielen Fragen rund um Linda beitragen könnte.

Kapitel 51

Claudia sitzt am Tisch und beugt sich konzentriert über die ausgebreitete Stadtkarte von New York. „Was suchst du denn Schatz? Ich dachte wir hätten hier keine Zeit zu verlieren." Torr steht mit einem Handtuch um die Hüften, nasstriefend im Hotelzimmer und trocknet sich die Haare. „Die Dusche ist herrlich, wir sollten uns definitiv eine neue Brause anschaffen." Er bemerkt, dass Claudia ihm nicht zuhört und geht zu ihr hin und lässt ein paar Tropfen auf die Karte regnen. „Spinnst du? Was machst du denn? Geh weg!" Aufgebracht schiebt ihn seine nun sehr aufmerksame Frau zur Seite und beugt sich sogleich wieder über das farbige und äusserst informative Bild vor ihr. Torr schüttelt ratlos den Kopf, beugt sich neben sie in die Knie und stellt seine Frage erneut: „Wonach suchst du?" Sie liest angestrengt die kleingedruckten Buchstaben und zieht mit einem Lineal Striche vom Hotel aus. „Na, was wohl, das nächstgelegene Krankenhaus natürlich." Der verständnisvolle Gatte legt beruhigend seine Hand auf die ihre und nimmt ihr den Bleistift und das Lineal aus der Hand: „Süsse, das ist etwas viel Aufregung für dich und der Flug war trotz Business Class lang. Nimm jetzt eine heisse Dusche oder gönne dir ein Bad, die Zeit muss sein, um einen klaren Kopf zu kriegen, den du brauchst." „Ja aber, wir müssen zuerst das Krankenhaus finden." Claudia sieht angespannt auf die Karte.

Torr folgt ihrem Blick und grinst sie an. „Aber doch nicht so. Ich sage ja, du brauchst einen klaren Verstand!" Sie sieht ihn irritiert und mit zusammengekniffenen Augen an: „Ah und du hast natürlich den klareren Verstand als ich und weisst, wie wir das Krankenhaus finden ohne Karte?" Er lächelt sie siegessicher an, zwinkert ihr zu und zieht sie vom Stuhl auf: „Ab ins Bad mit dir, ich gebe dir noch eine Chance, dort zu überlegen."

„Ins nächste Krankenhaus bitte", gibt Claudia dem Taxifahrer den Auftrag in den Fahrersitz und grinst ihren augenverdrehenden Ehemann an. Sie sitzen schweigend und nervös nebeneinander im gelben New Yorker Taxi und versuchen, sich auf die Strassen der aufregenden Stadt zu konzentrieren. Torr nimmt Claudias Hand und zwinkert ihr zu: „Wir werden sie finden, Schatz, ganz sicher." Claudia drückt entschlossen seine Hand und nickt nachdenklich mit Blick in Fahrtrichtung. Sie beobachtet den Taxifahrer und liest auf seiner Lizenz seinen Namen. „Sagen Sie Bruno, wieviele Krankenhäuser gibt es in New York?" Der angesprochene Fahrer rückt sich etwas zurecht in seinem Sitz und sieht kurz überrascht in den Rückspiegel. Es scheint nicht sehr oft vorzukommen, dass er für eine solche Auskunft angesprochen wird. „Uh M'am keine Ahnung, an die 50 denke ich." Claudias Kopf schnellt blitzartig zu Torr und ihre Augen scheinen aus dem Gesicht zu quellen. „Ich kenne bei weitem nicht alle. Oft muss ich via

Zentrale nach dem genauen Standort fragen. Wir sind mehrheitlich nach Bezirken aufgeteilt, verstehen Sie? Also hier in Manhattan gibt es bestimmt schon mal zehn. Dann kommt es aber darauf an, was für ein Krankenhaus Sie brauchen. Ich fahre jetzt zum Lennox Hill, in die Upper Eastside, ist das ok für sie?" Torr rückt etwas näher an die Fahrerfront und fragt: „Weshalb haben sie dieses gewählt? Ist es das nächste vom Hotel aus?" der Fahrer nickt und entgegnet: „Das nächste für Touristen, die nicht wirklich einen Notfall haben. Sie haben doch nicht wirklich einen Notfall, oder?" Leicht verwirrt sieht er nervös in den Rückspiegel. Torr lässt sich in den Rücksitz fallen und sieht Claudia nicht mehr ganz so euphorisch an wie vor knapp zwei Minuten. „Nein, nein, alles gut so, fahren Sie zum Lennox Hill, vielen Dank."

Vor dem Krankenhaus Eingang setzt sich das Paar auf eine Bank. „Was haben wir uns nur dabei gedacht? Sag, mal, Torr! Und du machst sowas noch mit! Ich bin doch eine verrückte alte Kuh! Wie komme ich bloss auf die hirnverbrannte Idee, Jasmin in einer x Millionenstadt zu finden! Eine Touristin? Die wissen hier ja nicht einmal, wo die eigenen Leute geblieben sind. Was wollen die denn schon von einer schwangeren Schweizerin wissen! Weisst du was, wir lassens bleiben. Jasmin ist tot, Mirjam und Roberto irgendwo in dieser Stadt und bauen ein neues Leben ohne Vergangenheit auf.

Ich sollte mich ebenfalls auf anderes konzentrieren. Lass uns die Sache vergessen und die Stadt geniessen, wenn wir schon mal hier sind." Sie haut mit der flachen Hand energisch auf Torrs Bein und will aufstehen, als sie ihr Mann mit festem Griff zurückhält. Er sieht sie streng an und hebt einen Zeigefinger. „Jetzt aber halblang, Claudia. So geht das nicht! Ich verstehe, dass diese Information eben ernüchternd war, aber deshalb gibt es noch lange keinen Grund aufzugeben. Du kannst mich nicht einfach innerhalb von 48 Stunden aus dem Geschäft holen, nach New York schleppen in der totalen Überzeugung, Jasmin hier zu finden. Und dann schmeisst du alles hin, wegen eines Taxifahrers! Als ob du alles einfach so vergessen könntest. Jetzt hör auf zu spinnen und achte wieder auf deine Gefühle. Wir lassen nichts unversucht hier. So, und jetzt rein ins Krankenhaus und nach Jasmin und diesen Dr. Shilling fragen."

Kapitel 52

„Wer hat denn hier wieder Farbe und ein Lächeln im Gesicht?" Frank schliesst erfreut die Zimmertür hinter sich. Er geht auf Linda und Ken zu, die beide eifrig und motiviert ins I-Pad blicken. Linda sieht Frank an, lächelt ihn an und winkt ihn herbei: „Hallo Frank! Ich habe dich schon vermisst. Sieh mal, was Ken mir gebracht hat, so werde ich bestimmt viele

Antworten kriegen. Wir suchen gerade noch mehr Informationen zur vorgeschlagenen Therapie von Dr. Shilling." Sie wirft einen Blick auf den Bildschirm und dreht sich dann in Richtung Frank. „Der Arzt hat gesagt, du möchtest alles bezahlen für mich, Frank. Ich weiss nicht, was ich sagen soll oder wie ich dir jemals dafür danken kann. Ich bin mir sicher, dass alles hier wird ein Vermögen kosten ohne Versicherung!" Der angesprochene Wohltäter winkt ab und schüttelt den Kopf. „Jetzt hör aber auf. Ich will das tun und erwarte nichts dafür! Ich kann das bezahlen, dann mach ichs auch. Und was findet ihr denn zur Therapie?" Leicht verlegen versucht auch Frank einen Blick auf den Bildschirm zu werfen und errötet sichtbar, als Linda seine Hand nimmt und sie zärtlich an ihre Wange legt. „Ich habe genug gesehen und gelesen. Ich werde keine Chemotherapie machen." Die beiden Conley sehen die Frau im Bett an, als hätte sie sich in einen Geist verwandelt. Ken ergreift, wie so oft, als erstes das Wort: „Was bewegt dich dazu, so zu entscheiden?" Linda schliesst die Augen, hält noch immer Franks grosse, warme Hand an ihre Wange und entgegnet im ruhigen und sachlichen Ton: „Ich kann es nicht genau sagen. Auch wenn ich nicht mehr weiss, wer ich bin und was für ein Leben ich geführt habe, fühle ich ein ganz starkes Gefühl der Entschlossenheit in mir. Und dieses will keine Chemotherapie, darauf verlasse ich mich jetzt. Es fühlt sich wirklich echt an.

Könnt ihr das verstehen?" Sie öffnet die Augen blickt und von einem ins andere überraschte Gesicht neben ihr.

Nachdem Frank den beiden alle Informationen von der Polizei weitergegeben hat, hängt jeder seinen Gedankengängen nach. „Susie hat mir eben noch was Seltsames mitgeteilt. Der Nachtportier Bob ist zuständig für eine Art Inventarkontrolle. Ich habe den ganzen Prozess nicht ganz verstanden, was er dabei macht, aber anscheinend kommen in einem Krankenhaus so ziemlich viele Sachen weg. Abgesehen von Medikamenten und sonstigem medizinischen Kleinmaterial, auch ganzes Mobiliar. Dabei war für Susie eine Sache sehr fragwürdig, bei der sie stutzig wurde. Muss überhaupt nichts zu bedeuten haben, sowas kam jedoch hier noch nie vor...." Bevor Frank weitersprechen kann, öffnet sich die Tür und Dr. Shilling tritt ins Zimmer. „Oh wie schön, alle hier! Linda, ich darf Sie doch so nennen?" Er geht in grossen Schritten auf seine Patientin zu und reicht ihr zum Gruss die Hand. Sie nickt und entgegnet seinen Gruss mit einem Händedruck. „Das fühlt sich nach Lebenskraft an! Wunderbar! Ich sehe, Sie haben sich im neuen Zimmer gut einquartiert und sind auch schon mit der grossen Welt wieder in Verbindung. Leider spreche ich kein Deutsch, aber wir hatten einen Operationsassistenten hier, der kam aus der Schweiz. Die sprechen dort ja auch eine Art deutschen Dialekt. Hat uns immer sehr amüsiert, wenn er etwas zu hören von sich gab. Nun aber zum medizinischen Teil, ich sehe, Sie informieren sich über die Chemotherapie. Diesen Verlauf würde ich gerne mit Ihnen im Detail besprechen, wenn Sie sich in der Verfassung dafür halten?" Der grosse Arzt sieht Linda fragend an und bemerkte nicht, wie die drei sich eben aufmerksam Blicke zuwarfen. „Ich bin sehr müde und es waren schon genug Informationen heute. Ist es ok, wenn Sie morgen wieder kommen?" Linda legt ihren Kopf ins Kissen und sieht den Mann in Weiss an. „Natürlich, verstehe ich. Es ist auch sehr wichtig, dass Sie alles dazu verstehen. Es wäre daher gut, wenn jemand von Ihnen beiden dabei sein könnte?" Er richtet die Frage an die beiden Conleys, die beide mit selbstverständlicher Gestik nicken. Nach wenigen kurzen Infos über die kommenden Stunden, was ihre Pflege und die Kontrollen durch das Pflegepersonal betreffen, verabschiedet sich der motivierte Oberarzt von den drei Schweigsamen im Raum und überlässt sie ihren weiteren Recherchen.

„Simon Zimmermann, hier, ich hab seine Nummer! Ich wusste, dass ich sie gespeichert hatte." Frank erhebt freudig seinen Blackberry. Ken tippt zeitgleich auf den I-Pad und hält Linda das Display nervös vor die Nase. Sie sieht sich das kurze Video darauf an, strahlt über das ganze Gesicht und sieht Frank mit Tränen in den Augen an: „Frank, ich bin Schweizerin! Das ist mein Dialekt!" Frank lacht auf, legt seinen

Blackberry auf den Tisch und geht zu ihr ans Bett! Er setzt sich neben sie und nimmt die mittlerweile nicht mehr Fremde in den Arm. „Das ist ganz grosse Klasse! Ich freue mich mit dir! Jetzt sind wir nahe dran!" Sein Blick wandert zu seinem Sohn, welcher nachdenklich am Fenster steht und in den Himmel blickt. „Was ist los Kenneth? Worüber denkst du nach?" Sein Sohn kratzt sich am Hinterkopf und dreht sich zu den beiden um. „Erzähl mir noch einmal haargenau, was dieser Simon von dir wollte?" Nach Wort für Wort Berichterstattung des Actionhelden über das Telefongespräch von einst, schüttelt der Anwalt seinen Kopf. „Und du hast der Polizei noch nichts davon erzählt? Dad, das ist eine super wichtige Information! Und wie eben Dr. Shilling anmerkte, arbeitete dieser Simon hier. Also Vergangenheitsform, er ist weg. Da stimmt doch was nicht. Ich wette, hier gibts einen Zusammenhang. Ich bin kein Geographie Genie, aber die Schweiz ist kein grosses Land. Wieviel kann dies mit einem Zufall zu tun haben?" Linda und Frank sehen sich verblüfft an. Plötzlich steht Frank blitzartig auf und bleibt wie versteinert im Raum stehen. „Was ist los? Frank?" Linda sitzt aufrecht im Bett und hebt ihren Arm in seine Richtung, als wolle sie ihn stützen. Er blickt sie mit grossen Augen an und schluckt erst leer und laut, bevor er seine Worte langsam ausspricht: „Wir wurden unterbrochen vorhin. Inventarliste des Krankenhauses. Es fehlt...ein Brutkasten..."

Kapitel 53

Erschöpft sitzt das erfolglose Paar an einem kleinen Tisch bei Kerzenlicht in einem gemütlichen kleinen Restaurant in der Upper East Side. Claudia nippt an ihrem Rotwein und sieht zwar in die Menükarte, doch ihr Blick ist leer. Torr schliesst seine Karte und sieht seine nachdenkliche Frau an: „Nicht den Kopf hängen lassen, Schatz, wir sind nicht genug vorbereitet an die Sache gegangen. Gib mir doch bitte noch einmal alle Unterlagen von Jasmins PC. Aber erst bestellen wir, weisst du, was du möchtest?" Claudia schliesst ihre Karte ebenfalls und nickt. Sie bestellen beide ein blutendes Steak mit einem grossen Salat und noch eine Flasche Bordeaux. Während sie auf ihre Mahlzeit warten, kramt Claudia die Unterlagen aus der Tasche und legt sie Torr vor. Er überfliegt ein Blatt nach dem anderen und verharrt bei einem etwas länger. Er kneift seine Augen zusammen und legt seine Stirn in Falten. Husch zieht er eines der ersten Blätter wieder hervor und vergleicht die beiden Inhalte darauf. "Mensch, Claudia, wie doof sind wir denn? Hier stehts ja: Coney Island Hospital! Wir hätten uns alle Krankenhäuser heute ersparen können. Dr. Shilling arbeitet dort. Das würde auch erklären, weshalb es nicht Jasmins Autopsiebericht sein kann, wenn sie doch gar nicht dort war, sondern irgendwo hier. ....Mist, es ergibt dennoch keinen Sinn....die geben doch nicht einfach einen Bericht raus, den jemand anderes betrifft. Ausser natürlich Dr. Dubois kann nicht so gut English....was denkst du?" Er wirft seiner Frau einen kurzen Blick zu, die ihm aufmerksam zuhört. „Sag nochmal, wie kam ihr Arzt dazu, ausgerechnet diesen Shilling zu kontaktieren? Warum das Coney Island? Schau mal, wie weit weg das von Manhattan ist!" Er zieht die zerknitterte Stadtkarte aus seiner Jackentasche und möchte sie auf dem Tisch ausbreiten, als der Kellner ihre heissen Teller serviert.

Nach einem wunderbaren Essen, gefolgt von einem verdauungsfördernden Spaziergang mit Gedanken- und Ideenaustausch, legen sich die van Thiels erschöpft ins flauschige Hotelbett. Aus Gewohnheit zappt Torr noch etwas durchs TV Programm und hält bei einem Gossip Sender den Finger auf der Weiter-Taste ruhig. Claudia hat sich bereits zur Seite gedreht, als sie von der Sprecherin neugierig gemacht wird, beim Namen Frank Conley. „Sieh mal Schatz, das ist doch der Action Typ, von dem du erzählt hast." Torrs nun sehr aufmerksame Frau sitzt kerzengerade im Bett und starrt auf den Bildschirm. Es ist ein kurzer Bericht über den neusten Stand der Heldentat von Frank Conley und einer angeblichen Insiderinformation, dass Frank dem Opfer einen Heiratsantrag auf seinem Anwesen in den Hamptons gemacht habe. Die unbekannte Schöne habe ihr Gedächtnis nicht wieder erlangt und würde wohl so eine neue Identität aufbauen. Diverse Diskussionen wurden über diese Cinderella Story geführt und ob Frank in seinem Alter nochmals Vater werden würde. Sie zeigten ein Bild eines gut aussehenden Mannes im Anzug, den Claudia sofort als Conleys Sohn aus der Gala wiedererkennt. Torr schüttelt den Kopf und schaltet den Fernseher aus: „Diese Amerikaner! Es wäre spannend zu wissen, was an dieser Geschichte wirklich stimmt. Als hätte man heutzutage keine Möglichkeiten, jemanden zu identifizieren! So ein Schwachsinn! Schlaf gut, meine Schöne, morgen wird ein spannender Tag!" Er küsst seine noch immer sitzende Frau auf die Wange, dreht sich um und zieht sich die Decke bis zum Kinn.

Claudia steht auf und geht zum Stuhl, auf welchem sie ihre Handtasche hingelegt hat. Sie nimmt die Unterlagen von Jasmin heraus und setzt sich auf die Bettkante. „Was machst du denn jetzt wieder?" Torr schaltet die Nachttischlampe an und stützt sich auf seinen Ellenbogen in Richtung seiner Frau. Diese legt die Gala aufgeschlagen vor sein Gesicht und sieht ihn mit entsetztem Blick an: „Das ist doch kein Zufall!" Sie tippt mit dem Zeigefinger auf ein Foto mit der Unterschrift: "Coney Island Hospital, hierher brachte der Superheld sein Opfer!" Torr blickt seine Frau fragend an: „Du meinst doch nicht etwa, Jasmin könnte dieses Opfer sein? Claudia, bitte, du glaubst diese Story doch nicht wirklich? Schatz, weisst du, wieviele Geschichten wir erfinden in der Werbung, um gewisse

Einschaltquoten zu erzielen? Das ist ein Marketing Gag, garantiert! Sieh mal, dieser Conley ist ein alter Schauspieler, der nicht mehr gefragt ist. Da muss mal wieder eine tolle Geschichte hin, damit er in der Öffentlichkeit nicht vergessen geht und er so wieder an Filmangebote kommt. Nein wirklich, wie kannst du darauf reinfallen? Jetzt leg dich schlafen, wir fahren morgen in dieses Coney Island Hospital und fragen nach Dr. Shilling. Dann kannst du ihn auch gleich nach Franky Boy fragen!" Torr lacht auf, tätschelt seiner Frau die Hand und legt sich ins weiche Kissen zurück. Claudia nimmt das Heft wieder an sich und sieht sich das Bild nochmals an. Sie legt es auf ihr Nachttisch und kuschelt sich unter die Decke. Torr könnte recht haben und dann wüsste sie auch den Grund, weshalb diese Klatschhefte so erfolgreich sind, wenn es mehr Leichtgläubige von ihrer Sorte gibt. Was aber, wenn nicht und Conleys Unbekannte Jasmin ist. Ob sie dann jemals an sie heran gelangen würde? Durch die Schweizer Botschaft? Das Konsulat? Oder würde sie von denen ebenso belächelt werden, wie eben von ihrem eigenen Mann, dem Werbeexperten? Sie nennt sich selber einen Narren! Wenn die Amerikaner so mediengeil wären, hätten sie auch von Mirjam berichtet. Oder war dies damit gemeint, als sie die Frage aufwarfen, ob Frank nochmals Vater würde?

Kapitel 54

Frank und Ken nutzen die Gelegenheit, während Linda untersucht und frisch gemacht wird, Susie, der grauen Eminenz, einen Besuch abzustatten. Unterwegs kontaktiert der Actionheld die Polizei und berichtet alle Einzelheiten der vergangenen Stunden. „Sag mal Dad, kein neues Filmangebot in Aussicht? Oder habe ich verpasst, dass du in Ruhestand getreten bist und genug vom Sternchenhimmel hast?" Kenneth zwinkert seinem Vater zu und packt ihn an der Schulter. „Da gab es einige Angebote! So alt bin ich nun auch noch nicht!" Er boxt seinem Sohn liebevoll in die Seite, als sie aus dem Aufzug in die Eingangshalle treten. „Aber keines hat mich überzeugt, zur Zeit habe ich anderes im Kopf." Seine Augen suchen zusammengekniffen Susie aus der Distanz. „Ich gebe es zu, mein Körper zeigt Alterserscheinungen. Ich sollte mir eine Brille zulegen. Ist sie da?" Ken lacht laut auf, wirft seinen Kopf in den Nacken und meint höhnisch: „Wirst du gleich selber hören! Die Baronin erhebt sich!" „Und ich dachte schon, ich sei abgeschrieben, jetzt, wo die kleine Maus eine Stimme hat! Na ihr zwei? Auf Spioniertour? Oder einfach der alten Susie einen Besuch abstatten und auf leckere Donuts hoffen?" Die sichtlich erfreute Empfangsdame greift nach einer Kartonschachtel hinter sich und öffnet sie auf dem Tresen, vor den Gesichtern der

Conleys: „Uniformträger Spitznase hat sein Versprechen eingehalten und mich heute mit diesen Goodies beliefern lassen. Bedient euch! Ist ja unser Fall! Apropos, was läuft bei euch? Weitere Ergebnisse erzielt?" Susie schnappt sich einen rosafarbenen, klebrigen Zuckerring und beisst herzhaft hinein, während sie erwartungsvoll vom einen zum anderen Gesicht ihr gegenüber blickt.

Frank und Kenneth bedienen sich ebenfalls an den süssen Leckereien, auch wenn Frank seinen ersten Bissen bereits bereut, als er ihn zu schlucken versucht. Er legt ihn auf eine Serviette neben der Schachtel und beginnt, Susie die neusten Informationen weiterzugeben. „Ja, grosse Fortschritte sogar. Linda kommt aus der Schweiz. Ihrem Dialekt nach zu beurteilen." „Oh aus der Schweiz! Dort muss es super leckere Schokolade geben! Sündhaft teuer! Aber weiter, du Gesundheitsjunky!" Sie wirft einen verachtenden Blick auf den angebissenen Donut zwischen ihnen. „Tut mir leid, Susie, ich krieg diese Dinger einfach nicht runter, soviel Mühe ich mir auch gebe." Frank schüttelt leicht seinen Kopf und hofft auf ihr Erbarmen. „Nichts da, mehr für mich! Bleib du schön sexy! Los jetzt, Schweiz also! Aber noch keine Erinnerung? Gar nichts?" Der Actionheld grinst die graue Eminenz dankbar an und verneint: „Nichts. Nicht das Geringste. Mein Sohnemann hier hat ihr einen kleinen Computer mitgebracht." „Einen I-Pad Dad!"

Ken grinst zwischen seinen Donutbissen hindurch. „Ja, ein solches Ding eben und nun kann sie alles im Internet nachsehen, auch was ihr Gesundheitszustand betrifft. Inzwischen weiss sie auch von der Schwangerschaft und dem vermissten Baby. Schrecklich Susie, was dieses junge Ding hier durchmachen muss!" Die Angesprochene schliesst die Augen und legt ihre Hand in die Höhe ihres Herzens auf die Brust. „Armer, kleiner Schatz! Wie gut hat sie euch zwei Ritter! Ihr macht das klasse! Ich bin mächtig stolz auf euch! Was sagt die Polizei?" „Sie können nun konkreter die Suche einschränken. Auch an den Flughäfen und Grenzen nach Einreisende mit Herkunft Schweiz. Nur, du weisst ja, ihre Fingerkuppen wurden mit Säure behandelt, da wusste jemand genau, weshalb. Die Augen könnten der Schlüssel sein. Das haben sie vergessen, diese Schweine. Entschuldigt, den Ausdruck! Aber das dauert nun alles noch eine Weile, ihr kennt ja die Behörden. Hierbei bin ich zum ersten Mal froh, dass Tropman ein aggressiver Typ ist! Das wird uns helfen, sage ich Euch!" Seine beiden Zuhörer nicken in Gedanken versunken, als Franks Handy klingelt.

Er nimmt es aus der Brusttasche und meldet sich: „Ja hallo?" Frank hört seinem Anrufer gespannt zu, nickt, schliesst die Augen und beisst sich auf die Lippen. „Ok, verstehe. Aber natürlich kann ich das. Ich werde sie fragen, sobald ich wieder bei ihr bin. Nein, gerade nicht. Geht in Ordnung, besten Dank,

Officer, sie hören von mir." Er drückt die Austaste an seinem Blackberry und legt es auf den Empfangstresen. „Wenn man vom Teufel spricht. Keine Vermisstenanzeige in der Schweiz, die annähernd auf Lindas Typ passt. Sie haben aber Bilder von ihr an die Schweizer Polizei weitergeleitet. Die werden dort nach ihr fahnden. Und hier in New York ist kein namenloses Baby aufgetaucht, auch keine fragwürdige Neuregistrierung." Ken unterbricht seinen Vater abrupt: „Moment mal, natürlich, Neugeborene werden registriert mit Namen der Eltern. Da muss ein Geburtsschein vorliegen. Haben sie alle Krankenhäuser überprüft, welche Geburtsscheine in den letzten zwei Monaten ausgestellt wurden? Hier müsste was getrickst worden sein, ausser....", Susie ergreift sich Kens Hand ruckartig: „Der Vater des Kindes konnte sich mit einem Bluttest identifizieren!" Sie blickt Frank mit grossen Augen an: „Was hat er noch gesagt, Zuckerhut?" „Er hat mich gefragt, ob ich, aus Sicherheitsgründen, Linda zu mir nach Hause nehmen könnte. Dr. Shilling meint, sie sei stabil und transportfähig und regelmässige Kontrollen ausser Haus wären zumutbar. Tropman wittert Gefahr, solange sie hier bleibt. Die Mediengeier seien eine Spur zu forsch. Das muss ich leider auf meine Kappe nehmen. Aber er meint, diese Aufmerksamkeit könne uns auch entgegenkommen. Bei mir zu Hause sei sie jedoch sicherer."

Kapitel 55

Das Yellow Taxi hält direkt vor dem Haupteingang des Coney Island Hospitals und der Fahrer nimmt dankend das grosszügig aufgerundete Fahrgeld von Torr entgegen. Claudia steht bereits vor der Tür, welche sich durch magische Hand öffnet und blickt hinein. Ihr Mann gibt ihr beim Vorbeigehen einen leichten Stoss und zeigt mit dem Kopf Richtung Empfang. Sie schliesst für einen Bruchteil einer Sekunde ihre Augen, atmet tief ein und folgt ihm entschlossen in Richtung neuer Hoffnungsschimmer. Der Mann hinter dem Tresen legt den Telefonhörer auf die Station, schüttelt den Kopf und widmet sich den beiden Besucher. „Wie kann ich Ihnen helfen?" Torr wirft Claudia einen kurzen Blick zu und ergreift das Wort: „Wir möchten gerne zu Dr. Shilling.", antwortet er selbstbewusst auf die Frage. Der in Security Uniform gekleidete Mann wirkt sehr müde und fragt mit gedämpfter Stimme, die Stirn in Falten gelegt: „Haben Sie denn einen Termin? Ich habe keine Anmeldung bekommen für den Herrn Doktor." Während er dies ausspricht, sieht er Notizzettel und Papier hinter dem Empfang durch: „Wie war gleich Ihr Name?" Torr unterbricht seine Suche: „Wir haben keinen Termin, dies ist eine Art Notfall." Der Krankenhausmitarbeiter pfeift leicht genervt durch die gespitzten Lippen und sieht von Claudia zu Torr und macht grosse Augen: „Und um welche Art Notfall handelt es sich denn, wenn ich fragen darf?" Claudia kann ihre Tränen nun nicht mehr zurückhalten und geht zu den Polstersitzen im Raum, setzt sich darauf und schluchzt verzweifelt in ihre Hände vor dem Gesicht. Torr sieht den nun überraschten Empfangsmann traurig an und beginnt ihre Geschichte zu erzählen.

Der entsetzte Zuhörer wirft immer wieder einen Blick zu Claudia und schüttelt bemitleidend den Kopf. „Es tut mir sehr leid, das hört sich alles furchtbar an. Aber leider bin ich die falsche Ansprechperson hierfür. Ich bin nur die Nachtablösung, da sind Sie zu früh dran." Er blickt auf seine billige Armbanduhr, spitzt seine Lippen und fährt fort: „Die Empfangsdame kommt in einer Stunde zur Arbeit, sie kann Ihnen sicherlich weiterhelfen, denn sie kann dieses verdammte Ding hier bedienen." Er klopft mit seiner grossen, fleischigen Hand auf den Computer. „Bitte verstehen Sie mich nicht falsch, ich würde Ihnen beiden sehr gerne weiterhelfen, aber ich habe Anweisungen und die muss ich befolgen. Nur angemeldete Personen weiterleiten." Torr lässt seinen Kopf kurz fallen und blickt angestrengt in die Augen seines Gegenübers. „Verstehe, Anweisungen sind sehr wichtig. In einer Stunde sagen Sie? Und Sie meinen, dass diese Dame uns dann auch ohne Anmeldung zu Dr. Shilling bringen kann?" Er erblickt das Namensschild und fügt hinzu: „Bob?" Persönlich angesprochen, räuspert sich Bob, zieht seine zerknitterte Hose am Gurt etwas höher und blickt sich verdächtig um, um sicher zu gehen, dass ihn niemand hört, für dessen Ohren das Folgende nicht gedacht ist: „Nun ja, wissen sie, Susie, also Susan Manders, ist einfach unglaublich. Die hat es sogar geschafft, in einer schwarzen Limo vom Polizeirevier hierher gebracht zu werden und der Polizeioffizier persönlich hat ihr eine Schachtel Donuts schicken lassen. Die wickelt einfach jeden um den Finger!" Bob lacht kurz und laut auf und kommt näher zu Torr. „In fast allen Zeitschriften war sie zu sehen und ist dennoch so bescheiden! Eine richtige Prominenz ist sie geworden! Aber dennoch ist sie auf dem Boden geblieben, sie hat es ja wirklich nicht leicht mit ihren zwei Jungs. So ganz alleine als arbeitende Mutter...." Das Telefon unterbricht seinen Redeschwall und er hebt den Hörer ab, während er den Zeigefinger wichtig in die Luft hebt, als wolle er Torr damit zum Warten auffordern. Dieser nickt nur kurz, geht schnellen Schrittes zu seiner noch immer weinenden Frau, packt sie am Arm und führt sie rasch zur Tür hinaus.

Claudias Gesicht zeigt keine Trauer, keine Erschöpfung und auch keine Wut, sondern lediglich irritiertes Entsetzen, als sie ihren Mann beobachtet. Torrs Gesicht ist dunkelrot gefärbt, sein Hals zeigt rote Flecken, seine Wangen werden stets von Lachtränen überrollt und seine ständigen, kurzen

Atemstösse klingen rau aus der Kehle. Er hält sich immer wieder die Hände auf den Bauch, bis Claudia ihn an der Schulter fasst und anschreit: „Sag mal, spinnst du?? Was ist los?? Bist du übergeschnappt?? Hör auf damit, du machst mir Angst!" Nach diesen ernst ausgesprochenen Worten versucht Torr, sich wieder in normales Verhalten zu begeben, auch wenn es ihm schwerfällt. „Tut mir leid, Schatz, warte, ich bin gleich soweit!" Er hält seine Frau am Arm und wischt sich mit der anderen die Tränen vom Gesicht. „Alles in Ordnung. Geht gleich wieder! Alles gut." Während er die Worte ausspricht, muss er erneut kurz lachen, reisst sich jedoch sogleich wieder zusammen. Er wirft seinen Kopf in den Nacken und blickt zum Himmel „Himmel nochmal, Claudia! Es gibt Menschen, die sind so blöd, das wollte ich nie glauben! Sollte jemals wieder jemand einen Spruch über die dummen Amis machen, ich kann es nicht verübeln! Sie existieren wirklich! Das muss ich für einen Werbespot nutzen, das ist der Knüller!" Bevor ein neuer Lach- und Tränenanfall auszubrechen droht, atmet der Werbemacher tief ein, blickt freudig seine irritierte Frau an und jauchzt: „Du bist nicht verrückt, du Superweib! Der da drin ist es und wird dafür auch noch bezahlt! Deine neugierige, holländische Nase lag goldrichtig! Nicht nur Dr. Shilling arbeitet hier, sondern auch die geheimnisvolle Geliebte dieses Schauspielers aus deiner Klatschspalte! Sie ist hier die Empfangsdame und kommt in einer Stunde." Er schüttelt Claudia an beiden Schultern, ein Versuch, ihr grosses Fragezeichen aus dem Gesicht zu kriegen. „Verstehst du nicht? Das geheimnisvolle Opfer ist oder war hier und Susie, wie er sie nannte, weiss alles und kann Wunder vollbringen!" Er schüttelt den Kopf, als wolle er sich nur auf das Wesentliche konzentrieren und fügt abschliessend hinzu: „Ich glaube, wir haben Jasmin gefunden. Oder zumindest werden wir bald jemanden sprechen, die weiss, wo sie ist!"

Kapitel 56

Als Frank die Tür zu Lindas Privatzimmer öffnen will, tritt ihnen Leslie aus dem Zimmer entgegen: „Frank! Kenneth, schön Sie beide doch noch anzutreffen! Ich habe mir gerade einen kurzen Besuch bei Linda erlaubt." Sie reicht den beiden Conleys die Hand zum Gruss und huscht zwischen ihnen auf ihren Wolkenschuhen aus dem Zimmer. „Alles Gute euch dreien! Bis bald!" Sie verschwindet schnell, zu schnell denkt sich Frank, steigt in Sichtweite in den Aufzug und fährt zu ihrer Wolkenstation. Als Frank seinen Blick wieder ins Zimmer richtet, benötigt er einen kurzen Bruchteil einer Sekunde, um das Bild wahrzunehmen. Linda sitzt in einem Rollstuhl am Fenster, den I-Pad in ihrem Schoss und ihre grossen Augen erstaunt auf ihn gerichtet. „Linda! Du bist ja gar nicht mehr im Bett! Hey, was geht denn hier ab?" Er geht schnellen Schrittes auf den Rollstuhl zu, aus welchem ihn noch immer zwei schöne dunkelgrüne Augen ansehen: „Warum hast du das nicht gesagt?", spricht sie ihn in ihrem niedlichen Englischakzent an. „Was gesagt, Linda?" Frank kauert sich neben dem Rollstuhl in seine Knie und hält sich daran fest. „Das hier alles!" Linda nimmt den I-Pad in die Hände und dreht den Bildschirm zu seinem Gesicht. Der Actionheld sieht darauf viele Bilder von sich aus den Medien, mit Susie, mit seinem Sohn vor dem Gericht, einige Bilder aus Filmen und Galaabenden. „Was davon genau meinst du denn, Linda?" Sie lacht kurz auf, wirft ihren Kopf in den Nacken und sieht ihn mit hochgezogener Augenbraue an: „Na, dass die ganze Welt dich kennt, zum Beispiel! Und das hier, dass du meinetwegen nicht nur dich, sondern offensichtlich auch eine unschuldige Dame in Schwierigkeiten gebracht hast!? Nicht genug?" Sie sieht abwechselnd von Frank zu Kenneth, der sich die Situation ruhig aus der Distanz ansieht. Frank steht auf, wirft Ken einen vorwurfsvollen Blick zu und bemerkt: „Internet......was für eine grossartige Erfindung!" Er greift sich den Stuhl und setzt sich direkt vor Linda.

Nachdem die Prominenzgeschichte und auch Susies reine Weste ins klare Licht gerückt wurde, nimmt Frank Lindas Hände in seine und beugt sich zu ihr hinüber : „Hör mal Linda,

Officer Tropman hat mich gefragt, ob ich dich zu mir nach Hause nehmen würde, damit du sicher bist, bis wir mehr über dich und den Vorfall wissen. Was sagst du? Hast du genug Vertrauen zu mir, so, dass du mit mir nach Hause kommen würdest?" Er blickt ihr ernsthaft und doch fragend in die nun wässerigen Augen. „Alles ok, Linda? Was ist los?" Er rückt seinen Stuhl etwas näher an ihren Rollstuhl heran und streicht ihr mit der Hand sanft über die Wange. „Alles ok. Es ist nur, ich weiss nicht, wie ich mich jemals dafür bedanken kann, was ihr hier für mich tut! Ich meine, ihr kennt mich ja nicht einmal. Ich bin ja nicht nur für mich selber, sondern auch für euch eine total Fremde. Und dennoch nimmst du mich mit nach Hause, obschon du eine Weltberühmtheit bist! Und was bin ich? Eine Namenlose ohne Vergangenheit mit einer kriminellen Geschichte....!" Lindas Schluchzen bringt Frank und Ken fast ebenso dazu. Doch beide reissen sich zusammen und Frank versucht die Situation mit etwas Witz und Entschlossenheit in den Griff zu bekommen. „Das habe ich eben gehört: du nimmst mich mit nach Hause! Hast du gesagt. Das ist für mich ein deutliches Ja! Ken, wir fahren heim! Mit Linda! Kannst du uns auschecken, bitte? Wir wollen aus diesem Krankenhausmief raus, richtig?" Er zwinkert Linda neckisch zu, welche sich die Tränen aus dem Gesicht wischt und freudig nickt. „Ja, raus hier!"

Ken hält die Zimmertür für Frank auf, welcher Linda im Rollstuhl in den Korridor schiebt. „Alles geklärt mit Dr. Shilling?" Frank wirft Ken nur einen kurzen Blick zu: „Nicht, dass es dann noch heisst, wir hätten sie entführt! Das würde gerade noch in diese Seifenoper passen, nicht?" Er stupst Linda sanft von hinten an und grinst. „Alles gut! Er entschuldigt sich, nicht hier sein zu können, meint jedoch, er würde Linda in zwei Wochen so oder so für eine Kontrolle aufbieten wollen. Bis dahin, alles Gute und wir sollen uns umgehend melden, sollte sie an Erinnerung gewinnen!" Sie gehen gemeinsam zum Fahrstuhl und warten auf die geöffnete Kabine, als Linda sich umblickt und Frank ansieht. „Denkst du, es wäre möglich, diese Susie kennen zu lernen?" Der Actionheld strahlt sie bis über beide Ohren an und antwortet: „Aber sicher doch! Dauert keine 5 Minuten mehr und wir stehen vor ihr! Sie erwartet dich schon sehnlichst!" Er schiebt den Rollstuhl in die nun geöffnete Fahrstuhlkabine, als sie alle drei erneut auf Leslie treffen. „Hey, wohin gehts denn? Etwa nach Hause? Sie haben gar nicht gesagt, dass sie heute entlassen werden?" Leslie wirft aufgeregte Blicke abwechselnd von Linda zu Frank und zu Ken. Linda runzelt ihre Stirn und blickt Frank erst erstaunt, dann mit hochgezogenen Augenbrauen an und antwortet dann Leslie: „Das habe ich bis eben auch nicht gewusst! Ja, ab nach Hause!" Frank drückt ihr bei diesen Worten sanft auf die Schultern und blickt auf die Stockwerkanzeige im Fahrstuhl. „Oh wow! Sie haben

Ihr Gedächtnis wieder! Ich gratuliere! Wohin gehts denn?" Leslies übertriebene Tonlage scheint die Liftkabine vollumfänglich auszufüllen und durch die irritierten Blicke der drei Anwesenden scheint sie es ebenfalls zu realisieren. Sie räuspert sich und senkt ihren Blick rasch zu Boden mit den Worten: „Bitte entschuldigen Sie, geht mich ja gar nichts an!" Der Fahrstuhl stoppt auf der 2. Etage und Leslie zwängt sich erneut an den beiden Conleys vorbei und huscht hinaus, flüstert ein "alles Gute" und verschwindet im Korridor, welcher nicht zu ihrer Wolkenabteilung gehört.

Kapitel 57

Um dem äusserst redefreudigen Bob nach diesem unhöflichen Abgang nicht wieder begegnen zu müssen, entschliessen sich Claudia und Torr für einen Spaziergang in der Umgebung des Krankenhauses. Dabei erzählt der Werbemacher seiner Frau detailliert, was er durch den Security Mann in Erfahrung bringen konnte: „Verstehst du, Schatz, das muss einen Zusammenhang mit Jasmin haben! Dein Gefühl hat sich bestätigt, das kann kein Zufall sein." Torr nimmt seine sichtlich erschöpfte Frau in die Arme und drückt sie fest an sich. „Jasmin lebt und du wirst sie bald wiedersehen, ich verspreche dir das!" Claudia geniesst die Energie, welche sie durch die Umarmung auftankt und schluchzt leise vor sich hin: „Ich wünsche mir das so sehr! Doch Torr, was kann bloss mit Roberto sein? Der kann doch nicht einfach mit Mirjam untertauchen? Haben die hier kein geregeltes System oder wie ist das möglich?" Sie blickt ihren Mann mit tränengefüllten Augen fragend an. Er wischt ihr liebevoll die Tränen von den Wangen und küsst sie zärtlich auf den Mund. „Das werden wir zur gegebenen Zeit auch noch herausfinden. Aber jetzt konzentrieren wir uns nur auf Jasmin und überlegen uns, wie wir uns gleich an diese geheimnisvolle Susie ranmachen. Du weisst noch, wie sie aussieht, ja?" Claudia nickt und murmelt vor sich hin: „Mit Garantie keine Geliebte von Conley..."

Torr wirft kurz einen Blick durch die Eingangstür und geht wieder zu Claudia auf die Sitzbank vor dem Eingang. „Die Luft ist rein, es sitzt eine Dame, schätzungsweise um die 50 am Empfang. Bibliothekarinnenbrille und etwas mollige Postur. Könnte sie das sein?" Claudia nickt eifrig und nervös. „Also einfach ehrlich auspacken denkst du?" Torr nickt energisch. „Ja, ja, unbedingt! Das muss eine ganz tolle Person sein, wie Bob von ihr geschwärmt hat. Also einfach raus damit und wir werden sehen! Du schaffst das jetzt! Wir sind nur deshalb hier, vergiss das nicht!" Er packt seine Frau liebevoll an der Hand, drückt diese entschlossen und geht mit ihr siegessicher durch die grossen Glastüren des Coney Island Hospitals.

„Guten Tag und herzlich willkommen im Coney Island Hospital, wie kann ich Ihnen behilflich sein?" Die Empfangsdame strahlt die beiden Touristen hinter ihren Brillengläsern und dem Tresen erwartungsvoll an. Claudia atmet tief ein, legt ihre beiden Hände flach auf den Tresen und schliesst nur kurz die Augen. Blitzartig steht die freundliche Empfangsdame auf, legt eine Hand auf Claudias, die andere auf den Telefonhörer und sagt: „Schätzchen, fühlen Sie sich nicht wohl? Benötigen Sie einen Arzt?" Claudia öffnet ihre Augen, winkt in Richtung Telefon ab und entgegnet: „Nein, nein, schon gut, bei mir ist soweit alles in Ordnung. Susie? Sind Sie Susie?" Sie blickt das freundliche Wesen ihr gegenüber traurig und voller Erwartung an. Susie nimmt langsam ihre Brille von der Nase, lässt sie an der Kette baumeln und nickt lächelnd. „Wenn Sie meinen Namen schon wissen, verraten Sie mir denn auch wer Sie sind, Liebes? Und natürlich wer Ihr Honigkuchen Begleiter hier ist?" Sie wirft Torr nur einen kurzen Blick zu und widmet ihre volle Aufmerksamkeit wieder Claudia. Diese legt die eine Hand auf Susies, welche noch immer auf ihrer anderen liegt, und antwortet: „Ich bin Claudia van Thiel und das ist mein Mann Torr. Susie, wir benötigen dringend Ihre Hilfe um unsere, also meine Freundin zu finden. Wir sind nur aus diesem Grund aus der Schweiz hergekommen und stehen nun vor Ihnen, unsere letzte Hoffnung, sie jemals wiederzusehen!" Susie runzelt die Stirn und wechselt ihren Blickkontakt von

Claudia zu Torr und zurück. „Aus der Schweiz sagen Sie? Und, wie kommen Sie darauf, dass ich weiss, wo Ihre Freundin ist? Wie war gleich der Name?" „Jasmin, Jasmin Steiger heisst sie. Ich habe Informationen über einen Dr. Shilling und naja, wir haben bei uns auch die Promipresse. Darin war Ihr Bild im Zusammenhang mit einem seltsamen Opfer und dasselbe Krankenhaus wie eben dieser Dr. Shilling und....", Claudia versucht mehr Luft einzuatmen. Susie tätschelt ihre Hand leicht und spricht sie mit ruhiger Stimme an: „Ganz ruhig Schätzchen, ganz ruhig. Wenn Susie helfen kann, dann macht sie das auch. Der Reihe nach jetzt. Sie suchen Ihre Freundin Jasmin, die hier sein soll, weil Sie mich in den Klatschspalten gesehen haben? Ich verstehe hier nur Bahnhof und das soll was heissen, bei meinem durchtrainierten Hirn!" Sie grinst Claudia lustig an: „Wann haben Sie denn Ihre Freundin das letzte Mal gesehen und wo?" Sie nimmt ein Stück Papier und einen Stift zur Hand und beginnt sich zeitgleich zu Claudias Erzählungen Notizen zu machen. Mit Claudias letztem Satz legt die erblasste Susie den Stift auf das Papier und nimmt sich die Brille ab. „Ihr Schweizer seid nicht nur verdammt gut im Machen von Schokolade, was? Eine Freundin wie Sie wünsche ich mir seit dem Kindergarten! Schätzchen, ich glaube, Sie haben auf eine Goldmine getroffen! Lassen Sie mich kurz telefonieren." Mit diesen Worten lässt sie die verblüfften van Thiels mit Hoffnung erfüllten Blicken an dem Tresen stehen und verschwindet in einem Hinterzimmer.

Kapitel 58

Linda steht auf einer wunderschönen Terrasse mit uneingeschränktem Blick aufs ruhige Meer. Ihr Blick ist leer und traurig, als Frank sich neben sie stellt und ihr behutsam seinen Arm um die Schultern legt: „Was machen die Schmerzen? Gehts so ohne Rollstuhl?" Sie lächelt ihn müde an und legt ihren Kopf an seine Brust. „Sind zu ertragen. Mein Herz schmerzt viel mehr. Frank, werde ich mein Kind je in den Armen halten können?" Sie schliesst ihre Augen, atmet die frische Meeresluft und Franks angenehmen Duft tief ein. Er drückt sie fester an sich und streicht ihr mit der freien Hand über das dunkle, weiche Haar: „Ich werde alles dafür tun, dies zu ermöglichen! Du ruhst dich aus, gönnst dir viel frische Luft und machst regelmässig dein Gehirnjogging. Ich lasse dir gleich noch etwas Musik abspielen, alles, was dir helfen könnte, deine Erinnerung wieder zu erlangen. Heute Nachmittag kommt noch Tropman vorbei, dann lassen wir uns die neusten polizeilichen Ergebnisse berichten. Und danach, werde ich noch ein paar Telefonate führen, um den Ball richtig ins Rollen zu bringen! Du kannst auf mich zählen! So einfach kommen die nicht davon!" Linda schenkt ihm ein hoffnungserfülltes Lächeln und zwinkert ihm zu: „Ihr Schauspieler habt wohl nicht soviel zu tun?" Er nimmt ihre sarkastische Frage mit einem charmanten Lächeln und Augenaufschlag entgegen und erwidert: „Man muss nur wissen, wie!" Der Actionheld drückt Linda fester an sich und schliesst die Augen, um den Moment, die frische Luft wie auch ihre Körpernähe zu geniessen.

Gerade als Linda es sich im Strandkorb gemütlich machen will, ruft ihr Frank vom Haus aus zu und winkt sie einladend zu sich. „Tropman ist wohl da", murmelt sie vor sich hin und steigt noch immer von Schmerzen gezeichnet aus dem Strandkorb. Sie geht mit langsamen Schritten in Richtung Haus und Freja geht wie eine enge Freundin neben ihr her. Sie treten durch die offene Verandatür ins grosse Wohnzimmer, wo sie auf Frank, Officer Tropman, einen weiteren Polizisten und zwei Männer im Anzug treffen. Linda geht mit selbstbewussten Schritten auf den ihr bekannten Officer zu und reicht ihm die Hand zum Gruss: „Officer, schön Sie wieder zu sehen!" Der Polizeibeamte schenkt Linda ein bewunderndes Lächeln und entgegnet ihren Gruss: „Die Freude ist ganz auf meiner Seite. Sie sehen grossartig aus! Die Meeresluft bekommt Ihnen wohl gut!?" Sie nickt der Aussage bejahend zu und schenkt ihren Blick den beiden Männern im Anzug. „Und wer sind Sie?"

Sie beendet jedoch ihre Frage nicht und wartet auf eine Reaktion, welche von Tropman kommt: „Darf ich vorstellen, das sind Spezialagenten Mayer und Cooper. Sie sind von der Spezialeinheit und übernehmen ab sofort Ihren Fall. Die Polizei von Coney Island hat ihn weitergeleitet, da hier landesweites Suchen und auch Internationalität nötig ist, was leider ausserhalb unserer Möglichkeiten liegt. Können Sie mir folgen?" Er schenkt Linda einen fragenden Blick, den sie mit einem müden Lächeln bejaht und die beiden noch immer schweigenden Männer anblickt: „Wenn ich richtig verstehe, wissen Sie also noch überhaupt nichts. Sie haben weder mein Baby, noch die..." Ihre Stimme zittert und sie wirft Frank einen hilfesuchenden Blick zu, welcher sogleich zu ihr geht, sie in den Arm nimmt und das Wort ergreift: „Haben Sie irgendwelche neuen Hinweise?"

Erschöpft legt sich Linda auf die Longchaise vor dem Kamin, zieht sich die Decke bis zum Hals und schliesst ihre brennenden Augen. Sie lässt den drückenden Tränen freien Lauf über die kalten Wangen und versucht tief einzuatmen. Sie hört Frank in der offenen Küche hantieren und ist froh, eine weitere Tortur unbeantworteter Fragen, ohne jegliche Zielversprechungen, hinter sich zu haben. Ihre masslose Enttäuschung beginnt sich schleichend in Wut zu verwandeln und sie fragt sich, wie sich Rachegefühle auswirken könnten. Frank steht mit zwei gefüllten Wassergläser mit frischen Minzeblättern und Zitronenschnitzen darin neben ihr: „Hier, trink etwas, das wird dir gut tun. Es wird schon, Linda. Hier bist du in Sicherheit und kannst dich in aller Ruhe erholen. Du bist nicht alleine, vergiss das nicht." Zärtlich streicht er ihr über das Haar und küsst sie sanft auf die Stirn. Er geht zur Musikanlage, drückt zwei Knöpfe und dreht am Lautstärkenregulierer. Sanfte Klaviermusik ertönt im ganzen Raum und wickelt diesen in eine schwebende Wolke aus Leichtigkeit und Frieden. Frank setzt sich auf einen in den Raum passenden Sessel, nimmt einen grossen Schluck aus seinem Glas, schliesst die Augen und schenkt seine Aufmerksamkeit den Tastentönen, die sich einnehmend im Raum verteilen. Die ersten Takte von "Für Elise" erklingen, ein Meisterwerk seiner Klasse denkt sich Frank, als er Linda schnell und laut nach Luft schnappen hört. Ruckartig steht er auf, geht rasch zu ihr und hält sie am Arm fest: „Linda? Linda? Alles in Ordnung? Was ist los?"

Kapitel 59

Claudia und Torr sitzen auf den ungemütlichen Stühlen im Warteraum der Polizeiwache von Coney Island. Ihre Nervosität ist seit der Begegnung mit Susie noch mehr gestiegen und zum ersten Mal fühlt Claudia sich ihrem Ziel nahe.

Susies positive und äusserst offene Art hat ihr unglaublich viel Hoffnung geschenkt. Obwohl Susie keine konkreten Aussagen gemacht hat, fühlt Claudia, dass sie unmittelbar davor steht, Jasmin schon sehr bald wieder in ihre lebendigen und schönen Augen zu sehen. Sie nimmt Torrs Hand, die aufgeregt auf seinem Oberschenkel einen Rhythmus klopft und drückt sie liebevoll zu. Er schenkt ihr nicht nur einen heiteren Augenblick, sondern drückt ihr einen Kuss auf die Wange. „Mrs und Mr van Thiel?" Ein uniformierter Polizeibeamter mit kleinen, stechenden Augen steht breitbeinig, die Hände in die Hüften gestützt, vor ihnen. Ruckartig stehen die beiden Angesprochenen auf und blicken ihn auf Augenhöhe an: „Sie sprechen Englisch?" Torr ergreift das Wort und bejaht kurz seine Frage. „Nun gut, bitte, folgen Sie mir" Er winkt einer Frau an einem Schreibtisch kurz zu und entgegnet beim Vorbeigehen: „Keinen Dolmetscher, aber bitte etwas Wasser. Oder hätten Sie gerne einen Kaffee? Wobei ich ehrlich gesagt davon abraten würde, wir sind kein Coffee Shop und die Brühe aus unserem Automaten schmeckt widerlich." Er richtet die letzten Worte über seine Schultern zu seinen Begleitern, welche das Angebot abwinken. Der Officer öffnet eine Tür zu einem langen Korridor und weist sie an, Platz zu nehmen. Der kalte Raum erinnert Claudia an die unzähligen Filme, die sie schon gesehen hat, in welchen die Verhöre von Straftätern, Opfern wie auch Zeugen durchgeführt werden. In ihr steigt ein seltsam beklemmendes

Gefühl auf und sie fragt sich, ob hier drin ein unschuldiger Mensch schon zum Täter geworden ist, lediglich aus Angst, hier etwas Falsches zu sagen.

 Officer Tropman sieht sich seine Notizen an, klopft mit dem Stift nervös auf den Tisch und kratzt sich am Nacken. „Nun gut, lassen Sie mich kurz zusammenfassen. Sie beide leben in der Schweiz und Ihre Vorgesetzte reiste vor knapp 4 Monaten hochschwanger nach New York." Er nimmt die ausgedruckten Unterlagen von Claudia, sprich Jasmins Computer, zum x-ten Mal in die Hand. „Sie haben diese Unterlagen vom Computer Ihrer Chefin und darin steht der Name eines Dr. Shillings, der hier am Coney Island Hospital arbeitet und vom Gynäkologen von Mrs Steiner empfohlen wurde. Den Zusammenhang wissen Sie aus der Erzählung, da Mrs Steiner zusätzlich an einem agressiven Brustkrebs litt und ihr von der Reise abgeraten wurde. Sie wollte hier jedoch mit ihrem Mann einen Freund besuchen, der ebenfalls am Coney Island tätig ist, dessen Namen Sie jedoch nicht wissen. Sie hatten Kontakt mit dem Ehemann von Mrs Steiner, der jedoch nicht denselben Familiennamen trägt, sondern Garreffa heisst mit Vornamen Roberto. Er hat den Schuldirektor über den Tod seiner Frau informiert und mitgeteilt, dass das Kind, namens Mirjam, zwar zu früh, jedoch wohlauf zur Welt kam. Daraufhin haben Sie die Wohnung des Ehepaars geräumt und eine stille Abdankung in der Schweiz durchgeführt für ihre Freunde und nahen Verwandten. Der Ehemann hat sich entschieden, hier in New York eine Stelle in einem Krankenhaus anzunehmen und mit seiner Tochter ein neues Leben aufzubauen, ist jedoch nicht mehr zu erreichen. Der Gynäkologe hat einen Autopsiebericht erhalten, welchen er jedoch anzweifelt, da gewisse frühere operative Eingriffe nicht aufgeführt sind, von welchen er Kenntnis hat........" Claudia hat bis zu diesem Zeitpunkt jedes Wort aufmerksam aufgenommen um sicher zu gehen, dass Officer Tropman alles verstanden hat. Nun wird ihr seltsames Gefühl in der Magengegend jedoch stärker und sie beginnt sich in der Tat als Mitschuldige zu fühlen. 'Sie haben die Wohnung des Ehepaars geräumt' in seinen Worten eben klang dies als ein Verbrechen. 'Sie haben eine stille Abdankung durchgeführt' ihr wird nun definitiv schlecht. Sie hatte Jasmin mit lebendigem Leib beerdigt und um sie getrauert. Claudia steht ruckartig auf, hält sich beide Hände vor den Mund und drückt panisch die Worte 'Toilette' durch ihre Finger.

Claudia blickt in den Spiegel und betrachtet ihr kreideweisses Gesicht. Ihr war bis anhin nicht bewusst, wie naiv und äusserst stupid ihre von Herzen gut gemeinte Unterstützung Roberto gegenüber eigentlich war. Wie konnte sie ihm dies alles mir nichts dir nichts abkaufen und ihm zur Flucht, zum stillschweigenden Abhauen verhelfen? Sie schlägt mit der

Faust auf den Händetrockner an der Wand, der sogleich ein dumpfes, brummendes Geräusch von sich gibt. Die Tür wird geöffnet und die Polizeibeamtin, welche sie zur Damentoilette begleitet hat, wirft einen Blick hinein. „Alles ok hier drin?" Claudia nickt, holt tief Atem und geht an der jungen Dame vorbei, hinaus in den Flur. Ihr wird die Tür zum Befragungsraum geöffnet und sie findet Torr alleine darin sitzen. Augenblicklich steht er auf, geht auf sie zu und legt seine Hände auf die Schultern seiner Frau. „Schatz, alles ok? Gehts wieder? Hast du die Polizeitoilette vollgekotzt?" Ein kurzes, aber herzhaftes Lachen klingt aus seiner Kehle und er wirft seinen Kopf begleitend dazu in den Nacken. „Ach meine Liebe, du bist vielleicht eine Nummer! Komm, setz dich. Officer Tropman hat unsere Berichterstattung noch weiter zusammengefasst und meinte, er müsse kurz telefonieren. In der Zwischenzeit, sofern es dir in Anbetracht deiner Übelkeit möglich sei, sollst du dir besondere Merkmale an Jasmin überlegen. Auffälligkeiten, verstehst du? Wie z.B. sichtbare Narben oder Muttermale etc. Die könnten allenfalls weiterhelfen, sie zu identifizieren." Claudias Augen werden gross und sie hält sich an Torrs Arm fest: „Wie, haben sie jemanden, der zu unserer Geschichte passen könnte? Also, hat er was durchblicken lassen, wo und wer? Ich wusste es doch, die nette Empfangsdame vom Coney Island hat uns nicht nur zur Polizei geschickt, die weiss mehr und dieser Tropman auch! Torr, die wissen es! Die wissen, dass sie meine Jasmin haben!"

Kapitel 60

Dr. Shilling schliesst leise die Tür hinter sich und kommt Frank auf der geschwungenen Marmortreppe entgegen. Gemeinsam gehen sie hinunter ins Wohnzimmer, wo der weisse Kittel seine Tasche auf den Boden stellt und mit konzentriertem Gesichtsausdruck durch das grosse Fenster auf den Atlantik blickt. Dabei murmelt er leise und unverständlich. „Dr. Shilling? Was war das? Muss sie zurück ins Krankenhaus? Oder besser tägliche Kontrolle?" Der angesprochene Arzt schüttelt kaum merklich den Kopf und antwortet Frank in ruhiger und sachlicher Tonlage: „Nein, nein, auf keinen Fall zurück ins Krankenhaus. Seit sie hier bei Ihnen ist, hat sie erstaunlich schnelle Fortschritte gemacht. Was das für ein Anfall war, kann ich mir nicht erklären. Es ist alles in bester Ordnung mit ihr. Sie hat erzählt, dass die Polizei erneut hier war, jedoch ergebnislos?" Er sieht Frank fragend an. Dieser hält seine beiden Arme in die Hüften gestützt und nickt: „Ja, keine neuen Ergebnisse soweit, leider. Mein Sohn und ich müssen uns eine zusätzliche Strategie überlegen, allenfalls mit den Medien. Das dauert einfach alles zu lange und wer weiss was die mit dem

Baby vorhaben. Das ist kein Zustand für Linda!" Er öffnet den obersten Knopf seines Hemdes, als bräuchte er mehr Luft zum Atmen und fügt hinzu: „Dr. Shilling, was denken Sie, wird ihre Erinnerung wieder kommen?" Sein Blick zeigt Hoffnungslosigkeit, wie auch Hilflosigkeit. Der Arzt schüttelt erneut kaum merkbar den Kopf und hebt seine Schultern: „Das wissen die Götter. Medizinisch gesehen, so haben es auch die Neurologen bestätigt, sind alle Voraussetzungen intakt. Keine Hirnverletzungen oder gefährlichen Hirnblutungen, hier hatte sie grosses Glück im Unglück, wenn man bedenkt, wie sie zugerichtet wurde. Daher muss die Ursache der Amnesie der Schock, das Trauma sein. Sie sollten zur gegebener Zeit einen Psychiater, einen Traumaspezialisten, herkommen lassen, der mit Linda arbeitet. Sie muss jedoch bereit dazu sein und sich physisch fit genug dafür fühlen. Ich werde Ihnen gute Adressen heute noch mailen. Mister Conley, ich muss dann wieder los, ich bin ja eigentlich nicht für Hausbesuche auf den Hamptons zuständig." Der grosse, freundliche Arzt grinst schelmisch und fügt, während er Richtung Verandatür geht, hinzu: „Obwohl ich zugeben muss, es hat schon seinen Reiz mit einem Helikopter mal husch von der Arbeit entführt zu werden!"

Frank schafft es gerade noch rechtzeitig seinen vibrierenden Blackberry zur Hand und den Anruf entgegenzunehmen: „Officer Tropman, ich hoffe Sie haben gute Nachrichten!" Frank setzt sich leicht ausser Atem in seinen Ledersessel und schliesst die Augen, um dem Anrufer seine volle Aufmerksamkeit schenken zu können. Keine zwanzig Sekunden später öffnet er seine Lider und steht kerzengerade vor seinem Stuhl. Sein Puls schnellt blitzartig in die Höhe, trotz Regungslosigkeit und sein Herz scheint im ganzen Raum laut den Takt anzugeben. Als würde der Anrufer seine Geste sehen, nickt er eifrig und hält sich die freie Hand vor den Mund um konzentriert an seiner Unterlippe zu zupfen. „Ja, ich bin noch da. Das ist ja grossartig! Selbstverständlich können wir aufs Revier kommen. Geben sie uns Landeerlaubnis? Ok, wunderbar. Wir sind in einer Stunde bei Ihnen. Wie kann ich Linda vorbereiten? Ok, verstehe, denke auch, dass das besser ist so. Officer, bis gleich!" Frank drückt mit zittriger Hand die Austaste und sieht Richtung Obergeschoss, wo Linda sich zurückgezogen hat. Er geht erst langsam, dann immer schnelleren Schrittes die geschwungene Marmortreppe hinauf und klopft an die Tür von mittlerweile Lindas Wohnbereich: „Linda, Süsse, bist du wach?" spricht er zur Tür. Es ist weder ein Geräusch zu vernehmen, noch antwortet sie ihm. Erneut klopft er etwas lauter an die Tür und ruft sie beim Namen. Wieder keine Reaktion aus dem Raum hinter der Tür. Langsam drückt Frank die goldene Klinge hinunter und öffnet die Tür einen Spalt, soviel, dass er seinen Kopf hindurch strecken kann um in das Zimmer blicken zu können. Linda ist nirgends zu sehen, weder im Bett, noch am Schreibtisch, auch nicht auf der kleinen Veranda. Sein fragender Blick wandert in Richtung Badezimmer, deren Tür weit offen steht und ebenfalls keine Geräusche daraus zu entnehmen sind. „Linda? Bist du hier? Hallo?" Frank öffnet nun die Tür vollständig und geht quer durch das ganze Zimmer, ins Bad und zur Ankleide. Keine Spur von ihr. „Verdammt Linda! " Franks Entsetzen lässt seinen Tonfall scharf erklingen und er geht schnell zur Treppe hinaus. „Linda! Wo bist du?" er rennt die Stufen hinunter bis zum Dampfbad, in den Kinosaal, zum Pool, wieder hinauf ins Wohnzimmer, durch die Küche, hinaus auf die Veranda. Nirgends ist Linda aufzufinden. Erneut steigt ihm das Adrenalin durchs Blut und erreicht in Kürze jeden Millimeter seines Körpers. Er greift zum Blackberry in seiner Hosentasche und drückt energisch die Kurzwahltaste, welche ihn sogleich mit der Stimme seines Sohnes verbindet.

„Dad, ich bin mir ganz sicher! Es ergibt durchaus Sinn, los, treffen wir uns dort. Ich mach mich auf den Weg. Nimm unbedingt Freja mit und tief durchatmen, Dad! Alles wird gut! Jetzt wird definitiv alles gut!" Kenneths beruhigende Stimme und seine Worte haben Franks Körper und Geist etwas Ruhe geschenkt und einen grossen Teil der Angst genommen, welche sich eben noch wie ein gieriges Feuer in ihm verbreiten wollte. Er ruft seinen Piloten an und bittet ihn den Helikopter startklar zu machen. „Freja, alte Dame, komm her, wir machen einen Ausflug und holen Linda heim. Wir fliegen nicht lange, meine Grosse, keine Angst, das schaffst du. Wir müssen uns aber beeilen." Er zieht sich eine dünne Regenjacke an, schlüpft in Turnschuhe, zieht das New York Rangers Cap an und nimmt die Hundeleine vom Haken. Via Veranda gehen die beiden durch den feinen Nieselregen zum Landeplatz, wo sie auf ihren Pickup warten, der auch bereits zu hören ist. „Frank, rein mit Euch! Heute komme ich ja mal richtig auf meine Kosten! Was sagt denn Lou dazu?", schelmisch gibt Mike ein Lachen von sich und winkt die Beiden in den dröhnenden Helikopter. Frank lässt Freja hinten einsteigen und setzt sich selber neben den strahlenden Piloten, schliesst die Tür, gurtet sich an, setzt sich die Kopfhörer auf und richtet das Mikrofon: „Wir fliegen nach Coney Island Beach. Ich hoffe, du findest einen guten Ladenplatz in der Nähe des Stegs beim Fun Park. Bei dem Wetter, wird es kaum Menschen am Strand haben", spricht Frank in sein Mikro und sieht bereits sein Haus klein hinter sich verschwinden.

Von weitem kann Frank Kens Schritt erkennen und eilt ihm, mit Freja an seiner Seite, entgegen. Die beiden Conleys umarmen sich und Ken klopft seinem Vater wie immer beruhigend auf die Schultern: „Dad, es ist soweit. Wir rennen durch die Ziellinie." Er weist mit seinem Kopf in die Himmelsrichtung, in welcher sich der grosse Steg am Coney Island

Beach befindet. Frank folgt mit seinen Augen der gewiesenen Richtung und erblickt eine Frau auf dem Steg. Er kneift die Augen etwas zusammen und richtet die Frage mehr an sich selber, als an Ken: „Ist das Linda? Aber woher weiss sie....?" Ken hat noch immer seine Hand auf Vaters Schulter, drückt diese und blickt ebenfalls zum Steg: „Weil sie es wieder weiss, Dad. Diese Frau dort, ist nicht mehr Linda, das ist Jasmin Steiner. Nimm Freja mit, sie wird das Eis brechen. Na geht schon!" Der kluge Anwalt gibt seinem Vater einen Schups und zwinkert ihm liebevoll zu.

Die Leere und unwirkliche Traurigkeit in mir ist nicht zu beschreiben. Ob es Traurigkeit ist, vermag ich noch nicht einmal mit Sicherheit zu sagen. Es ist ein Wechselbad aus Wut, Zorn, Schmerz, Trauer, Aggression, Frustration, endloser Verständnislosigkeit, Enttäuschung und Verzweiflung. Ein Hassgefühl steigt in mir empor, welches ich so noch nie in meinem Leben verspürt habe. Mein Leben, welches mir gestohlen wurde aus ebenfalls Enttäuschung, Hass, Wut und endloser Verständnislosigkeit. Nun stehe ich hier auf dem Steg, die geplante Entsorgungsstelle meines Körpers. Hier wollten sie mich den Wellen übergeben und dem Atlantik zum Frass vorwerfen. Verstümmelt wie ein Tier und Gott gespielt um ein zweites Leben, eine reine Seele meinem Körper zu entreissen.

Nie in meinem neuen Leben werde ich euch damit entkommen lassen. Ich werde mir mein Kind zurückholen und euch der Justiz zum Frass vorwerfen. Mit Frank an meiner Seite werde ich weiterhin Mut und Kraft tanken können, um diesem Horror ein Ende zu setzen.

Ich taste nach der grossen, warmen Hand auf meiner Schulter, küsse sie zärtlich und drehe mich zu meinem Lebensretter um. Mit Tränen in den Augen, blicken wir uns lange schweigend an, bis er mich in seine Arme nimmt und mich fest an sein stark pochendes Herz drückt: „Hi, Jasmin. Es freut mich, dich kennen zu lernen! Ich bin Frank." Er streicht mir liebevoll übers Haar und drückt mich erneut fest an sich. „Ich bin Linda, Jasmin gibt es nicht mehr, Frank. Lass uns zu Tropman fahren, da gibt es jemanden, den er dringend abholen muss." Frank löst seine Umarmung und sieht mich fragend an: „Wen meinst du?" Ich streiche Freja über den Kopf, Blicke in Richtung Festland und antworte: „Susie sollte sich besser schnell von einer Freundin verabschieden........Leslie weiss, wo Roberto und mein Baby sind!"

Outro

Sie ist ihrem Vater wirklich wie aus dem Gesicht geschnitten. Roberto hätte als Frau sicherlich umwerfend schön ausgesehen. Dieser dumme, verliebte Italiener. Es hätte nicht so enden müssen, du sensibler Hund! Unser Plan wäre perfekt aufgegangen, Leslie und ich waren bestens vorbereitet. Aber nein, muss er sich einmischen, Reue und Mitleid zeigen. Schade, wirklich schade um ihn. Er war mir stets ein guter Freund und wäre auch ein guter Arbeitskollege im Coney Island geworden.

„Ja meine Kleine, hast du Hunger? Papa hat schon dein Fläschchen warm gemacht. Hier.....genau, gut machst du das. Mein grosses Mädchen, jeden Tag etwas besser. Und bald kommt auch Mama zu uns und dann suchen wir uns ein tolles Haus mit einem grossen Garten für dich. Und bestimmt findet Papa dann auch bald wieder eine tolle Stelle. Ich bin mir ganz sicher, dass sie auch hier in Mexiko gute Operationsassistenten benötigen......."